『시크』에 담긴 여덟 편의 글은 여성, 인종, 젠더, 계급, 아름다움, 자본주의의 영역을 넘나들며 미국에서 흑인 여성으로 산다는 것은 무엇인가를 낱낱이 보여가 어떻게 트럼프를 백악관 들이 '저렴하지만 단정한 옷차 없는지, 백인 우월주의 아니라 백인 여성들까지 로 짚어나간다. 우리는 그의 분석과 통찰에 힘입어 왜 그런 일이 시스템 속에서 필연적으로 벌어질 수밖에 없는지를 깨달으며 동시에 우리 사회에 편재하는 다양한 소수성의 모습을 통렬하게 확인하게 된다.

우리 시대의 고전이 될 것이다.
───『뉴욕 타임스』

록산 게이의『나쁜 페미니스트』에 필적하는 올해의 책.
───『워싱턴 포스트』

통념에 맞서기를 주저하지 않고, 도발적이며, 눈부시게 뛰어나다.
───록산 게이(『헝거』저자)

당신 그리고 미국의 영혼을 낱낱이 보여준다. 고통스러울 정도로 정직하면서도 긍정과 확신으로 빛난다.
───도로시 로버츠(『킬링 더 블랙 바디Killing the Black Body』저자)

복부 한가운데를 강타당한 느낌인 동시에 간결하면서 함축적이고, 유머가 넘친다. 이 책은 독자들에게 '인종차별 개론'을 벗어나 더 깊은 논의를 해보자고 도전장을 던진다.
───『로스앤젤레스 북리뷰』

사적인 이야기와 정치적인 주제가 그물망처럼 엮여 있으며 타협을 허용하지 않는 저자의 태도 덕분에 글들이 꿈틀거리며 살아 움직인다.
───『커커스 리뷰』

여성, 인종, 아름다움, 자본주의에 관한
여덟 편의 글

THICK

시크

트레시 맥밀런 코텀

김희정 옮김

위고

THICK : And Other Essays

By Tressie McMillan Cottom

Copyright © Tressie McMillan Cottom, 2019
Korean translation copyright © Hugo, 2021

All rights reserved.

차례

두툼한 ──────────────────── 9

아름다움의 이름으로 ──────────────── 45

유능함에 목숨 거는 ───────────────── 89

너의 화이트를 알라 ─────────────── 117

흑인의 시대는 끝났다(혹은 특별한 흑인) ─────── 147

기막힌 멋짐의 가격 ─────────────── 173

중절된 소녀 시절 ─────────────── 193

단 6인의 여성 ───────────────── 219

주 ──────────────────── 252

일러두기

본문에 나오는 다음과 같은 표현들은 원어를 그대로 살렸다. 미국의 역사와 문화를 함축적으로 담은 이 단어들을 한국어로 옮기면서 문맥에 따라 다른 표현을 쓰면 책을 관통해서 반복적으로 사용되는 이 단어들의 힘을 축소시키는 결과를 낳는다 판단했기 때문이다.

● 블랙니스Blackness

흑인, 흑인 문화, 흑인의 정체성, 검은 피부, 흑인으로서의 외양, 백인들의 정체성을 규정하기 위해 그 대립극에 놓여야 하는 개념 등의 의미로 쓰였다.

● 화이트니스Whiteness

블랙니스와 반대되는 개념. 그러나 블랙니스와는 달리 화이트니스는 권력을 쥔 백인들의 편의와 이익을 위해 그때그때 정의와 경계선이 달라질 수 있다.

● 니그로, 니거, 니가Negro, Nigger, Nigga

흑인을 가리키는 비속어. 한국어에서는 흔히 '깜둥이'로 번역된다. 그러나 이 단어들은 쓰는 주체가 누구냐에 따라, 어떤 문맥이냐에 따라 의미가 많이 달라진다. 흑인이 아닌 사람이 이 단어를 쓰면 백 퍼센트 경멸적인 의미로 받아들여진다. 그러나 흑인들은 경우에 따라 이 표현을 자조적으로, 혹은 배짱과 긍지를 담아서 쓴다. 비흑인이 이 단어를 꼭 언급해야 되는데 오해나 비난을 받지 않으려면 'n-word'라는 표현을 써야 한다.

● 시스터, 시스타, 브라더Sister, Sista, Brother

흑인들이 동지애와 연대감을 담아 서로를 부를 때 사용하는 표현. 특히 흑인 억양을 담은 '시스타sista'에는 더 강한 자부심이 깃들어 있다. 사회의식과 철학을 공유하는 상대를 부르는 호칭인 '동지'의 의미에 더해 역사와 문화의 공유, 피가 통한다는 친밀감이 들어 있다.

두툼한

● 본문의 각주는 모두 옮긴이주이다.

'중층' 민족지학'Thick' ethnography을 통해 독자들은 다른 문화 속에 완전히 스며들어 그 문화의 풍부함을 접하고, 대화에 끼어들고, 구성원들이 하는 일을 간접 경험한다. 그렇게 함으로써 같은 문화적 레퍼토리에서 새로운 의미를 찾는 것이다.

●

로저 곰, 마틴 해머슬리[1]

나는 서른에 임신을 했고, 서른하나에 이혼을 했고, 서른둘에 길을 잃었다. 그러지 않았으면 러디언스Rudean's 같은 곳에 갈 일도 없었을 것이다. 한마디로 전설적인 곳이라고밖에 말할 수 없는 러디언스는 한때 노스캐롤라이나주 샬럿의 신흥 흑인 중산층의 심장부라고도 할 수 있는 비티스 포드 로드Beatties Ford Road라는 이름의 번화가에 자리 잡고 있었다. 하지만 흑인들의 주택 보유, 기업 활동, 부의 창출, 시민권과 건강에 관련된 운이 기울면서 비티스 포드 로드의 운도 기울었다.

그러나 러디언스는 버텨냈고, '러디언'이라 불리는 단골들도 버텨냈다. 가게 이름은 주인 이름을 따서 붙여졌다. 사실 그게 주인 이름이 아니었으면 좀 더 멋지게 들렸을지도 모르겠다. 하지만 나이 든 흑인들 앞에서는 그런 생각을 입 밖에 꺼내지 않는다. 근본 없는 짓이니까. 진짜 근본이 있는 것은 러디언스의 명성이다. 우리는 어른들끼리 러디언스에 대해 나누는 농담을 들으며 자랐다. 한때 이름을 날리던 바람둥이와 멋쟁이들이 피시 프라이와 치킨 윙을 파는 나이트클럽인 러디언스에 모여 아직도 전성기인 양 시간을 보내는 것에 관한 이야기들이었다. 러디언스는 주차 공간이 부족하기 때문에 일찍 도착하는 것이 좋다. 홀 한쪽의 긴 벽을 따라 테이블이 촘촘히 놓여 있지만 다 해봐야 열두어 개밖에 되지 않았다. 다른 쪽 벽에는 오래된 인조가죽 의자가 늘어선 바가 있었다. 벽은 인생을 멋지게 즐기는 아름다운 흑인들이 미소 지으며 술을 권하는 술 광고 포스터로 도배가 되어 있었다.

피시 프라이는 바에 가서 주문해야 했다. 일찍 가면 사람들이 꽉 찬 홀에서 한 덩어리가 되어 부대끼면서 테이블에 앉아 피시 프라이를 먹을 수도 있었다. 음식을 먹고 나서, 평소보다 좀 더 흥이 오르면 사람들을 헤집으며 묘하게 좁은 문을 지나 뒤쪽에 난 다른 공간으로 가야 했다. 그곳도 앞쪽 홀과 마찬가지로 좁다랗지만 방향이 달랐다. 홀이 수직으로 좁다면 그 공간은 수평으로 좁았다. 거기가 바로 댄스플로어다.

러디언스에 처음 가는 것은 통과의례와도 같다. 10대 때는 러디언스를 비웃는다. 20대에는 러디언스에 죽치고 있는 돈 많은 중년 남자에 대해 농담을 한다. 30대가 되면 러디언스에 첫발을 들여놓는다. 내가 러디언스에 처음 간 날(딱 두 번 가봤다) 바에 앉아서 친구들을 기다리는데 한 남자가 슬슬 다가왔다. 그는 계속해서 말을 걸었고, 나는 거의 매번 그의 말에 반박하면서 바싹 튀겨진 피시 프라이가 나오기를 기다렸다. 내 전화번호를 묻기 직전에 그 남자가 말했다. "머리칼도 두툼하고, 코도 두툼하고, 입술도 두툼하고, 전체적으로 두툼하구먼."

요령 없이 내뱉은 말이긴 해도 사실이었다. 한쪽으로 너무 치우친 나머지 다른 한쪽이 비는 것은 내 인생에서 늘 반복되어온 패턴이다. 수많은 젊은 여성이 그러하듯 나도 쭈그러져 있어야 했다. 그래야 소년들이 어깨를 쭉 펴며 우쭐거리고, 백인 소녀들이 한껏 빛날 수 있으니까. 내가 몸을 움츠려서 작아지려 하지 않는 것을, 혹은 그렇게 할 수 없다는 것을 알면 사람들은 내가 그것이 잘못이라는 걸 확실히 깨달았는지 확인하곤 했다. 수많은 흑인 아이들이 그러하듯 나는 백인 선생님들과 백인 교실과 백인 스터디 그룹과 백인 걸스카우트 같은 것에 들어맞지 않았다. 가늘어야 할 곳이 두툼하고, 작아야 할 때 너무 컸다. 고등학교 때 한 선생님은 나를 '미스 개성'이라고 불렀다. 칭찬으로 들을 수 없는 별명이었다.

나도 오랫동안 그 모든 것에 들어맞아보려고 애를 썼다. 처음에는 내 몸을, 나중에는 내 행동거지를 길들이면 자리를 조금이라도 덜 차지하지 않을까 생각하기도 했다. 거기까지는 좋았다. 그러나 결국 나는 ─ 머리를 써서 생각하는 삶을 추구하는 과정에서 ─ 내 생각마저도 너무 불거진 것으로 받아들여진다는 사실을 깨닫고는 그 방법에도 한계가 있다는 것을 알게 됐다.

처음 무슨 글이라도 발표해보려고 시도할 때, 한 편집자가 말했다. 내 글은 학술적이라기에는 너무 쉽게 읽히고, 대중적이라기에는 너무 심오하고, 문학적이라기에는 시골 출신 흑인 분위기가 너무 강하고, 논리적인 사고를 글로 복합적으로 표현하기에는 문체가 너무 순박하다고. 나는 진정으로 나다울 뿐 아니라 내 전부를 담은 것을 만들어내고 싶었다. 하지만 그것은 너무 불거진 것이었다.

어느 학술회의에 참석한 적이 있다. 사실 나는 이런저런 학술회의에 많이 참석한다. 학자이기 때문이다. 그러나 그날의 경험이 더 특별해진 것은 한 선배 학자가 내게 한 말 때문이었다. 나와 같은 흑인이었던 그녀는 내게 성큼 다가와 다짜고짜 말했다. "이제 글 너무 많이 쓰지 말아요. 이용당하고 있는 거니까."

그 당시 나는 '고작 대학원생'이었다. 박사논문이 마무리 단계에 접어들고 있기는 했지만 그녀가 말하는 글이란 내 논문이 아니었다. 진짜 문제는 내가 당시 활동하고 있던 사회학자 중 인쇄 매체와 디지털 매체를 아울러 글을 가장 많이 발표한 축에 든다는 데에 있었다. 그때나 지금이나 그것은 정말 묘하게 모순적인 병렬 관계였다.

대학원생은 사람이 아니다. 학계의 위계질서에서 대학원생은 그저 노동 단위에 불과하다. 학생이라고 부를 수는 있지만 그냥 학생에 그치지도 않는다. 그들은 학자가 되어가는 과정에 있는 존재다. 학계에서는 어떤 권위도 누릴 수가 없다. 사실 대학원생에 불과한 신분으로 최근에 주목 받는 진짜 학자와 대화를 나누고자 한다면 자신을 누군가의 대리인으로 소개하는 방법이 가장 확실하다. "안녕하세요, 트레시라고 합니다. 리처드 루빈슨 교수와 샌디 대리티 교수의 학생이에요. 지도교수 말고도 당신이 인간으로 인정하는 사람을 다섯 명 정도 알아요." 일상적인 사회적 만남에서 '잡담'을 해도 될 상대인지를 가늠하기까지 인간이 보통 할애하는 3초 사이에 그런 말을 다 욱여넣기란 보통 힘든 일이 아니다. 바로 그 점 때문에 학자들이 모이는 곳에 가보면 대학원생들이 삼삼오오 모여 선 채로 수십 년 전에는 같은 처지였던 사람이 자리를 뜨기 전 하다 만 말이나 마무리짓고 있는 풍경을 자주 보게 되는 것이다.

　그날 그 선배 학자가 좋은 의도로 내게 한 말은 일
리가 있었다. 나는 진짜 사람이 아니었으니까. 문제는
학계 밖의 세상 사람들은 그 사실을 모른다는 점이다.
아니, 세상 사람들이 내가 진짜 사람이 아니라고 생각했
다면, 다시 말해서 내가 하는 말을 경청하고 대화를 나
눌 가치가 있는 사람이 아니라고 생각했다면 그것은 내
가 '고작 대학원생'이어서가 아닐 것이다.

　내가 쓴 글이 처음 '입소문을 타고' 널리 퍼졌을 때
나는 한창 비모수 통계학 시험을 치고 있었다. 끔찍한
경험이었다. 내가 몸담은 분야에서 권위 있는 한 매체에
일단의 젊은 학자들을 다룬 글이 실린 적이 있었다. 모
두 유색인종 여성인 데다 흑인 정체성을 가진 학자들을
다룬 그 글은 세간의 이목을 집중시켰다. 나는 그 글에
관한 생각을 내 블로그에 썼다.[2] 24시간 만에 내 글은 청
원으로, 소셜미디어의 불폭풍으로 변신하고 수많은 웹
사이트와 블로그의 글로 이어지더니, 급기야는 원글을
쓴 백인 여성이 해고되는 사태에까지 이르렀다. 평생 한
번이라도 이 정도의 영향력을 누리는 학자는 드물 것이
다. 그것도 24시간 만에!

　더 놀라운 사실은 내가 고작 흑인 소녀에 불과했다
는 것이었다. 소녀라고 하기에 약간 나이가 들기는 했지
만 내 머릿속에서 글을 쓰는 내 모습은 여전히 '고작 흑

인 소녀'였다. 흑인 소녀들은 영향력 있는 백인 여성이나 권위 있는 학술 매체 혹은 공적 담론을 상대로 문제를 일으키지 않는다.[3] 흑인 소녀들은, 내가 이해하는 한 미국 역사상 한번도 그런 문제를 일으킬 만한 힘을 가져 본 적이 없다.

흑인 소녀들과 흑인 여성들은 문제 그 자체다. 그것은 문제를 일으키는 것과는 다르다. 우리는 해결해야 할 사회문제고, 균형을 맞춰야 할 경제문제고, 극복해야 할 감정적 짐이다. 우리는 일을 한다. 흑인 소녀들과 흑인 여성들이 일을 한다는 사실은 주님도 아신다.[4] 우리는 돈 받고 일하기 전부터 일을 시작한다. 그러다가 돈 받는 일을 시작하고, 대부분은 계속 일을 하고, 일을 그만두지 못한다. 우리는 교회가 재정적으로 살아남을 수 있게 하기 위해,[5] 흑인 대학Historically Black Colleges and Universities, HBCU*이 문을 닫지 않도록 하기 위해,[6] 흑인 가정이 파괴되지 않도록 하기 위해,[7] 흑인문제를 다루는 정치활동이 무시당하지 않도록 하기 위해,[8] 흑인 남녀가 목숨을 잃지 않도록 하기 위해[9] 일을 한다. 그렇게 일을 하면서 가끔 우리는 잘못된 방향으로 일을 하기도 한다. 그게 바로 나였다. 나는 잘못된 방향으로 일을 하고 있

---

* 1964년 민권법이 제정되기 전 흑인을 대상으로 설립된 대학들.

었던 것이다… 흑인 여성으로서 문제가 되고 싶지 않았던 내가.

그 당시만 해도 내가 받은 상처가 너무 커서 학회에서 만난 그 시스터가 내게 하려던 말을 제대로 이해하지 못했다. 스스로 약자라고 느끼고, 권력관계에서 불리한 쪽에 자리한 사람이 청하지도 않은 사람으로부터 직설적인 충고를 들으면 그 사람은 그동안 아무리 열심히 노력을 했어도 '너는 여전히 모든 것을 잘못하고 있다'고 밖에 받아들일 수 없다. 그러나 그날 이후 나는 그 순간에 대해, 그리고 사상가로서 현재의 나를 만든 모든 순간들에 대해 자꾸 생각해왔다. 이 책은 바로 그 생각들에 관한 책이다.

진짜 학자가 되기 전 나는 흑인 여성이었고, 흑인 여성이 되기 전 나는 흑인 소녀였다. 그것도 특정 부류의 흑인 소녀. 나는 외동딸이었고, 나를 낳아준 엄마도 외동딸이었다. 그리고 엄마의 엄마는 노예제도의 피해를 입은 조부모를 두었다. 우리는 남부 출신이다. 따분할 정도로 전형적인 남부 사람들이다. 우리는 흑인들이 자기 나라 안에서 난민처럼 고향을 떠나야 했던 대이주 Great Migration의 시기, 대다수가 세인트루이스나 캘리포니아로 갈 때 서쪽이 아닌 북쪽으로 이주해서 할렘으로 온 사람들이다.[10] 그 사실을 아는 것은 중요하다. 내 이야기는 단지 흑인 여성 한 사람의 경험에 그치지 않기 때문이다. 그 흑인 여성이 얼마나 불거져 나왔는지와 상관없이 말이다.

우리는 흔히들 화이트 트래시white trash*라고 부르는 사람들을 피해 고향을 떠났다. 우리에게는 땅 한 뙈기를 소유한다는 사실이 하늘만큼 땅만큼 소중했지만 그들은 자신들에게 하등의 가치도 없는 그 땅마저 우리가 소유하고 세금을 내지 못하게 방해했다.[11] 우리는 술을 너무 많이 마시고 가끔 어린 소녀들을 너무 오래 만지작거리는 흑인 남자들을 피해 고향을 떠났다. 잘못된 줄 알면서도 모두가 그러려니 하고 넘기는 그런 손길 말이다. 우리는 '레드 인디언'들이 혼혈 흑인으로 간주되는 인종적 위계질서를 피해 고향을 떠났다. 그곳에서는 아메리카 원주민들이 빼앗긴 조상의 땅에 공존을 '허락'받았지만, 누가 블랙이고 누가 레드인지가 생존에 필요한 큰 판돈이 걸린 도박이었다.[12] 우리는 품위 있고 점잖다고 인정받을 자격이 있는 사람들이었다.[13] 우리는 교회에 꼬박꼬박 다니고, 십일조를 내고, 속치마를 갖춰 입고, 술은 좀 마시지만 마시고 나면 반성할 줄 알았다. 욕을 할 때는 작은 소리로 하고, 열심히 일하는 것에 가치

---

* 가난한 백인들, 특히 미국 남부의 소득과 교육 수준이 낮은 백인 계층을 낮잡아 부를 때 쓴다.

를 두고, 교육이 우리의 진정한 가치를 결정한다고 믿었다. 우리는 문제가 되고 싶지 않았다.

분하게도 나는 남부의 괜찮은 산부인과 분만실이 아니라 할렘 종합병원에서 태어났다. 우리 가족이 할렘에 살게 된 것은 거기에 일자리가 있었기 때문이다. 태어난 지 얼마 되지 않았을 때 내 날개가 자연의 각본대로 펴지지 않고 있다는 게 확실해졌다. 막 태어난 아기가 사랑스러운 아기 새처럼 사지를 웅크리고 있는 귀여운 모습을 독자들도 알 것이다. 시간이 지나면서 아기는 움츠렸던 몸을 펴고 척추와 다리를 곧게 뻗으면서 정상적으로 걸을 준비를 한다. 하지만 나는 정상적으로 걷지 못할 것이라고들 했다. 한쪽 다리, 그러니까 오른쪽 다리가 엄마 배 속에 있을 때 편했던 그 모양으로 자꾸 접히고 싶어 했기 때문이다. 의학용어가 따로 있었지만 우리는 그냥 비둘기 발가락*과 안짱다리라고 불렀다. 그나마 둘 중 하나였으면 조금 귀여울 수도 있었겠지만, 나는 둘 다였다. 그 정도면 귀엽지가 않다.

사실 그것은 일종의 선천적 장애였다. 할렘 종합병원의 의사들은 엄마에게 내 다리를 고칠 수 있다고, 고쳐야 한다고 말했다. 엄마 말로는 내 다리를 고치려면

---

* 내반족. 즉 발목 관절의 이상으로 발목 밑이 굽어 발바닥이 안쪽으로 향하게 된 발을 말한다.

두 다리를 모두 부러뜨렸다가 다시 맞춘 다음 깁스와 반 깁스를 차례로 하고, 그 후로도 몇 년에 걸쳐 교정기를 차고 다녀야 했다고 한다. 그 이야기를 할 때면 엄마 눈에 살짝 눈물이 고이곤 했다. "우리 아기에게 그런 짓을 하게 둘 수는 없었어." 그래서 내 운명은 장애를 안고 사는 쪽으로 결정이 났다.

　내 다리를 고치는 데 드는 비용은 엄마가 감당하기 불가능한 액수였다. 그러나 내가 스스로를 고치도록 가르치는 데 드는 비용은 계산할 수 있었다. 내 머릿속에 주문처럼 박힌 말이 몇 개 있는데 그중에서도 제일 먼저, 가장 많이 생각나는 것은 "발 고쳐" 하고 외치는 엄마 목소리다. 일어설 때마다 "발 고쳐" 하는 목소리가 머릿속에 울린다. 피곤하고 귀찮아져서 안짱다리와 비둘기 발가락으로 돌아가려 할 때마다 "발 고쳐" 하는 속삭임이 들린다. 아장아장 걸음을 떼고, 그러다가 성큼성큼 걷기 시작하면서부터 "발 고쳐" 하는 말을 들어왔다. 그것은 발가락을 펴고, 골반을 바로잡고, 무릎을 똑바로 하면서 보통 사람처럼 걷는 것을 의미했다. 내게 발을 고치는 것은 생활방식이 되었다. 정체성을 형성하는 무의식의 플레이리스트에 오른 수천 개의 메시지에 항상 깔리는 배경음악 같은 것. "다른 사람보다 두 배 더 노력해야 해", "다리 벌리고 앉지 마", "모르는 사람과 이야기해선 안 돼", "자주 소식 전해줘", "네가 누구인지,

어디서 왔는지 잊지 마"등의 속삭임과 함께 항상 내 머릿속에서 맴돌게 된 것이다.

나는 평생 내 발을 고치며 살았다. 한번도 정상적으로 걸어본 적은 없지만 비뚤게 걷지도 않는다. 열두 살이 되던 해, 내 생애 처음으로 성인 남자로 기억되는 사람이 내게 섹시하다고 했다. 그가 말했다. "쟤 걷는 것 좀 봐!" 그로부터 수십 년이 흐른 후 교수가 되어 새로 부임한 학교에서 동료 한 명이 외쳤다. "걸음걸이를 보고 당신인 줄 알았어요!" 나는 내 발을 교정했고, 사람들은 그 모습으로 내 이미지를 고정했다.

요즘은 오른쪽 골반이 아프다. 나는 최근에 본격적으로 중년에 접어든 사람에게 걸맞은 의료보험에 가입했다. 그 사실을 자축하는 의미에서 안내서에 나오는 온갖 분야의 의사와 진료 예약을 잡았다. 새로 만난 물리치료사는 동료들을 모두 불러 모으고는 내 상황에 '극단적 부적응'이라는 이름까지 친절하게 붙여주면서 증상을 관찰했다. 그녀는 내가 엄마를 이해해야 한다고 말했다. "예전에는 과학이 참 냉혹했어요. 특히 아이들한테도 가차 없었죠." 그녀는 내가 혼자 힘으로 이겨냈고, 오랫동안 발을 고쳐가며 걷느라 골반과 척추 일부가 닳은 것도 무리가 아니라고 위로한다. "하지만 이렇게 멀리까지 오다니, 정말 대단해요!"

내가 정말 멀리까지 온 건 사실이다. 내가 문제로

간주될 정도로 멀리 왔다. 일종의 훈장 같은 것이기도 하다. 나는 계속 글을 써왔다. 그 분야를 지키는 문지기들의 허락 같은 것도 없이 그렇게 했다. 박사과정을 시작한 지 3년쯤 됐을 때, 내가 국내외 신문과 기타 매체에 발표한 글은 이미 수백 편이 넘었다. 교육에 사용되는 과학기술, 대학에서 벌어지는 인종차별, 노동운동 세의 소셜미디어 사용 등의 문제를 다루는 토론에도 초대됐다. 그리고 버락 오바마에 관한 것이라면 뭐든 이야기해달라는 요청도 받았다. 이제 나는 학자고, 공적으로 활동한다. 직업과 직함이 있고, 우리 흑인들이 좋아하는 '교육받았다는 증거'로 내 이름 뒤에 여러 글자가 따라붙는다.

그럼에도 불구하고 내가 어떻게 여기까지 왔는지, 여기서 무엇을 하고 있는지에 대해 약간 불편한 긴장감 같은 것이 항상 느껴진다. 내게 쏟아지는 관심을 이해하지도, 받아들이지도 못하는 동료들에게서 느껴지는 긴장감, 왜 내가 더 관심을 못 받는지, 혹은 왜 다른 종류의 관심을 못 받는지 그 이유를 상상할 수 없는 대중들에게서 느껴지는 긴장감. 편집자들은 내가 저널리스트이기를 원한다. 저널리스트들은 자기 구역에 내가 발도들이지 않기를 원한다. 출판사들은 흑인 여성을 판권에 올리는 불편과 비용을 피하면서 구색은 갖추고 싶어 한다. 내가 흑인 소녀에서 생각하는 일로 먹고사는 흑인 여성으로 성장하기까지 걸어온 지적 여정이 담긴 글들을 어떻게 받아들여야 할지 제대로 아는 사람은 아무도 없었다.

나는 그 긴장감의 많은 부분이 내가 하는 일에 대한 근본적인 오해에서 비롯되었다고 생각한다. 이 책에 실린 글들은 많은 사람들이 두려워하고 꺼리는 '일인칭 시점 에세이'다. 이 장르는 우리 문화가 즐겨 혐오하는 대상, 즉 여성, 유색인종, 성소수자, 젊은이, 인터넷 등과 동일시되면서 두려움과 반감의 대상이 되었다.

2017년 지아 톨렌티노Jia Tolentino는 『뉴요커』에 기고한 글에서 "사적인 에세이의 시대는 끝났다"[14]라고 선언했다. 톨렌티노의 발언은 주류 매체와 디지털 매체에 발표된 일련의 일인칭 에세이를 향한 것이었다. 일인칭 에세이에는 대개 미끼가 있다. 보통 트위터에서 농담조로 '슬레이트 피치Slate pitch'라고 부르는 요소로, 『워싱턴 포스트』계열 온라인 매체 『슬레이트Slate』에서 따온 표현이다. 슬레이트 피치 혹은 낚싯밥이란 소셜 미디어에 공유되었을 때 직관에 반하는 내용으로 논쟁을 불러일으키는 제목을 말한다. 이런 제목은 조회수를 높이는 낚시성 기사를 동반하는 경우가 많다. 낚시성 기사는 글자 그대로 조회수에 따라 광고주로부터 돈을 받는 웹사이트로 누리꾼들을 유도하기 위해 쓰인 글이다. 슬레이트 피치, 혹은 직관에 반하는 제목이 붙었다고 해서 꼭 낚시성 기사는 아니다. 아주 좋은 내용의 글을 가지고도 마케팅을 위해 슬레이트 피치를 쓰는 경우도 종종 있다. 그 결과 온갖 어처구니없는 제목이 난무하게 됐다. "산부인과 의사, 질에서 고양이 털 한 뭉치를 발견하다"라는 제목의 글이 사실 읽어보면 여성의 청결에 대한 사회적 기대를 고찰하는 사려 깊은 일인칭 에세이인 경우도 있다.[15]

어찌 됐든 광고로 돈을 벌기 위한 일인칭 에세이 붐은 끝났고, 이제 우리는 이 장르의 에필로그에 도달했다. 부고문이기도 한 에필로그는 대충 다음과 같은 내용을 담고 있다. 일반 대중의 관심과는 거리가 먼 자기중심적인 방종한 글로 시장은 과포화 상태에 이르렀다. 이 장르의 여성 작가들은 대부분 돈을 위해 글을 썼지만 그보다 더 중요한 동기는 주의를 끌기 위한 것이었다. 사적인 에세이를 써서 돈을 제대로 받는 경우는 매우 드물기 때문이다. 약탈적 미디어들은 이 여성들을 이용해서 조회수를 높이는 이익을 얻었지만, 정작 글을 쓴 당사자는 이들을 타깃 삼는 사악한 무리의 조롱에 시달리고, 심지어 실제 폭력의 희생자가 되기도 한다. 사적인 에세이는 이제 죽었고, 진작 그렇게 되었어야 했다.

하지만 사적인 에세이를 향해 던진 쓰레그물은 너무도 넓고 깊게 영향을 미쳐서 그것이 이 장르 전체를 싸잡아서 차별하는 것 말고 다른 용도로는 별 쓸모가 없다는 것이 문제다. 흑인 여성 작가들은 사적인 에세이를 옹호했다. 그들에게 이 장르는 실제 경험을 토대로 창의적인 이야기를 할 수 있는 유일한 통로였다. 라틴계 여성들도 같은 이야기를 했다. 퀴어 여성, 트랜스 여성 등을 비롯한 다양한 정체성의 여성들이 목소리를 높여 사적인 에세이 장르가 무엇인지, 무엇으로 추정되고 있는지에 대한 논의에 깊이를 보탰다.

사적인 에세이가 문화적으로 저급한 취향으로 치부되고 있지만 사실은 이 장르의 수많은 글들이 본질적으로 경제적이고 사회적인 문제들을 다루고 있다. 자신의 질에서 고양이 털을 발견했다고 쓴 여자는 분명 정신 나간 사람일 것이라며 비웃고 넘겨버리기는 쉽다. 자, 여기서 오해가 없도록 먼저 짚고 넘어가겠다. 나는 인체의 구멍에 들어가 있는 고양이 털에 관해 별로 알고 싶지 않다. 워낙에 고양이를 별로 안 좋아하는 데다 질 속에 털 뭉치가 들어 있는 문제에 등장하는 고양이라면 더욱 그렇다. 그 글은 읽고 싶지가 않다. 남자들이 집착하는 총이나 스톡 카 경주 혹은 기나긴 트레킹 여정에 관한 글도 읽고 싶지 않다. 데이비드 포스터 월리스의『무한한 재미Infinite Jest』도 읽고 싶지 않고,『무한한 재미』를 읽는 문제에 대해서 사람들과 이야기하고 싶지도 않다. 워비곤 호수*에 관한 이야기는 듣고 싶지 않고, 백인 주택가에 사는 주민들 사이에서 벌어지는 그다지 재미도 없는 사건에도 관심이 없다. 이 모든 것들은 내게 하등의 매력이 없는데도 불구하고, 역설적으로 사적인 에세이 장르의 부고문에 이런 글들은 전혀 언급되지 않았다. 정작 사망선고를 받은 것은 사적인 에세이 자체가 아니라 사적인 에세이라는 장르를 이용해 문제를 제기하려던 사람들이었다.

부고문에서 이 부분이 빠진 것은 그 글을 쓴 사람들이 자기 발을 고치는 법을 모르기 때문이다. 그것은 흑인 여성들의 주특기다. 사적인 에세이 장르는 공적인 대화의 장에서 흑인 여성들이 정당하게 발언을 할 수 있는 수단이다. 흑인 여성들을 능숙한 솜씨로 배제하는 것 자체가 큰 특징 중의 하나인 바로 그 공적인 대화의 장에서 말이다. 현대사회에서는 권위 있는 목소리로 의견을 밝힐 수 있는 사람이 누구인지를 정하는 것 자체가 정치적 행위다. 물론 미국 시민이라면 누구나 발언을 할 수 있다. 이 권리를 보장하기 위해 수없이 많은 헌법 수정 조항들이 생겨나지 않았는가. 예외는 혐오 발언이나 주정부에서 임의로 언론의 자유를 거부할 수 있는 재소자

---

* 주민 모두 자기가 잘났다고 생각하는 라디오 드라마 속 가상의 마을에서 유래한 용어로, '워비곤 호수 효과'란 실제로 그렇지 않은데 자기가 우월하다고 믿는 데서 오는 기만적 우월감을 의미한다.

들에 한정될 뿐이다. 그러나 우리가 속한 사회의 대중들은 아무나 권위 있는 발언을 할 권리가 있다고 생각하지 않는다. 말하는 사람이 어떤 형태로든 합당한 권위를 가졌다고 인정될 때만 그 말은 미사여구가 되고 설득력 있는 발언이 된다. 도덕적 권위가 됐든 법적 권위가 됐든 논리적 권위가 됐든, 권위가 필요하다. 그러나 흑인 여성의 인간 자격을 판단하는 대중들은 흑인 여성들이 설득력 있는 발언을 하는 전문가에 포함되는 것을 번번이 거부해왔다.

흑인 여성들은, 일단 여성이기 때문에 공적 담론에서 합리성에 호소하기 어렵다. 문화적으로 여성들은 비합리적이고 감정적이라 단정 지어졌기 때문이다. 논리와 이성은 여성들의 생물학적·문화적 특성과 맞지 않는다는 것이다. '직업적으로 똑똑한 사람들'이라고 부르는 이들, 혹은 공적 발언에서 합리적 목소리라고 공인 받은 이들이 지배하는 담론에서 제외된 흑인 여성들이 자신들의 도덕적 권위를 주장해보는 것은 어떨까? 그러나 현대 자본주의 사회에서는 종종 경제적 가치가 있는 것이 곧 도덕적인 것으로 규정되곤 한다.[16]

이 시스템 속의 사회적·경제적 주체인 우리는 온갖 종류의 자본과 사회적 위상에 도덕적 판단을 그때그때 맡겨왔다. 그러나 그런 자본과 사회적 위상, 즉 부, 고소득, 직업적 위상, 결혼 적령성, 종교적 리더십, 미모 등은 본질적으로 흑인 여성을 소외시키는 사회적 범주를 강화하게 되어 있다. 공적 담론에서 도덕적 주장을 할 자격을 부여하는 도덕적 재화의 범주를 정하는 기준 자체가 얼마나 효율적으로 흑인 여성을 배제하는가에 달려 있다 해도 과언이 아닐 정도다. 실증적 증거들을 보면 흑인 여성들은 몇 세대에 걸쳐 가족과 공동체, 제도를 지탱해온 도덕 철학을 스스로의 노력으로 쌓아올리고 전수해왔다는 것을 알 수 있다. 그럼에도 불구하고 공적 담론에서는 흑인 여성들이 도덕적 권위를 지니고 있다는 사실이 잘 받아들여지지 않는다.

흑인 여성들은 법적인 권위를 추구하는 과정에서, 혹은 사회적으로 인정받는 기술적인 분야에서 뛰어난 능력을 발휘한다. 우리는 학교를 다닌다. 평균적으로 흑인 여성들은 시간과 돈이 허락하는 한 최선을 다해 학교에 다닌다. 흑인 여성들은 교육열이 높고, 교육적 성과면에서도 꾸준히 흑인 남성들을 앞서왔다. 전문직이라는 매우 좁은 범위를 벗어나서도 흑인 여성들은 자기 분야에서 전문성을 획득하기 위해 최선을 다한다. 가족이 부자인 경우도 드물고, 기댈 사회적 관계망도 탄탄하지 못하다는 사실을 고려할 때 흑인 여성의 창업률은 놀라울 정도로 높다. 봉사활동이나, 교회, 학교, 민간단체 등에서 직책 없이 리더십을 발휘하는 비중도 엄청나게 높다. 우리는 '전문적 전문인'이라고 부를 수도 있는 사람들이다. 우리가 가진 원대한 이상과 높은 성취는 우리가 공적 담론에서 어떤 것에 관해서는 권위를 가지고 발언할 수 있는 자격으로 이어져야 한다. 그게 무엇이든. 정치, 경제, 스포츠, 교육, 기후 과학, 도시화, 아니 최소한 우리 자신의 삶에 관해서라도.

그러나 흑인 여성들이 사적인 에세이 장르에 어떻게 그리고 왜 엮이게 됐는지를 분석한 스테이샤 L. 브라운Stacia L. Brown의 지적대로 흑인 여성들은 아무리 많은 양과 높은 질의 파토스, 로고스, 에토스로도 공적 담론과 설득의 영역에 발을 들여놓을 수 없다. 대중이 누구에게 귀를 기울여야 하는지를 정하는 문지기들과 청중은 우리 흑인 여성들에게 어떤 주제에 대해서든 목소리를 내기에 충분한 권위를 부여하지 않는다.[17] 경쟁은 치열하고 수확은 별로 없지만 사적 에세이 장르는 우리가 공적 담론의 장에 발을 들여놓을 수 있게 해주는 진입로다. 적어도 그곳에서는 백인 페미니스트들에게 인종적 구색을 맞추라고 호소라도 할 수 있다. 우리가 사적인 에세이를 쓰는 것은 권위 있는 목소리를 내는 데 있어서 남성과 백인이 우리에게 양보할 용의가 있는 유일한 주제가 바로 '자기 자신'이기 때문이다.

우리는 대중의 의견을 변화시킬 수 없다는 사실을 일찌감치 깨달았고, 언제나 그 사실을 잊지 않고 있다. 공적인 발언에 도덕적 권위가 생기기 위해서는 청중이 필요하지만, 그 청중에 대한 접근을 허용하는 이들의 마음 또한 변화시킬 수 없다는 사실도 알고 있다. 우리는 세상을 고칠 수 없지만, 우리 발은 고칠 수 있다. 그래서 흑인 여성 작가들은 자신의 발을 고쳐왔다. 우리는 정치 분석, 경제 정책, 사회운동 이론, 성소수자 이데올로기 등에 관한 글을 쓰면서 사적인 에세이 장르의 요구에 맞춰 자신의 삶을 피처럼 짜내서 스며들게 했다.

전통 미디어와 소유주가 대부분 백인으로 이루어진 디지털 미디어 플랫폼들은 흑인 여성들의 사적인 에세이로 그 글을 쓴 그 어떤 흑인 여성보다 더 많은 돈을 벌어들였다. 학회에서 내가 이용당하고 있다고 경고한 선배 학자는 이 말을 하고 싶었던 것이다. 그녀는 한동안 내 고정 칼럼을 연재했던『워싱턴 포스트』,『슬레이트』를 비롯해『디센트Dissent』,『토킹 포인츠 메모Talking Points Memo』,『애틀랜틱』등 내 에세이를 실었던 스무 곳이 넘는 미디어 플랫폼들이 어두운 피부색의 직원을 고용하지 않으면서도 어두운 피부색을 가진 사람들의 조회수를 늘리는 데 나를 이용한다고 생각했던 것이다. 나는 생각을 해야 할 시간에 피를 흘리고 있었다. 대학원생의 책무는 피를 흘리는 일이 아니라 생각하는 일이다.

내가 받아들이기 힘들었던 것은 그 시스터가 건넨 말의 뒤가 아니라 앞부분이었다. 글을 쓰지 말라니. 글쓰기를 멈추는 것은 내 발을 고치는 일을 멈추는 것이나 마찬가지다. 발을 끊임없이 고치는 일은 골반이 죽도록 아프고, 날렵한 여자보다 두툼한 여자를 더 좋아하는 일부 나이 든 흑인 남자들에게 섹시하다는 말을 들어야 하는 불편함을 동반하지만 나는 '극단적 부적응'을 행하는 것을 멈출 수 없다. 발을 고치는 것은 내 영혼에 너무도 깊이 뿌리내리고 있어서 그것을 그만둔다는 것은 내가 누구이고, 어떻게 세상과 상호작용을 하는지에 근본적인 변화를 가져온다는 뜻이었다. 내 발을 고치는 것은 21세기를 사는 흑인이 마주쳐야 하는 복잡한 삶을 받아들이는 일이다. 나는 지금까지 미국이라는 나라에서 살아온 어느 세대의 흑인보다 운이 좋다. 그러나 여전히 이 나라의 다른 어떤 사회적 계층보다 더 일찍 죽고, 더 가난하게 살고, 경찰의 폭력에 노출될 확률이 더 높은데다 단지 흑인 여성이라는 이유만으로 사회정책의 핍박을 더 많이 겪어야 한다. 역사적으로 그 어느 때보다 미국의 흑인들이 누리는 삶이 가장 많이 개선되었다고 하는데도 거시적 통계는 우리가 처한 현실이 여전히 나쁘다고 말한다.

내 발을 고친다는 것은 내가 누구의 눈에도 미인대회의 최고 미인으로 보이지 않을 것이며, 나를 지성인으로 볼 사람은 거의 없다는 것을 알면서도 계속해서 들이대는 것을 말한다. 내 발을 고친다는 것은 포기하지 않고, 노력해서 얻는 결과가 좋지 않을 것 같더라도 상관없이 계속 시도하는 것을 의미한다. 나는 나 자신을 고친다. 그렇게 하는 것이 엄청난 아픔을 가져온다 하더라도 세상이 나를 보는 시각은 고칠 수 없다는 것을 알기 때문에 그렇게 한다.

글을 쓰는 것은 내 발을 고치는 행위다. 나는 에토스 혹은 도덕적 권위를 주장해서 공적 담론에 영향을 준다. 그리고 그렇게 함으로써 나는 모든 기대와 예상에 맞선다. 내가 하지 않는 것은 사적인 에세이를 쓰는 일이다. 사적인 에세이 장르가 흑인 여성의 공적 참여에 얼마나 중요한지 잘 알지만 나는 양심상 내 글이 그 장르에 속한다고 한번이라도 생각했다고 말할 수 없다. 그와 더불어 나는 흑인의 경험을 문학적으로 표현하는 사람이 아니다. 나는 아름다운 흑인들의 낙원 — 백인들이 노력 없이 주어진 자신의 특권에 대한 비판에 상처 입지 않고 잠깐 들어왔다 아무렇지도 않게 떠날 수 있는 그런 이야기 — 을 그리지 않는다. 그리고 나는 내가 사랑하는 아름다운 부류의 작가가 아니다. 정기구독으로 석 달에 한 번씩 배달되는 문예지 『옥스포드 아메리칸Oxford American』에 실리는 이야기를 쓰는 그런 작가들 말이다. 나는 하늘하늘한 원피스를 입고 시상식에 참석해 자신감 있고 희망찬 미소를 가볍게 짓고 사진을 찍는 그런 유명한 예술가도 아니다.

나는 현실에 너무도 단단히 묶여 있어서 그곳을 떠

날 수 없고, 그래서 픽션은 말할 것도 없고 창조적 논픽션에도 손을 댈 수 없다. 이야기꾼일 수는 있지만 그마저도 태생적으로 타고난 것이지 이야기하는 기술을 연마한 결과라고 볼 수 없다. 어쩌면 나는 따분한 사회학자나 무미건조한 민족지학자마저도 아닐지 모른다. 내가 말하는 민족지학은 너무 구조적이고, 내가 말하는 사회학은 내 목소리가 너무 많이 들어가 있다. 사실 내 글은 형식이나 다루고 있는 분야나 청중이 모두 이리저리 뒤섞이고 들쭉날쭉해 난잡스럽다. 요즘 아이들 말로, 여기저기 집적거리는 글이라고 해도 할 말 없다.

내가 지금까지 살펴본 어떤 분야보다 내 에세이들의 본질에 가까운 것은 바로 사회학이다. 민족지학자들이 '중층 기술thick description'*이라고 부르는 개념을 접하고 나는 마침내 내 생각만큼이나 복합적인 라벨을 발견했다. 나는 사회적 지위라는 개념이 매우 중요한 것이라고 생각한다. 우리는 자유의지를 가진 사람들이고, 각자의 역사는 사람마다 다른 강도로 그 사람이 어떤 사람이 될 것인지를 한정한다. 나는 어떤 기준으로 봐도 상

---

* 문화인류학과 사회학에서 쓰는 개념으로 특정한 언어나 몸짓이 전하는 메시지는 맥락에 따라 수없이 많은 의미를 지니기 때문에 인간 행동을 대할 때, 그 행동을 잘 이해할 수 있도록 행동 그 자체만이 아니라 문맥도 포함해 설명하는 것을 가리킨다.

당히 머리가 좋은 편이다. 우리 할머니는 나보다 더 영리했다. 어렵기로 유명한『타임스』의 십자말풀이를 연필이 아니라 볼펜으로 거침없이 풀어버렸고, 도서관 회원증으로 인문학을 독학했다. 그렇게 영리했다. 할머니는 평생 부자 유대인 가정에서 가사도우미로 일을 했다. 에덜먼, 골드먼, 핑클스타인 등의 성을 가진 그 가족들은 내가 학교에서 좋은 성적을 받아 오면 카드를 보내곤 했다. 할머니가 돌아가셨을 때(감사하게도 길게 고통받지 않으셨다), 그녀가 태어난 작은 마을의 방 하나짜리 은퇴자 아파트에 남은 물건이 할머니가 세상에서 소유한 것의 전부였다. 할머니는 박사학위를 딴 손녀보다 훨씬 영리했지만 세상을 뜰 때까지 가난했다. 영리함이란 한 사람의 능력과 환경, 그리고 그 사람이 살아낸 시대상 등이 모두 함께 작용해서 만들어진 개념일 뿐이다. 나는 유리한 시대에, 세계화라는 시대상에 걸맞은 영리함을 타고났을 뿐이다.

내 에세이는 항상 이 문제를 생각하는 것에서 시작한다. 왜 우리 할머니가 아니고 나일까? 왜 그때가 아니고 지금일까? 왜 다른 미국이 아니라 이런 미국일까? 더 단순하게 말하자면, 현재 나의 사회적 지위는 우리 사회에 대해 무엇을 말해주는가? 그것은 나를 중심에 두고 우리 사회의 모든 것을 나와 연관 지어서 생각해보려 하는 것과는 완전히 다르다. 예를 들어 내 경험은 이민자의 경험을 대변할 수 없다. 내 경험은 성소수자들의 삶을 대변할 수 없다. 사적인 에세이는 그런 차이를 짚고 넘어가지 않는다. 그 장르를 깎아내리려 하는 것이 아니라 다르다는 점을 지적하는 것이다.

경험과 서술을 아우른 중층 기술을 신중하게 펼치면서 나 자신의 사회적 지위에 의문을 던지는 방법을 통해 — 수백 편의 에세이와 특정 계층을 대변하는 목소리로 나를 인식하는 청중들을 상대로 10여 년이 넘게 공개적으로 글을 써오면서 — 나는 우리의 모습과 자아가 우리 사회에 대해 무엇을 말해주고 있는지를 탐구해왔다. 그 과정에서 나는 나 자신, 내 역사, 내 정체성의 일부를 공유함으로써 사회 이론을 더 공고하게 만들기 위해 노력했다. 만지고, 냄새를 맡고, 보고, 직접 경험한 감각을 동원할 때 이야기는 더욱 강렬하게 다가간다. 그러나 나는 결코 환기력이 강한 이야기를 하는 데 그치고 싶지 않았다. 나는 환기력이 강한 이야기가 힘 있는 자들을 향한 문제 제기로 발전하기를 바랐다. 그러기 위해 나는 데이터를 찾고 조사를 한다.

이 책에 실린 모든 에세이에는 다양한 이론과 데이터가 풍부하게 담겨 있다. 학문적인 내용과 내가 살면서 경험한 내용, 1차 자료와 2차 자료가 섞여 있지만 모두 나의 주장을 빠짐없이 뒷받침하고 있다. 내 글은 철학적 의미에서 논거요, 주장이다. 사람들을 설득하고 변화시키고 영향력을 발휘하기 위해 쓰였다. 바로 그런 이유에서 내가 누구인지가 더욱 중요한 것이다. 나처럼 학계와 문학계, 인문 분야, 그리고 '직업적으로 똑똑한 사람들'의 에토스, 로고스, 파토스에서 소외된 사람은 써내는 모든 글에서 모든 형태의 권위에 동시에 호소해야만 했다. 그것은 내가 내 발을 고치는 방법이다.

불행하게도 지금까지 내 발을 고치는 데 너무 능숙했는지도 모르겠다. 내 주장은 반박을 당하거나, 아무런 주목도 받지 못하거나, 언급조차 없을 때가 많았다. 과거에 발표한 몇몇 에세이를 이 책에 실은 것도 바로 그 때문이다. 단, 이번에는 그런 주장을 하게 된 사고 과정을 명확히 보여주고자 했다. 일례로, 마일리 사이러스 Miley Cyrus가 MTV 시상식에서 성행위를 모방한 퍼포먼스를 한 것을 다룬 에세이는 사실은 성적 충동의 경제학을 이야기하기 위해서였다. 역설적이게도 성적 충동의 경제학은 사적인 에세이의 경제학을 규정하는 기초가 되었고, 그것 때문에 그 에세이가 유명해지게 되었다. 코미디언 레슬리 존스Leslie Jones가 〈새터데이 나이트 라이브〉에서 연기한 것으로 비난받은 일에 관한 글의 주제는 피부색 차별colorism*과 식민주의였다. 가난한 사람

---

* 피부색을 근거로 차별하는 것을 의미하며, 인종차별과 겹치는 경우가 많다. 같은 흑인이어도 피부색이 더 어두운 사람들이 더 차별을 받는다.

들이 돈을 모으는 대신 특정 물건을 왜, 어떻게 구매하는지에 관한 글은 경제학자 소스타인 베블렌Thorstein B. Veblen, 사회학자 피에르 부르디외Pierre Bourdieu, 그리고 20세기 중반 흑인 문학을 생각하지 않고는 넘어가지 못한다.

내 글을 오랫동안 읽어온 독자들은 이 책에 실린 에세이 중 일부가 어디선가 읽은 듯하지만 모두 새로 쓴 글이라는 사실을 알아차릴 것이다. 내 생각은 한 시점에 고정되어 있지 않고, 앞으로도 그러지 않기를 희망한다. 나는 나이가 들면서 일부 주제에 관해서는 더 급진적이 되었다. 그리고 예전보다 쩨쩨함에 대해서는 관대해진 반면 일부러 모르는 척하는 태도는 더 참을 수가 없어졌다. 책을 읽기 좋은 구석 자리가 우리 집에만 열네 군데나 있고, 대학 사무실에도 세 곳이 있다. 나는 킨들과 구글폰의 킨들 앱, 그리고 오버드라이브 같은 도서관 앱으로 책을 읽는다. 학계의 온라인 데이터베이스 중 알림 기능을 켜놓은 것은 스물아홉 개에 달한다. 내가 정한 키워드가 포함된 새 연구 논문이 발표될 때마다 내게 알림이 뜬다. 나는 평생 읽어도 모자랄 정도의 정기간행물을 구독한다. 나는 많이 읽고, 많이 생각한다. 나는 하루에 천천히 글을 읽을 시간을 15분 더 확보하기 위해 내 생활 전체를 계획하고 실천에 옮긴다. 그렇게 번 시간에 주로 나는 어린아이처럼 손가락으로 새로운 단어와 새로운 아이디어를 짚어가며 천천히 글을 읽는다. 이전에 발표한 에세이들을 새로 쓰지 않고 그대로 출간하는 것은 내가 목표로 하는 인간이 되기 위해 이토록 부지런히 기울인 노력을 저버리는 것이나 다름없다.

글을 읽을 수 있는 공간을 가지는 것은 특권이다. 나는 자기만의 방도 모자라 전체가 내 차지인 집이 있다. 간혹 여성 학자로 살아가는 것에 대해 이야기해달라는 요청을 받는데, 그럴 때면 예나 지금이나 나는 항상 내가 여러 면에서 예외적인 사람이라는 것을 분명히 한다. 나는 배우자도 자녀도 없다. 아직까지는 부모님을 전적으로 부양하지 않아도 된다. 돈이 많은 집안 출신도 아니다. 여러 면에서 나는 내 연구 대상이 되는 사람들과 같은 사람이다. 막대한 학자금 대출을 여전히 갚아나가고 있고, 3년 전까지도 비행기표를 살 수 있는 신용카드도 없었다. 나는 집착적으로 동전을 모은다. 은행 계좌에 들어 있는 300달러 정도의 저축액보다는 돈이 조금 더 많다는 느낌을 가지고 싶어서다. 사실 300달러는 전형적인 미국 흑인 여성은 가지지 못하는 금액이다. 그나마 나는 고소득에 속하는 것이다. 투잡이 아니라 파이브잡은 해야 가능하겠지만 간혹 학생에게 논문 편집을 맡기고 보수를 지불할 수도 있고, 식료품을 배달시키고 수고비를 지불할 수도 있다. 읽고 생각할 수 있는 특권에는 커다란 책임이 따른다. 내가 누리는 특권이 나와 같은 사람들, 즉 수많은 흑인 여성이 모든 사회계층에서 체계적으로 걸러지고 기회를 박탈당함으로써 얻어진 결과라면 그 책임은 더욱 커진다.

이 에세이들은 내 세계관의 핵심이 되는 신념들을 갖게 된 과정을 담고 있다. 거기에는 생각을 할 수 있는 특권, 그 특권을 누리기 위해 수많은 일을 동시에 하면서 돈을 벌어야 했던 경험, 그리고 내 발을 고치는 과정에서 얻은 도덕적 철학들이 모두 포함된다.

나는 이 책에 실린 에세이들이 흑인 여성 사상가들이 활동할 수 있는 공간을 활짝 열어젖혀서 그들이 지금까지 계속 해왔던 일을 좀 더 나은 보상을 받으며 할 수 있게 되기를 바란다. 내 말에 귀를 기울여주는 모든 사람에게 늘 하는 말이지만, 나는 흑인 여성들이 대여섯 가지 일을 동시에 하지 않아도 되고 한 군데 직장만 다녀도 되길 바란다. 사실 누구나 그럴 수 있어야 한다. 일자리 보장과 보편적 기본소득은 내 정치적 신념의 핵심을 이루는 개념이다. 그러나 그런 종류의 기본적인 경제적 안정을 우리 흑인 시스터들이 가장 먼저, 널리 누리기를 바라는 마음이 없다고 하면 거짓말일 것이다.

***

내 글이 독자들에게 유용한 경험이 되길 바란다. 그리고 그 경험을 바탕으로 앞으로 흑인 여성 작가들이 그들을 보호하고 제대로 된 보수를 주는 기관과 매체에서 활발히 활동할 수 있기를 소망한다. 수많은 모순과 뉘앙스, 인간됨, 블랙니스 — 블랙니스도 인간됨의 일부이기 때문에 — 가 가득한 정체政體를 만들어 공적 담론에 참여하는 흑인 여성 지성인이 세상에 발을 디디기 위해 자신의 발을 고쳐야 하는 일이 다시는 없기를 열망한다.

아름다움의 이름으로

우리는 삶에 깃든 아름다움의 의미를 이론으로 정립할 필요가 있다. 그것은 비평적 의식을 갖도록 스스로를 교육하고, 중요한 문제들에 대해 이야기할 수 있도록 하기 위함이다. 우리가 어떻게 돈을 벌어서 쓰는지, 아름다움에 대해 어떤 느낌을 갖는지, 물질적 풍요를 누리지 못하거나 심지어 살아가는 데 필요한 기본적인 것조차 갖추지 못한 삶에서 아름다움은 어떤 의미를 갖는지, 사치스럽다는 것은 어떤 의미와 영향력을 갖는지, 시기심은 정치적으로 어떤 의미인지 등을 토론하는 데 필요하기 때문이다.

●

벨 훅스[18]

권력을 쥔 자들의 라이프스타일 자체가 그 생활을 가능하게 하는 권력을 강화한다. 권력이 가져오는 가능성의 진정한 조건은 눈에 잘 보이지 않기 때문이다.

●

피에르 부르디외[19]

마일리 사이러스는 아슬아슬한 질풍노도의 시기를 지나고 있었다.* 문신과 보디 피어싱, 딜도 등등에 더해 종합선물세트를 완성이라도 하듯 흑인 문화도 가져다 썼다. 팝 스타들이 늘 하는 짓이다. 나는 그 문제에 관해

---

* 저자는 2013년 8월 MTV 비디오 뮤직 어워드 시상식에서 배우 겸 가수 마일리 사이러스가 성행위를 연상시키는 퍼포먼스를 공연한 것을 두고 「(갈색) 몸이 (하얀색) 원더랜드가 될 때When Your (Brown) Body Is a (White) Wonderland」라는 글을 블로그에 올렸다. 여기 실린 에세이는 그 글과 관련된 논쟁을 잇는 후속 글이다. 원글의 전문은 저자의 블로그에서 확인할 수 있다. http://tressiemc.com/uncategorized/when-your-brown-body-is-a-white-wonderland.

글을 쓰기로 마음먹었다. 사실 내가 쓴 글에 사람들이 반응하는 것은 흔한 일이 되었고, 때로 엄청나게 많은 사람들이 반응을 보이기도 한다. 내 글이 자신에게 일어난 일을 연상시킨다며 가슴 미어지는 이야기를 고백하는 독자도 있고, 내가 흑인이고 여성이면서 인기를 누리는 바람에 잘못된 내용을 썼다고 분노하며 장광설을 늘어놓는 사람도 있다. 그러나 내가 쓴 글을 통틀어 디즈니 출신 팝 스타 마일리 사이러스에 대한 글만큼 직접적이고 격렬한 반응을 불러일으킨 글은 없었다. 나로 하여금 잠시나마 말문을 잃게 만든 것은 나를 꾸짖는 사람들의 격앙된 감정에 더해 그 공격의 선두에 선 사람들이 누군가 하는 문제였다.

나는 남자들과 백인들이 내게 분노하는 것에는 익숙하다. 그건 늘 겪는 일이다. 그러나 흑인 여성들이 내게 화를 내는 것을 보는 경험은 내게 특별한 종류의 참회의 감정을 불러 일으켰고, 내 책임이 무엇인지를 다시 한번 돌아볼 기회가 되었다. 이 이야기에서 뭔가가 빠져 있는 게 분명했다. 흑인 여성들이 내게 반론을 제기하고 있었기 때문이다.[20]

시스터들은 텔레비전으로 중계된 대중음악 시상식에서 마일리 사이러스가 보인 퍼포먼스가 얼마나 위험한지를 내가 조목조목 따진 것에 대해 화를 내는 것이 아니었다. 그녀 뒤에서 춤을 추는 흑인 백댄서들의 몸매를 지적한 부분에 대해서도 화가 난 것 같지 않았다. 수 많은 흑인 여성들이 분노한 지점은 내가 쓴 글에서 나 자신을 다루는 방식에 있었다. 나는 객관적으로 관찰 가 능한 사실인 듯 아주 가벼운 어조로 나 자신에 대해 매 력이 없다고 썼다. 그러고는 내가 매력이 없는 사람이 기 때문에 아름다움, 인종, 인종차별주의에 대해서 그리 고 우리가 '백인의 시선'이라고 부르는 것과 소통하는 조금 남다른 경험을 했다고 주장했다. 글을 쓸 때만 해 도 그 대목에 대해서는 대수롭지 않게 생각했는데, 그것 은 사실 자주 있는 일이 아니었다. 보통은 내 글이나 행 동이 어느 부분에서, 어떤 부류의 사람들을 빈정 상하게 할지 정확하게 예측할 수 있었기 때문이다. 그러나 이번 문제는 내 레이더망을 완전히 벗어나 있었다.

댓글은 가차 없었고, 반응은 온라인에만 한정되지 않았다. 상황은 개인 차원으로까지 발전했다. 한 흑인 남성 동료가 자기 친구가 한 말을 이메일로 전해줬다. 흑인 여성인 그 친구는 글과 함께 실린 사진에서 보이는 인상과 달리 스스로 얼마나 못생겼는지 푸념을 늘어놓 는 쓰레기 같은 글은 읽고 싶지 않다고 했다. 그런 발언 은 자신의 신체적 매력을 재확인해줄 것을 대중들에게 호소하는 투의 행동이었다는 것이다. 나는 그렇지 않다 고 생각했지만 지금까지 받은 가정교육을 떠올리며 그 동료에게 그렇게 생각할 수도 있었겠다고 말했다. 그러

고는 잠들 때까지 술을 마셨다. 또 다른 사람은 페이스
북 그룹 링크를 보내줬다. 여성들, 특히 흑인 여성이 많
이 참여한 그 그룹에서는 내가 나 자신을 혐오한다고 꾸
짖었다. 링크를 보낸 사람은 내가 이미 그 그룹의 멤버
였고, 거기서 내 글이 난도질당하는 것을 이미 며칠 동
안 지켜보고 있었다는 것을 알지 못했다. 나는 아무 말
도 하지 않았다.

　그 에세이를 발표하고 몇 달 후, 나는 흑인 대학으
로 설립되었던 내 모교의 영문과에서 메이슨 산코라 기
념 강연을 하기로 되어 있었다. 그것은 참혹한 경험이
었다. 흑인 대학은 특별한 곳이기 때문이다. 물론 그 사
실을 인정한 것은 내가 처음이 아니다.[21] 흑인 대학의 유
산, 문화, 도전, 과오 등은 책, 기사, 영화, TV 프로그램,
다큐멘터리 등에서 충분히 찾아볼 수 있다. 그러나 흑인
대학이 왜 내게 그토록 특별한지를 제대로 설명해주는
자료는 찾아보기 힘들다.

　열한 살이 되던 해, 나는 허리가 잘록해지고 가슴이
튀어나왔다. 스쿨버스 정류장에서 아무렇지도 않게 서
있는 것이 더 이상 불가능해졌다. 그것은 위험한 일이었
다. 위험한 남자들이 있었기 때문이다. 나는 그런 문제
에 어느 정도 준비가 되어 있었다. 아마도 우리 엄마는
어릴 때 성적 학대를 경험한 것 같다. 그 경험을 직접 이
야기한 적은 없지만, 어떤 종류의 이야기를 할 때면 엄

마는 말끝을 흐리곤 했다. 그래서인지 엄마는 홀로 외동
딸을 키우면서 그 부분만큼은 철통 방어를 했다. 친척
이 아닌 남자는 우리 집에 발도 들이지 못했고, 친척도
엄마가 함께할 때만 올 수 있었다. "나는 네가 사는 집
을 안전하게 만들고 싶었어. 어른이 아니라 아이가 사는
집." 엄마는 내게 말했다. 한 부모와 사는 외동아이들은
부모의 정서적 욕구를 감지하는 법을 터득하게 된다. 자
신의 생존에 결정적일 뿐 아니라 세상에서 유일한 보호
자를 도와 두 사람 모두의 안전을 확보하는 데 필수적
이기 때문이다. 엄마의 조심스러운 태도에서 나는 본능
적으로 남자는 조심해야 할 존재고, 내 마음, 내 정신 건
강, 내 차, 내 침실, 내 수표책, 내 꿈, 내 몸 등 그때그때
내게 중요한 것들을 지켜내야 한다는 사실을 깨달았다.
나 자신이 소중한 사람이어서 조심해야 한다는 것을 깨
닫기 수십 년 전부터 나는 엄마를 걱정시키지 않기 위해
조심을 했다.

　　남자를 조심해야 한다는 것은 어릴 때부터 알고 있
었지만, 백인 여자들도 조심해야 한다는 사실은 너무 늦
게 알게 됐다. 6학년 때 처음으로 백인 여자 선생님으로
부터 내 가슴이 주의를 산만하게 한다는 말을 들은 것이
다. 그 후로도 오랫동안 내게 권위를 행사할 수 있는 백
인 여성들은 내 몸이 얼마나 잘못됐고, 위험하고, 일탈
적인지를 알려줬다. 그들의 지적은 말하자면 엉덩이보

다는 가슴에 집중되어 있었다. 이듬해 입학한 중학교에서는 성적 표현에 관한 규칙을 배웠다. 그 시기, 나는 내 가슴이 일부 남자아이들과 남자 어른들의 주의를 산만하게 하긴 하지만, 주의를 산만하게 하는 다른 모든 것과 평등한 처우를 받지 못한다는 사실을 깨달았다.

나는 '브라운 대 교육위원회 판례Brown v. Board of Education'*의 결과로 실시된 인종 통합 교육을 받은 캐롤라이나주의 마지막 세대였던 탓에 백인 동급생이 무척 많았다. 그 당시만 해도 진보적이었던 학군의 인종 구성 덕분에 우리 학교에는 남아시아계와 라틴계 아이들도 많았다. 이렇게 여러 인종과 민족이 공존하는 환경은 내가 성적인 것, 호감 가는 것, 눈에 띄는 것, 투명 인간처럼 취급받는 것과 관련된 규칙을 배우는 데 중요한 역할을 했다.

아프리카계 미국인의 역사와 문화를 선호하는 엄마의 취향으로 걸러진, 집에서 접했던 사회와는 달리 학교에서 나는 금발보다 더 아름다운 것은 없다는 것을 배웠다. 그것을 처음 경험한 것은 중학교에서였다. 어떤 백인 남자아이가 같은 반 여자아이를 보고 "저건 진짜 금발이야"라고 말하는 것을 듣고 나는 혼란스러웠다. 그

---

* 1954년 인종 분리 교육이 불법이라는 미국 대법원의 판결을 이끌어낸 소송 사건.

남자아이는 비뚤비뚤 자른 머리를 한 찌질이였지만 투명 인간 취급 당하는 것은 참을 수 없어서 튀는 짓을 하는 아이였다. 열네 살이던 내가 아는 유일한 머리 염색약은 우리 할머니가 '가장자리를 고치는' 데 쓰던 염색약뿐이었다. 가발 밖으로 삐져나온 곱슬머리가 가발과 자연스럽게 섞이지 않을 때 취하는 조처였다. 나는 '진짜' 금발과 '가짜' 금발에 대해 전혀 아는 게 없었지만, 마치 엄마의 두려움을 알아차린 것처럼, 그 굼뜬 찌질이가 사회적으로 중대한 사실을 알려주고 있다는 것을 본능적으로 알아차렸다.

시간이 흘러 고등학교 영어 시간에 뮤지컬 영화 〈그리스〉를 보게 됐다. 마지막 장면에서 올리비아 뉴턴존이 연기하는 샌디가 몸에 꽉 끼는 번쩍이는 바지를 입고 축제에 등장하자 흑인 아이들은 모두 킥킥거렸다. 너무 우스꽝스러웠다! 다리 사이가 너무 벌어져 있었다! 그때 10학년치고 너무 키가 컸던 백인 남자아이 하나가 고개를 뒤로 젖히면서 외쳤다. "끝내주는구먼, 뉴턴존!" 그 순간이 너무도 생생하게 내 머릿속에 각인되어 있다. 어떤 깨달음이 내 머리를 내리쳤기 때문이다. 호감 가는 대상에 대한 완전히 다른 문화가 내 시야 바로 위와 바로 밑에서 펼쳐지고 있었다. 그러는 동안 흑인과 라틴계 친구들은 벌어진 다리와 납작한 궁뎅이에 대해 농담을 하면서, 큰 엉덩이에 미소만 짓는 사람은 절대 믿을 게 못 된다는 말이나 주고받고 있었던 것이다. 언젠가 내 가슴이 주의를 산만하게 한다고 했던 선생님과 별반 다르지 않았던 중년의 백인 여자 영어 선생님은 키가 큰 그 남자아이의 말에 미소를 지으면서 눈을 슬쩍 흘겼다. 샌디에 대한 그 아이의 성적인 코멘트가 예의에 어긋나긴 하지만 상식적인 수준이라는 것을 확인하게 하는 제스처였다. 그 아이도 선생님한테 미소를 지어 보이면서 어깨를 으쓱했다. '나도 어쩔 수가 없어요'라고 말하는 듯한 표정으로. 그 남자아이와 선생님은 한통속이었다. 그 이상한 모습의 샌디는 아름다운 대상이었다.

아무리 이상적인 인종 통합 학교라 해도 학교의 중요한 일정들 — 무도회, 점심시간의 자리 배치, 주말의 밤샘 파티 — 을 거치면서 아이들은 인종적으로 분리되어 어울리게 된다. 백인 아이들과는 학교에서나 어울려 지내지 절대 집에 초대하는 친구 사이는 아니었다. 수학 우수반에서 함께 공부하긴 하지만 주말에 호숫가에 함께 가서 놀지는 않는 사이 말이다. 우리는 그것을 당연시했다. 그 아이들과 교실과 복도에서 서로 예의를 지키며 섞이는 과정에서 나는 무엇이 아름다운 것인지 배웠다. 고등학교에 들어갈 무렵에는 나는 거기 해당되지 않는다는 사실을 이미 알고 있었다.

고등학교를 다닐 무렵의 여자아이들은 모두 자존감 문제로 고민을 한다. 그리고 대부분의 여자아이들은 도저히 도달할 수 없는 비현실적인 몸매와 자신을 비교하곤 한다. 그러나 나는 그런 사춘기 여고생들의 문제를 이야기하는 것이 아니다. 그런 문제는 약간 다른 방식으로 우리 모두에게 보편적으로 가해지는 성별에 따른 폭력이다. 내가 말하려는 것은 일종의 자본에 관한 문제다. 영어 시간에 드러난 키 큰 남자아이의 개인적 취향이 아니라 권위를 가진 존재로서의 교사가 그 취향을 평균적인 상식이라고 확인해주는 것이 내가 말하려고 하는 문제다. 나도 고등학교 때 남자친구를 사귀었고, 친한 친구들 무리도 있었다. 나도 특정한 맥락에서는 가치 있는 존재로 받아들여진다는 증거는 충분했다. 그와 동시에 나는 금발, 호리호리함, 깡마름, 허벅지 사이의 틈 등에 큰 힘이 깃들어 있다는 사실도 알고 있었다. 그리고 그 힘이야말로 다른 모든 사람들이 자신을 규정하는 맥락이었다. 그것이 아름다움이었다. 고등학교를 다니는 어린 여학생 중에서 자신이 그 아름다움의 기준에 부합한다고 말할 수 있는 사람은 극소수에 불과하지만 백인이 아닌 여자아이들에게 그것은 애초부터 불가능한 기준이다. 아름다움이라는 것은 우리가 어떻게 보이는지의 문제가 아니라, 기존의 사회적 질서를 재생산하는 취향을 기준으로 삼기 때문이다. 주말 호숫가 파티에 낯선 피부색의 검은 얼굴들이 끼지 않도록 하는 기준이면 충분히 아름다운 것이다.

백인 페미니스트들은 미의 기준이 시대에 따라 어떻게 변화해왔는지를 이야기하면서 '풍만한' 메릴린 먼로에서 뼈만 앙상한 트위기를 거쳐 다듬어진 근육질의 패멀라 앤더슨을 예로 들곤 한다. 그 과정에서 그들이 '미의 원형'으로 제시하는 예들은 아름다움의 진정한 기능을 '화이트니스whiteness'로 착각하게 만든다. '화이트니스'는 '블랙니스'에 대한 반응으로 존재한다. 화이트니스는 누가 공식적으로 백인에 포함될 수 있는지를 집착적으로 가려내고 누가 흑인인지를 명확히 함으로써 정당화되는 폭력적 사회체제의 산물이다. 아름다움의 궁극적 기능은 블랙니스를 배제하는 것이라고 주장해도 논리적으로 무리가 아니다. 나아가 아름다움의 기준을 이용해 백인 여성들을 길들일 수 있고, 기존 성별의 기준에 순응하지 않는 사람들의 존재 자체를 상징적으로 배제할 수 있는 것은 덤이다. 나와 함께 고등학교를 다녔던 백인 여자아이들 중 일부는 아름답지 않았을 수도 있다. 너무 말라서 건강미가 없다거나 얼굴이 너무 갸름해서 턱선이 살지 않는다고 평가받는 식으로 말이다. 그러나 권력이 원하면 사회적 기준을 새로 만들어 사회적, 경제적, 정치적으로 그 소녀들이 아름답다고 규정할 수도 있다. 아름다운 사람들이 백인인 한, 자본을 백인에게서 비非백인에게로 재분배하지 않고도 시대에 따른 미의 기준은 어떤 식으로든 변할 수 있다.

페미니스트들은 시대의 변화에 따른 여성미의 기준을 거론한다. 이와 관련해 가장 널리 알려진 예가 1~2년에 한번씩 인터넷상에 다시 등장하곤 한다. 한 밈meme에서는 사람들에게 메릴린 먼로가 옷을 산다면 지금 기준으로 몇 사이즈를 골라야 할지 묻는다. 질문자는 분명한 시대를 풍미한 아름다움의 대명사가 '66 반'도 넘는 사이즈를 입었다는 말을 들으면 모두가 깜짝 놀라 악 소리를 낼 것이라고 추측했을 것이다. 밈은 문화적 규범을 표현하는 디지털 포맷의 양식일 뿐이다.[22] 롤캣LOLcat*이 웃기고, 메릴린이 아름답고, 유튜브로 한 장난을 올린 움짤이 역겨운 것은 모두 그 밈을 만들어낸 문화적 규범에 달려 있다.[23] 메릴린 먼로의 옷 사이즈에 관한 밈은 미국 서부의 도상학적 기준을 전제로 한 것이다. 메릴린은 그냥 아름다운 여자에 그치는 것이 아니라 미국 대중문화에서 한 시대를 풍미한 이상적인 아름다움의 기준이었다. 그 믿음을 자기 것으로 받아들이지 않은 사람은 그 밈을 이해할 수가 없다. 또 메릴린의 실제 옷 사이즈를 들은 사람은 모두 충격을 받을 것이라는 질문자의 추측은 뚱뚱한 사람에 대한 기준을 공유하는 청중을 전제로 한다. 그리고 그 청중은 뚱뚱함과 아름다움이 정

---

* 재미있는 캡션을 넣어 인터넷에 게시하는 고양이 사진.

반대의 개념이라는 생각에도 모두 동의해야 한다. 물론 서구 백인 문화에서도 항상 뚱뚱함과 아름다움을 정반대의 개념으로 대치시켜온 것은 아니다. 예술가들은 17세기 루벤스 화풍에 등장하는 여성들의 모습은 한때 뚱뚱한 몸이 미의 기준이었다는 것을 보여주는 좋은 예라고 지적한다. 그 그림들은 서구 백인 역사의 한 갈래를 떠받치는 이상적인 아름다움이 담긴 작품이기도 하다.

나오미 울프Naomi Wolf 덕분에 시대에 따라 변화한 이상적인 미의 기준을 검토하는 것은 오늘날 가장 인기 있는 백인 3세대 페미니즘의 기치가 되었다. 울프는 자신의 저서 『무엇이 아름다움을 강요하는가The Beauty Myth』에서 여성의 아름다움에 대한 기대와 그런 기대를 만들어내는 경제적 맥락을 분리한 다음 두 가지 모두를 페미니스트 관점에서 비판한다.[24] 그러나 나를 비롯해 여러 사람들이 지적하듯이 울프는 경제적, 정치적 조건들이 어떻게 백인의 신체를 궁극적인 아름다움의 표상으로 등극시켰는지에 대해서는 별다른 연구를 하지 않는다.[25] 더 정확하게 말하자면, 울프는 정치적, 제도적 용인을 받은 백인 문화의 사회정치적 맥락이 주가 폭락, 대중매체, 교외화, 전쟁 등의 역사적 변곡점과 부딪히면 여성의 아름다움에 대해 받아들일 수 있는 기준이 변화한다는 사실을 입증했지만, 그 변화는 항상 체형에 한해서였을 뿐이다. 기준이 되는 색깔의 변화는 한번도 없었다. 이것이 울프의 주장의 핵심은 아니지만 미의 기준 변화와 관련해 색깔의 변화는 언급조차 하지 않았다는 사실 자체가 내 주장의 방증이기도 하다. 바로 아름다움이라는 개념이 백인 여성만을 위해 존재한다는 주장 말이다.[26] 페미니스트라면 그것을 백인 여성의 문제로 볼 것이고, 페미니스트가 아닌 입장이라면 그것을 백인 여성이 받은 은총이라고 볼 것이다. 우리 모두가 아름다움의 기준이 백인이 아닌 여성을 배제한다는 추정을 공유할 때만 밈이나 미의 신화에 등장하는 아름다움은 그것을 통해 정치, 경제, 법, 정체성 등을 고찰할 수 있는 문화적 산물로서 의미를 지닐 수 있다.

흑인 여성들은 미의 신화에서 우리가 차지하는 위치를 고찰해왔다. 우리의 신체를 통해 정치경제학을 바라보는 것이다. 우리가 백인 중심 문화의 밈과 역사와 페미니즘에서 아름답다고 간주되지 못한다면 그와 다른 기준을 만들어낼 수도 있다. 출렁거리는 하얀 살덩어리를 묘사한 루벤스의 작품을 빌려 사회비평을 한 페미니스트들처럼 우리도 우리 스스로 아름답다는 것을 입증할 문화적 산물을 찾아볼 수 있을 것이다. 퍼트리샤 힐 콜린스Patricia Hill Collins의 저서 『흑인의 성 정치학 Black Sexual Politics』은 이 문제에 관련해 가장 주목할 만한 경고사격이라고 할 수 있다.[27] 콜린스는 인종적, 계층적, 민족주의적, 문화적, 경제학적, 그리고 정치학적으로, 흑인의 섹슈얼리티와 문화가 어떻게 아름다움의 영역에서 흑인 여성을 배제하는 인종적 위계질서에 의해 왜곡되었는지를 깊이 있게 파고들지는 않는다. 그러나 그녀는 우리가 이런 역학관계를 이해하는 데 도구로 사용할 수 있는 사고 체계를 정립하는 데 핵심적인 역할을 했다. 콜린스는 또 힙합 문화에 본질적으로 내재해 있는 타협에 관해 매우 단호한 비평을 가한다. 힙합은 흑인 여성을 희화화하는 백인 대중매체에 중요한 피드백 루프feedback loop*를 제공하는 흑인 문화의 산물이다. 콜린스는 힙합이 흑인 여성에 대한 흑인 남성 중심적 사고를 바탕으로 가령 체형을 기준으로 한 호감도의 위계질서를 확대 재생산한다고 주장한다. 그런 위계질서가 백인 여성의 아름다움을 우월하다고 보는 사고 체계에 도전하는 법은 거의 없다.

흑인 힙합계 페미니스트들은 힙합 문화의 복합적인 본질에 대한 더 깊은 이해를 바탕으로 콜린스의 비평에 대응한다. 조앤 모건Joan Morgan은『닭대가리들이 자기 자리로 돌아올 때: 어느 힙합 페미니스트의 분석When Chickenheads Come Home to Roost: A Hip-Hop Feminist Breaks It Down』에서 주류 매체에서 완전히 소외되었다는 사실과

* 어떤 시스템에서 처리 결과의 정밀도, 특성 유지를 위하여 입력, 처리, 출력, 입력의 순으로 결과를 자동적으로 재투입하도록 설정된 순환 회로.

상관없이 흑인 페미니스트들의 목소리가 힙합 문화의 어디에 위치하고 있는지를 고찰한다.[28] 내가 속한다고 생각하는 세대가 "무조건적으로 과잉 보호되고, 절망적일 정도로 남성 위주고, 지나치게 자기 희생적인" 세대라고 주장하면서도, 힙합 시대의 페미니스트들은 흑인의 아름다움이 존재할 수 있는 장을 확보할 근거가 될 문화적 역사를 발굴해냈다. 2014년, 코미디언 레슬리 존스는 〈새터데이 나이트 라이브〉에 출연해 그런 장을 확보하는 데 따르는 복합적인 어려움을 이야기했다.[29] 그날의 에피소드에서 존스는 마커스 헌터Marcus Hunter 와 같은 권위 있는 학자가 연구했던 아름다움의 위계질서에 스민 인종차별적 아픔에 관한 주제를 스탠드업 코미디계의 전설 리처드 프라이어Richard Pryor가 전성기 때 했을 법한 연기로 보여줬다. 3분여 동안 존스는 자신이 싱글인 것에 대해 푸념을 늘어놓았다. 사실 그녀는 자신이 싱글이라는 점을 소재 삼은 코미디를 자주 선보여왔다. 그날의 에피소드는 루피타 뇽오Lupita Nyong'o가 『피플』선정 '세계에서 가장 아름다운 여성'으로 뽑힌 일을 다뤘다. 존스가 자기는 "'가장 유용한 여성' 리스트가 나오기를 기다리고 있다"면서 "그런 분야면 나도 자신 있다"고 너스레를 떨었다. 뼈아픈 발언이긴 하지만 아름다움의 의미가 무엇인지를 고려한다면 완전히 불가해한 것도 아니다. 심지어 그 아름다움의 정의에 피부색이

검은 케냐계 멕시코 여배우 농오가 포함되었지만 말이
다.

　존스는 자신은 아름답지 않고, 아름다워질 수도 없
지만 유용한 사람이라고 단도직입적으로 말하고 있었
다. 자신의 가치를 아름다움이 아니라 유용성에 둔 것이
다. 그날의 에피소드에서 그녀가 많은 비판을 받은 대목
은 노예제도와 엮어 이야기한 부분이었다. "노예제도가
있을 때였다면 난 싱글이 아니었을 거예요. 난 키가 180
센티미터나 되고 힘도 세니까요! 노예 시대였다면 지금
보다 내 애정 전선이 훨씬 더 나았을 거라는 걸 말하고
싶을 뿐이에요. 주인님이 플랜테이션 농장에서 젤 나은
흑인 브라더하고 날 짝지어줬을 테니까요." 그 영상을
보는 것 자체가 가슴이 아프다. 고통의 뿌리에서 자란
유머이기 때문이다. 한 세대 전 리처드 프라이어가 개척
한 유머 장르와 다르지 않다. 그러나 우리는 프라이어가
고통을 체화하는 것은 용인했다. 그는 자존감 문제를 집
착적으로 다루는 엔터테이너였다. 그는 자신의 몸에 불
을 질러서 '니가nigga'라는 단어를 마력을 가진 주문으로
만들 수 있었다. 그것도 많은 경우 백인 관객을 상대로
말이다. 그러나 존스가 이성의 호감을 사지 못하는 데서
비롯된 고통에 대해 이야기하는 것은 허락되지 않는다.

　존스는 자유인 신분이지만 백인 중심의 미의 신화
가 뿌리내린 서구 사회에서 살아가는 흑인 여성으로서

아름답기를 원하는 것이 얼마나 헛된 일인지 발가벗겨 보여줬다. 많은 사람들은 존스가 노예제도, 특히 흑인 노예 여성들에 대한 조직적 강간을 가벼이 여기는 발언을 했다고 비난했다. 그녀가 백인들을 위해 역사적 고통을 들춰내고 소비했다는 것이 그들의 주장이었다. 게다가 〈새터데이 나이트 라이브〉는 제작자 론 마이클스Lorne Michaels가 절대 '어번urban'*이 되지 않을 것이라고 공언한 프로그램이 아닌가. 존스의 에피소드에 이어 소셜미디어를 불폭풍처럼 휩쓴 논란을 경악해서 지켜본 기억이 생생하다. 나는 마음이 아파서 존스의 영상을 몇 번이나 멈춰가며 봐야 할 정도였지만, 그 영상을 언급한 글 중 존스의 고통에 공감하는 흑인 여성의 글은 전혀 찾아볼 수 없었다. 다른 사람들은 모욕을 봤지만 나는 상처를 봤다. 그녀는 과거의 흑인 노예 여성들을 농담거리로 삼은 것이 아니라 아름다움의 개념이 현재를 살고 있는 자신의 삶에 자행하는 구조적 폭력에 맞서려면 흑인이 처한 노예적 상황을 전면적으로 해결해야 한다는 생각이 얼마나 실현 불가능한지 말하고 싶었던 것이다. 다른 사람이 놓친 것을 볼 수 있었던 것은 어쩌면 내가 퍼트리샤 힐 콜린스나 조앤 모건을 비롯한 흑인 페미니

---

* '도회적'이라는 뜻이지만 뉴욕의 할렘과 같은 도시 빈민가나 그곳에 사는 흑인들의 취향에 맞는 문화를 에둘러 표현하는 단어로도 쓰인다.

즘계의 중요한 흑인 여성 지식인들과 다른 사람이기 때문인지도 모른다.

나는 몸과 문화가 모두 검다. 내 피부는 하얀색에 전혀 가깝지 않고, 우리 가족의 뿌리는 어두운 색의 피부를 가진 흑인들이 세대가 바뀌어도 탈출하지 못하는 경제적 현실을 반영한다. 우리는 도시에 이주를 한 후에도 시골 사람들이다. 우리가 계층 이동을 하는 경우는 그다지 많지 않다. 흑인이 아닌 남성과 결혼하는 경우도 거의 없다. 우리의 사회적 관계망은 엘리트 흑인 계층과 상관없이 돌아간다. 길을 걷다가도 아무 이유 없이 범죄 단속에 나선 경찰들과 대면해야 하는 경우가 많다. 힙합의 영향으로 다소 완화된 아름다움의 위계에서도 나는 꼭대기에 서지 못한다. 잘해야 중간 정도. 마이클 잭슨이 노래했듯이 너무 높아서 넘지 못하고, 너무 낮아서 아래로 지나가지 못하면 중간에 끼어서 탈출하지 못한 채 벼락과 같은 고통을 참아내야 한다.

흑인 페미니즘이나 흑인 정치학 분야에서는 아직 호감도 이론, 즉 누군가가 원하는 대상이 되기를 원하는 마음에 대한 이론을 체계화해서 들고나오지 못했다. 누군가가 원하는 대상이 되기를 원하는 존스의 마음에는 철학적인 부분이 있다. 농오가 세계에서 가장 아름다운 인물 순위에서 1위를 했다고 해서 수많은 흑인 여성이 살아가는 현실이 무효화될 수는 없다. 대학을 중퇴

한 마크 저커버그가 억만장자가 되었다고 해서 수백만 명의 사람들에게 대학의 의미가 무효화될 수 없는 것과 같은 이치다. 사실 모든 억압적 체제는 자신들의 구조를 정당화하기 위해서 소수의 예외를 허용한다. 그러지 않으면 억압을 받는 사람들이 어떻게 그 억압을 내면화할 수 있겠는가? 내가 올리비아 뉴턴존을 보면서 미처 이해하지 못했던 부분이 바로 그것이다. 나는 아름답지 않았고, 자본과 권력의 이익에 따라 유행이 어떻게 바뀌더라도 절대 아름다워질 수 없었다. 내가 나의 메카, 나의 흑인 대학으로 향할 때 그 이론은 내 뼛속 깊이 새겨져 있었다.

흑인 대학에 입학한 첫날 저녁, 나는 피자를 주문했다. 피자 배달을 온 어린 청년이 피자를 건네기 전 나를 너무 빤히 쳐다봤다. 나는 쌀쌀맞게 피자를 채다시피 받았다. 그 순간 그가 내 전화번호 어쩌고 하며 웅얼거렸다. 나는 그 후 10여 년을 그와 만났다 헤어졌다를 반복했다. 기숙사가 있던 이글슨홀의 로비로 돌아가는 길에 그 피자 배달 청년을 돌아보다가 그가 기숙사 사감과 눈이 마주치는 것을 보았다. 사감은 더 나이 든 흑인 남성이었다. 그는 고등학생 시절 스판덱스 쫄바지를 입은 올리비아 뉴턴존의 허벅지를 보고 괴성을 질렀던 키 큰 남자아이에게 영어 선생님이 했던 것처럼 눈을 슬쩍 흘겼다. 내가 바로 샌디였던 것이다!

그 대학에서 나는 어느 정도 아름다운 사람 행세를 할 수 있었다. 보통이고, 정상이며, 누군가가 내게 호감을 갖는 것을 당연하게 생각할 수 있는 사람 말이다. 그것은 내가 흑인 대학을 사랑했던 여러 이유 중의 하나였다. 호감을 표시하는 남학생들도 있고 남자친구도 몇 명 사귈 수 있어서가 아니라, 원칙적으로 나처럼 생긴 사람은 낄 수도 없는 아름다움의 기준을 적용받지 않아도 되었기 때문이다. 오해 없길 바란다. 그곳의 기준도 단순하지가 않다. 우리 대학에서 통용되던 아름다움의 기준에 부합하기 위해 치러야 하는 경제적 비용은 거대 국제 미용 산업이 백인 여성들에게서 알겨낸다고 백인 페미니스트들이 주장하는 막대한 비용에도 전혀 뒤처지지 않는다. 어쩌면 이쪽의 비용 부담이 더 클 수도 있다. 흑인 여성들은 잘록한 허리, 풍만한 엉덩이, 눈썹 문신, 우아한 몸매, 굽이 높은 빨강 구두, 그리고 현대 흑인 미인의 기준에 맞춰 머리를 다듬는 데 드는 비용을 부담할 재원이 훨씬 부족하기 때문이다. 이 기준에 맞추려는 노력을 충분히 하지 않는 흑인 여성이 감당해야 할 부정적인 대가는 더 크다. 그중에서도 성소수자나 생물학적 성별과 성정체성이 일치하지 않는 경우 등을 포함해 기존 사회규범을 벗어난 경우는 특히 더 그렇다. 그런데 누군가의 호감을 얻고 원하는 대상이 되었다는 느낌만으로도 어딘가에 소속될 수 있다는 가능성을 열었고, 그것은 내 자존감을 형성하는 데 큰 영향을 끼쳤다.

내 사랑하는 모교에서 강연을 하던 그날 내가 기대한 것은 바로 그 소속감이었다. 주최측이 요청한 주제에 대해 60분 정도 강연한 후 청중에게서 질문을 받는 시간이 되었다. 첫 번째 질문은 강의실 왼쪽 중간쯤에 자리 잡은 젊은 시스터가 던졌다. 조명 때문에 얼굴에 그림자가 져서 표정은 잘 안 보였지만 그녀의 보디랭귀지는 읽을 수 있었다. 나는 흑인 여성의 언어에 능통하다. 그녀의 보디랭귀지를 내 몸이 읽었고, 그녀가 마이크를 잡고 말을 하자 나는 자세를 똑바로 고쳐 섰다. "교수님 글을 수업 중에 읽었는데 마일리 사이러스 탓할 게 아니에요. 교수님이 못생겼다고 해서 흑인 여성이 모두 못생겼다는 의미는 아닙니다." 강의실 전체에 갑자기 불이 켜지는 느낌이 들었다. 그 자리에 참석한 영문과 교수들이 학생들이 나에 대해 알 수 있게 그 글을 미리 읽힌 것이 틀림없었다. 그리하여 그날 강의실에 앉은 모든 사람이 그 문제에 대해 나름의 생각과 감정을 가지고 있었던 것이다.

나는 그 질문에 대한 답변으로 우리가 어떤 식으로 대중문화를 비평하는지에 대해 설명한 후 다음 질문으로 넘어갔다. 또 다른 젊은 여성이 일어나서 예전과 달리 백인은 이제 우리의 친구라는 요지의 발언을 했다. 그 흑인 여성들도 마일리의 친구이고, 내게 영향을 줘서

글을 쓰게 만드는 백인 여성들도 나와 친구가 되고 싶어
서 그렇게 하는 것이라는 주장이었다. 다시 한번, 사회
적 맥락 속에서 내 신체의 가치는 연역적으로 이해해야
하는 문제가 되었다. 이 학생들이 최선을 다해 나를 설
득하려는 논리의 요점은 백인들이 나를 호감 가는 대상
으로 여기니 내가 못생겼을 수가 없다는 것이었다.

그와 더불어 그들이 보디랭귀지까지 동원해서 계속
주장하는 내용은 내 에세이에 대해 좀 더 경험 많은 흑
인 여성들이 내게 한 말과 같았다. 그들은 백인들이 우
리에 관해 하는 말이 사실이라는 것을 인정하기에는 우
리가 너무 오래 싸워왔고, 너무 멀리 왔다고 말하고 있
었다. 전 세계에 걸쳐 군사력과 이데올로기를 앞장세워
비백인들을 식민지화한 문화적, 경제적 생산의 집단 체
제로서의 백인은 흑인을 동물적이라고 말해왔다. 벨 훅
스를 비롯해 많은 시스터들이 지적해왔듯 고추 달린 동
물은 쓸모 있을 수도 있다. 게다가 위험하지만 않다면
"키가 크고, 거무스레하며, 잘생긴" 존재가 될 수도 있
는 것이다. '블랙니스'를 배척하는 이데올로기에서 피
부색 차별을 제외하고는 흑인 여성을 예외적으로 취급
하는 경우는 전혀 없다. 물라토, '혼혈', 황갈색이나 연
갈색 피부 등등 흑인에 대한 온갖 완곡화법은 유전적으
로 '화이트니스'에 얼마나 근접한 형질을 가졌는지를
기준으로 하고 있다. 그러나 원칙적으로 흑인 여성들은

자기 속에 있을지도 모르는 '화이트니스'를 제외하고는 전혀 아름다움을 인정받지 못한다.

여성들이 법적, 정치적, 경제적 도전 없이 주장할 수 있는 자산은 아름다움뿐이다. 여성에게 용인된 합법적인 자본으로 아름다움이 유일한 세상에서, 흑인 여성들은 우리의 가치를 재규정하는 반대 담론을 쓰기 위해 열심히 노력해왔다. 앞 문장에서 "법적, 정치적, 경제적 도전 없이"라는 부분에 주목하기 바란다. 아름다움은 바람직한 자본이 아니다. 아름다움은 한 성별에 대한 억압을 더 복잡하게 만든다. 아름다움은 여성이라는 정체성을 가진 사람들의 의지에 반하여 그들을 제약한다. 아름다움은 돈이 들어가고 돈이 있어야 한다. 아름다움은 식민지화하고, 상처를 주고, 고통스럽고, 절대 만족을 모른다. 그것은 인류가 융성하는 데 도움이 되지 않는다. 모든 자본과 마찬가지로 아름다움도 사회 속에서만 가치를 갖는다.[30]

아름다움이 가치가 있기 때문에 흑인 여성들은 우리도 아름답다고 주장해왔다. 우리는 전 세계 비백인의 문화적 상상의 세계를 방방곡곡 여행해가며 우리를 배제하지 않는 미의 기준을 모아왔다. 우리는 우리가 가진 아름다움에 관한 문화를 창조한다. 우리는 우리의 아름다움을 합법화하기 위해 흑인 남성들과 협상을 한다. 우리는 본질적으로 억압적인 체제 속에 있지만 해방의 느낌을 주는 뭔가를 만들려고 시도한다. 이를 위해 평균보다 조금 더 특권을 누리는, 피부색이 조금 더 옅은 흑인 여성들과 평화를 유지하는 동시에 피부색이 더 검은 흑인 여성들을 차별하는 전지구적 계급 제도에 반론을 제기한다. 우리 중 일부는 아름다움의 정의에 복수의 성별과 정치적 이념을 포함시키는 시도를 한다. 이런 종류의 작업은 굳건한 의리를 필요로 한다. 우리는 그것에 이름을 붙이고, 우리 것으로 만들어야 한다. 이름을 붙이는 일이야말로 우리가 가지고 있는 유일한 힘이기 때문이다.

내가 스스로 매력이 없다거나 못생겼다거나 아름다움에 반反한다고 말할 때 사람들은 내가 흑인 여성들이 그토록 열렬히 싸워서 극복하고자 하는 아름다움에 대한 백인의 기준을 내면화한 것으로 여기는 듯하다. 그러나 내가 말하고자 하는 진실은 정반대다. 억압받는 사람들이 억압을 받아들이고, 억압하는 계층이 우리를 보는 시각에 동의하는 것은 상징적 폭력이다. 모든 개념이 그렇듯 상징적 폭력 또한 맥락 속에서 이해해야 한다. 그래야만 우리가 의도하는 의미가 왜곡 없이 전달되기 때문이다. 지배계급의 가치 체계를 내면화하는 것이 우리에게 폭력적으로 낙인을 찍기 때문이어서만은 아니다. 상징적 폭력은 우리가 그것의 전제를 받아들일 때에만 의미를 가진다. 제국주의적 산업사회의 모든 선호 체계는 경제체제에 의해 형성된다. '바람직한' 선호란 없다. 사회적 맥락에 기초해서 타인들이 가치를 인정해주는 선호만 존재할 뿐이다.

이 맥락들을 단순히 인종, 계층, 성별 등으로만 이해해서는 안 된다. 물론 그런 요소들도 중요하지만, '올바른' 생각과 행동을 합법화하는 제도 또한 중요하다. 바로 그 때문에 아름다움이 절대 선호의 문제가 될 수 없는 것이다. "그냥 좋아서 좋아하는 거야"라는 말은 자본가들의 영원한 거짓말이다. 아름다움이 완벽하게 순수한 의미에서 선호의 문제에 그쳤다면 자본에는 아무짝에도 쓸모없는 개념이었을 것이다. 자본은 아름다움이 고압적이기를 요구한다. 아름다움이 사람들이 나를 어떻게 보는가, 제도권이 나를 어떻게 대우하는가, 내게 어떤 규칙들이 적용되는가, 내가 어떤 선택을 하는가 등에 조금이라도 영향을 주는 개념이라면 그것은 곧 양식과 제도와 교환의 체계임이 틀림없고, 우리의 선택 따위와는 아무 상관이 없다.

내가 열등한 존재라는 것을 내면화하는 것은 폭력적이다. 그 과정에서 나는 심리적으로 둘로 쪼개지고 만다. 윌리엄 듀보이스W. E. B Du Bois가 베일에 빗대어 설명한 그 유명한 '이중 의식double-consciousness'*이 바로 그것이다. 과학이 진보하면서 우리는 그 폭력이 스트레스의 형태로 우리 몸에까지도 나타날 수 있다는 것을 알게 되었다. 이러한 폭력은 점잖음에 관한 사회적 규범에 스며들어 흑인들이 자진해서 다른 흑인의 정체성과 행동, 신체를 훈육함으로써 지배계급 문화가 해야 할 일을 대신 하는 사태가 발생한다. 이성적인 사람이라면 자신이 그런 식으로 악마의 일을 대신 하고 있지는 않은지 자기 검열을 해야 한다.

그러나 악마의 가장 위대한 속임수는 우리로 하여금 악마가 존재하지 않는다고 믿게 만드는 것이라는 사실을 잊지 말아야 한다. 바로 그 이유 때문에 어떤 대상에 이름을 붙이는 것은 정치적 행위가 된다. 아름다움에 대한 우리의 소위 대항담론, 그리고 그 담론이 우리에게 요구하는 것은 아름다움이 전적으로 자본주의에 의존하고 있다는 사실과 떼려야 뗄 수 없는 관계다. 심지어 우리의 저항마저도 상품화의 수단이 되고, 상품화된 것은 언제나, 예외 없이 계층을 만들어낸다. 예외는 없다. 아름다움이 억압으로 작용하려면 독점적이고 배타적이어야 한다. 하나의 지배적 체제가 전복되고 또 다른 체

---

* 듀보이스는 아프리카계 흑인들이 느끼는 분열감을 '이중 의식'이라고 말했다. 이중 의식은 "타자의 눈을 통해 자기를 바라보고, 달콤한 경멸 및 동정의 외양을 띤 세계의 줄자로 자기 영혼을 재는" 감각으로 미국인인 동시에 흑인이라는 두 가지 정체성이 내면에서 화해하지 못한 채 갈등하면서 분열되는 것을 의미한다.

제가 들어선다면 배타적이라는 개념이 일종의 해방으로 작용할 수도 있지만, 보편적이 될 수는 없다.

나는 우리가 정말로 어려운 조건에서도 스스로를 사랑한다는 사실이 무척 좋다. 그러나 진실과 자유에 대한 나의 생각도 밝히지 않을 수 없다. 위태로운 내 위치에서 대중문화, 역사, 사회학, 그리고 내 삶의 단면들을 최대한 속속들이 파헤쳐보려고 노력하는 과정에서 실수는 전혀 허락되지 않는다. A를 A라 불러야지 B로 불러서는 안 된다. 그리고 간혹 우리 자신을 억압하는 것을 좌시하지 않기 위해 치열하게 노력하는 과정에서 백인의 규칙으로 흑인인 자신을 규정하고 사랑하는 것을 자기 인식으로 착각하게 되기도 한다. 그보다 더 나쁜 것은 우리의 일상에 시시각각 영향을 끼치는 권력을 숨겨주는 비평으로 그 권력에 봉사하는 일이다. 그런 비평은 권력에 진정으로 맞서지 않기 때문이다.

내가 스스로를 매력이 없다거나 못생겼다고 하는 것은 나에 대한 지배문화의 평가를 내면화했기 때문이 아니다. 그 지배문화가 내게 저지른 짓을 서술하려는 것뿐이다. 그리고 그런 짓을 누가 했는지를 밝히려는 것이다.

내가 그렇게 함으로써 사람들에게 충격을 줬다면 기쁜 일이다. 그 사람들 중에는 내가 얼마나 아름다운지 열정적으로 변호하는 글을 보낸 다수의 백인 여성들도 포함되어 있다. 그들은 내게 자신들이 신봉해 마지않는 말도 안 되는 신자유주의적 '셀프 헬프'를 권하면서, 아름다움은 노력으로 획득할 수 있고 개인의 특성을 존중하는 개념이라고 믿어야 한다고 말한다. 그렇지 않으면 자신들이 취약해지기 때문이다. 노력으로 아름다움을 획득하지 못하고, 그것을 거부할 진정한 권력 한번 손에 쥔 적도 없다면, 그 사람 또한 나만큼이나 취약한 존재다. 그러니 내 문제를 해결하려 들지 말고, 자기 문제나 스스로 직면해서 해결했으면 좋겠다. 나에게 가까이 다가와서 볼 수 있게 된 억압의 형태를 생각하면, 특권을 쥔 사람들 입장에서는 세상을 고치는 것보다 나를 고치는 것이 더 쉽게 느껴질 것이다. 그런 생각을 하는 사람들을 바로잡아주는 것이 내 인생의 과업이다.

왜 다수의 백인 여성, 몇 안 되는 백인 남성, 그리고 몇몇 소수의 흑인 남성이 내 주장에 동의하지 않는지를 생각해보는 것도 매우 흥미롭다. 그들의 이해관계는 흑인 여성의 이해관계와 같을 수가 없다. 아름다움의 기준에서 배제되고 있다는 나의 주장이 흑인 여성들에게는 매우 친밀하고 가까운 내용일 것이기 때문이다.

백인 여성, 특히 백인 페미니스트들은 아름다움이 민주적인 개념이고, 노력하면 도달할 수 있는 것이라는, 종교에 가까운 소비지상주의적 교리에 내가 기대고 힘을 보태기를 바란다. 아름다움은 민주적이어야 할 필요가 있다. 그렇지 않다면 아름다움이 불공평하게, 심지어 더 나쁜 경우 무작위로 분배되는 상품으로 전락할 수도 있지 않은가. 이런 개념은 신자유주의 페미니즘, 시장경제 페미니즘, 혹은 소비주의 페미니즘 등 몇몇 페미니즘 분파의 영향에서 생겨났다. 그러나 좋은 의도를 가진 백인 여성들도 내가 그렇게 믿기를 원한다. 왜냐하면 다른 방식의 라이프스타일 소비 양식은 파편화되는 이런 세상에서 아름다움에 도달하는 것은 젠더의 개념, 이 경우 여성성의 개념을 획일화하는 것과 같기 때문이다.

우리는 앱을 통해 부자들이 먹는 음식을, 쿨한 사람들이 듣는 음악을, 혁명가들의 예술을, 상류층의 외양을 살 수 있다. 여성성은 생물학적 성별이 아니라 생물학적 성별이 가졌다고 생각되는 특징과 관련된 것이다. 그리고 그 특징들에는 각 시대의 경제적, 정치적 상황을 반영하는 사상과 역사가 담겨 있다. '여자로 산다는 것'은 그 사회가 받아들일 수 있는 행위 혹은 연기를 해내며 사는 것을 의미하는 경우가 많고, 시대와 지역에 따라 받아들일 수 있는 것과 없는 것이 달라지면서 계속 변화하는 조건들과 '여자로 산다는 것'을 분리할 수 없다. 누구나 성별, 인종, 사회계층, 민족적 정체성 혹은 문화 등을 반영해서 어느 정도 연기를 하면서 산다. 그 과정에서 우리는 여자로 산다는 것이 무엇인지에 관한 강력한 개념과 타협을 계속한다.

아름다움은 심미적인 측면을 가지고 있지만 미학과
는 다르다. 강력한 이해관계에 의해 제어되고, 상품화될
가능성이 있기 때문이다. 아름다움은 사회적 태도일 수
있고, 사회적으로 정해진 일련의 특징일 수도 있다. 무
엇이 됐든 그것이 아름답다고 권력이 결정하면, 아름다
움은 한 가지로 요약할 수 있는 것 이상이 된다. 모든 것
을 성별에 따라 조직화하고, 성별에 맞는 행동을 연기하
도록 함으로써 일부 구성원이 다른 구성원보다 더 평등
한 대우를 받게 되는 사회에서 아름다움은 매우 훌륭한
자본의 형태가 된다.

아름다움은 경제적, 정치적 조건이 붙지 않았으면
그렇게 유용한 구별의 기준이 되지 않았을 것이다. 이
시점에서 자본주의를 지적하는 것이 진부하긴 하지만,
바로 그 이유 때문에 지적을 하지 않을 수 없다. 교환 체
제는 교환이 잘되는 개념을 양산하게 마련이다. 아름다
움은 개념이고, 바람직하고, 몸이라는 실물이니 경제 체
제에 유용한 기능을 많이 수행할 수 있다. 더군다나 아
름다움에는 정치적 기능도 있어서, 구성원의 일부는 배
제하고 일부는 포함시킬 수 있다는 면에서 정치학의 기
본 조건 중 하나를 충족시킨다. 아름다움은 모든 것을
갖추고 있는 셈이다. 정치적, 경제적일 수 있고, 외면적
으로 접근할 수도 있고, 개별화가 가능한 동시에 일반화
도 가능하고 배타적이 될 수도 있다. 무엇보다 가장 큰

장점은 이야깃거리가 될 수 있다는 점일 것이다. 아름다움에 관한 가장 흔하고 지배적인 이야기는 아름다움이 유전 혹은 신의 축복인 동시에 전향의 장이 될 수 있다는 내용을 포함한다. 올바른 선지자와 그들의 지혜를 받아들이면 당신도 아름다워'질' 수 있다! 거기에 도움이 되는 여러 상품까지 구입하면 더욱 좋고! 이 두 개념, 즉 그냥 주어지는 축복과 노력으로 획득할 수 있는 보상이 상반되는 개념이라는 사실은 일단 잊자. 사실 그런 역설 때문에 오히려 우리가 처한 사회적, 정치적 시점에 아름다움이 더욱 완벽하게 잘 맞는 것 아니겠는가. 우리 사회는 어차피 자유와 소유, 기회와 평등을 동시에 외치는 역설에 뿌리를 두고 있지 않은가.[31]

집 근처에 있는 대형 체인 서점의 정기간행물 코너에는 명상법 다섯 가지, 컬러링 도안 세 페이지, 요가원 아홉 곳, 농가 개조법 열네 가지, 종이 모형 도안 열아홉 가지 등이 담긴 잡지들이 빼곡히 들어차 있다. 그런 잡지를 사기만 하면 우리는 성취 가능한 '내적 아름다움'에 성공적으로 동화될 수 있다. 물론 소비는 항상 외적이고 공공연한 행위라는 것을 잊지 말아야 한다. 이런 잡지들이 글자 그대로 '라이프스타일' 잡지라는 것을 생각하면, 그것이 '누구의 라이프스타일'인지 묻지 않을 수가 없다. 그 잡지들에는 특정 종류의 여성성, 특정 종류의 여성의 모습을 표현하는 여러 가지 방법이 들어 있다. 아름다움은 그 특정한 여성성과 여성의 모습을 위해 선택적으로 포함과 배제를 행하도록 정의된다. 그것은 특정 위치와 계층, 직업, 성향을 가진 서구 백인 여성을 연상시키는 라이프스타일을 위한 소비재로, 아름다울 가능성이 있는 여성들을 위해 만들어졌다. 비록 그것이 조건부 아름다움이고, 시장과 정부의 필요, 그리고 시장과 정부로부터 가장 큰 혜택을 받는 남성들의 필요에 따라 언제라도 변화할 수 있는 아름다움일지라도 말이다. 백인 여성들이 좋은 의도로 나에게 '나 자신을 사랑해야 한다'는 질책과 '사랑스럽고 귀엽다'는 격려를 보내는 것은 그들 자신을 위해 생산된 것을 나도 소비해야 할 필요를 느끼기 때문이다.

그 백인 여성들이 미처 몰랐거나 스스로 안다는 사실조차 인정하지 않으려 하는 사실은 내가 원칙적으로 그런 종류의 아름다운 여성이 절대 될 수 없다는 점이다. 계층, 사회적 지위, 소득, 부 등 우리가 사는 세상과 자아를 형성하는 데 지대한 영향을 주는 여러 요소들이 뒤엉킨 여정을 어떻게 헤쳐나가야 하는지가 성별에 따라 구조적으로 제한되듯, 인종 또한 그렇다. 아니 블랙니스가 그렇다고 말하는 것이 더 정확하겠다. 백인 여성을 포함해서 모든 사람이 '인종'이라는 정체성은 가지고 있기 때문이다. 나를 아름다움의 범주에서 배제하는 것은 사실상 나의 블랙니스다. 블랙니스가 식민지화, 제국주의, 패권주의 등에 의해 만들어진 개념이기 때문이다. 그들이 원하는 방식으로 아름다움이 제 기능을 다하려면 나를 배제해야 한다. 누구에게 아름다울 수 있는 자격을 줄 것인지, 아름다움에 대해 어떤 이야기를 할 것인지, 아름다움에 어떤 가치를 부여할 것인지, 아름다움을 지닌 자들에게 어떤 권력을 부여할 것인지, 자신이 소유한 아름다움을 잃을지 모른다는 두려움을 이용한 훈육 효과를 어디까지 조절할지 등을 정하는 구조가 바로 '빅 뷰티Big Beauty'라고 부르는 개념이다. 빅 뷰티는 그 의미를 규정할 때부터 내 역사와 내 뼛속에 깊이 새겨진 블랙니스를 배제했다. 아름다움은 백인 여성을 위한 개념이다. 모든 백인 여성에게 적용되지는 않는다 하더라도 말이다. 아름다움이 자본과 조금이라도 연관성이 있다면 절대 흑인 여성을 포함시킬 수는 없을 것이다.

그러나 내가 아름다워질 수 있다고 믿는다면 나도 경제 주체가 될 수 있다. 내 욕망은 시장이 된다. 그리고 올바른 정치적 신념을 갖추고 싶긴 하지만 그 신념이 만들어내는 현실을 살아내지 않아도 되는 특권은 누리고 싶어 하는 백인 여성들에게 내 믿음은 그들의 양심을 달래는 연고가 된다. 백인 여성들이 내가 노력하면 아름다워질 수 있다고 믿기를 바라는 이유는 내가 가질 수 없는 것을 원할 때 그들이 가지고 있는 것이 더욱 가치를 발하기 때문이다.

　나는 그들을 거부한다.

　나는 또 남성을 거부한다. 아, 남자들…. 이 문제에
대해서는 별도의 에세이를 쓰겠다고 약속하고 싶지만,
그 약속을 지키지 못할 게 뻔하다. 아름다움에 대한 여
성의 욕망은 강력한 착취의 도구가 될 수 있다. 그 욕망
을 갖는 것이 당연하더라도, 다시 말해 그것이 합리적이
고 무의식적인 강압에 의한 것이라고 하더라도 성별 간
의 약탈적 관계를 배경으로 한 상태에서 가지는 욕망은
여성을 위험에 빠트린다. 자칭 '여자 꼬시기 전문가'라
고 주장하면서 여성을 유혹하는 비결을 파는 남자들이
엄청나게 많다. 그들이 가장 흔히 사용하는 방법 중 하
나가 '네깅negging'이라고 부르는 기술로, 상대방의 관심
을 끌기 위해 의도적으로 부정적인 피드백을 주는 행동
이다. 네깅은 유혹하고 싶은 여성의 아름다움이 남성 자
신의 사회적 지위를 넘어설 때, 즉 '넘볼 수 없는 상대일
때' 사용하는 방법이다. 남성의 지위는 보통 키, 성기 크
기, 성적 경험, 체형, 돈 등으로 결정되지만 취향과 선호
도도 고려 대상이 된다. 어떤 남자들은 현재 사회적 지
위에 걸맞은 자신의 성향 — 예를 들어 엄청나게 욕을
먹는 정치인에게 투표를 한다든지, 특정 종류의 비디오
게임을 한다든지 하는 — 이 짝을 찾는 시장에서 인정받

지 못해서 여자를 유혹하는 요령을 배워보겠다고 생각한다고 한다. 일단 목표 여성을 점찍고 나면 '여자 꼬시기 전문가'는 그녀의 스타일을 칭찬하다가 치아는 고르지 않다고 슬쩍 언급한다. 그런 지적은 여성의 자신감에 타격을 줘서 이 관계에서 자신이 쥐고 있는 힘에 의구심을 갖게 함으로써 결국 성적으로 정복당하기에 더 쉬운 대상으로 만든다.

좋은 남자들은 그런 유의 소위 '전문가'들과 네깅 기술을 욕하면서 자신이 얼마나 좋은 사람인지 반증한다. 그러나 좋은 남자들도 아름다움을 소비하면서 그 가치를 올리는 데 큰 공헌을 한다. 좋은 남자들이 없었으면 빅 뷰티라는 사회문화적 관습이 지금처럼 강력해지지 못했을 것이다. 빅 뷰티는 낭만적 관계에 있는 상대에게 호감을 주는 특징에 대한 표준을 정하지만 거기에 더해 여성들이 직장, 여가, 공적인 장소 등에서 어떤 식의 모습을 보여야 받아들여질 수 있는지에 대한 규범도 포함하고 있다. '빅 뷰티는 나쁘지만 좋은 남자들은 친절하고 착하다'는 인식 또한 빅 뷰티의 구조적 주문의 일부다.

빅 뷰티도 네깅이다. 그저 질척질척하게 따라붙는 남자가 보이지 않을 뿐이다. 끊임없이 자신감에 타격을 주는 것은 사회적 산물로서의 아름다움이 미치는 효과의 핵심이다. 여성은 특정 취향을 소비해야만 자신의 사회적 지위를 지킬 수 있는데 그 위치를 가능케 하는 취향을 제어할 수 없을 때 네깅을 당하는 상황에 갇히게 된다. 좋은 남자는 네깅이 일어나는 순간 나타나 그것을 기회로 삼아 네깅을 당한 여성의 가치를 착취하고 네깅 효과를 발휘하는 아름다움의 개념을 소비하기만 하면 된다. 생각해보면 보통 효율적인 장치가 아니다.

성적 관계로 발전할 가능성을 염두에 두고 흑인 남성을 상대하는 흑인 여성에게 네깅은 완전히 새로운 차원의 영향력을 발휘하게 된다. 이것은 아마도 성적인 요소가 잠재적으로 깔린 모든 비백인 남녀 관계에 적용될 것이다. 그 영향력은 화이트니스에 얼마나 가까운지에 따라 달라진다. 라틴계 여성은 피부색이 그보다 더 짙은 아프리카-라틴계Afro-Latin 여성과는 다른 차원의 경험을 할 것이다. 그러나 기본적인 관계의 구도는 다르지 않다. 비백인 여성은 백인 남성의 시선, 그리고 거기 더해 비백인 남성의 시선을 통한 아름다움과 씨름하는 이중고를 겪어야 한다.[32] 이것은 어쩌면 내가 서술하기에 가장 어려운 문제일 수도 있다. 내 삶 전체에 그토록 속속들이 스며들어 있는 것을 어떻게 정제해서 말할 수 있을까? 그것은 나라는 주체, 아름다움이라는 개념의 제약, 그리고 인종 체계 등이 함께 어우러져 형성된 관계가 주는 느낌이다. 그것은 내 인생 전체를 관통해서 나를 봉합해온 실의 일부이고 앞으로도 그럴 것이다.

흑인 남성들은 자신이 원하는 것과 내가 원하는 것 사이에 나를 묶어두는 가장 쉬운 방법을 원하는 듯했다. 그들은 자신이 점거한 사회적 관계에 존재하는 이중적 아름다움의 구조를 내가 반영하기를 원했다. 그들이 사는 세상에 존재하는 이성애적 남성성은 이성애적 여성성이 내게 끼치는 영향과 비슷한 동시에 다르다. 그 다름의 정도도 다르고 그에 따른 정치적 결과도 뚜렷하게 다르다. 흑인 남성들은 내가 뚫을 수 없는 철옹성 같은 벽에 구멍을 뚫을 수 있다. 그러기 위해서는 황소와 수사슴을 상징으로 내세우는 성적 이데올로기를 통과하는 여정을 밟아야 하고, 높은 사회적 위상을 둘러싸고 아름다움이 세워놓은 벽을 통과하면서 피부를 일부 벗겨내야 한다. 바로 이런 사실 때문에 시스터이자 시스타의 한 사람으로서 나는 주류를 이루는 백인 여성성의 아름다움의 구조, 그리고 그것과 종속적인 관계에 있는 흑인 여성성의 아름다움의 구조 '둘 다'를 되비추어 그들에게 보여주는 것이 특히 중요하다고 생각하는 것이다.

흑인 여성들은 백인의 아름다움이라는 닿을 수 없는 역설적 목표와 그것에 대한 반反역설을 동시에 추구해야 한다. 흑인 남성성이 잠재적 짝들이 존재하는 두 개의 사회적 공간 사이를 왔다 갔다 하는 특권을 유지하기 위해서는 두 가지 다 존재해야 하기 때문이다. 내가 백인 위주의 아름다움의 기준을 강화하는 행동을 하면 결과적으로 백인 여성에게 유리한 기준을 재생산하게 될 것이다. 흑인 남성성이 백인 위주의 아름다움을 목표로 선택하는 데서 이익을 취할 수 있거나, 취할 가능성이 있거나, 취하기 위해서는 흑인 여성들이 역할을 할 필요가 있다. 그러나 지배가 있는 곳에 종속이 있다. 흑인 사이에도 계층, 소득, 재산, 취향, 선호의 체계가 존재한다. 그렇다면 바람직한 흑인 여성과 바람직하지 않은 흑인 여성이 누구인지 결정하고, 그들 사이에 차등을 두는 아름다움의 체계가 존재하는 것이 당연하다. 흑인 남성성이 흑인 여성을 만나는 선택권을 가지는 것에서 혜택을 본다면, 그들도 적어도 흑인의 아름다움을 연출하는 행동의 가치를 받아들여야 할 것이다. 그들이 원하는 대로 내 역할을 해낸다는 것은 내가 절대 될 수 없는 아름다운 백인 여성이 되기를 갈망하는 동시에 두툼한 검은 종마種馬로서의 내 정체성을 옹호하는 모습을 띠게 될 것이다. 내가 내 역할을 해낼 때 혜택을 보는 것은 흑인 남성성이다. 백인 여성들은 내가 나 자신을 네깅하길 원하고, 흑인 남성들은 내가 스스로를 희생해서 그들을 네깅하길 원한다. 어느 쪽을 선택해도 나는 손해를 볼 것이고, 그 사실을 나는 똑똑히 알고 있다.

사람들은 자기가 놓인 위치에서 한 발짝도 움직이지 않은 채, 각자의 방식으로 거듭거듭 내게 나 자신이 아름답다고, 혹은 아름다워질 수 있다고 믿어야 한다고 설득해왔다. 그러나 내가 그렇게 함으로써 혜택을 보는 것은 내가 아니라 수많은 다른 사람들이다. 나는 백인 여성들이 보내는 암시적인 연대의 제안을 하나하나 모두 거부한다. 그리고 내가 아름답다고 설득하려는 남성들의 접근 또한 거부한다. 정치적으로 충분히 올바른 견해를 가진 선한 사람들이 내가 가치 있다는 이유 하나만으로 나를 바라보길 바라고, 세상이 거기에 동의하지 않을 때 죄책감을 느끼길 바란다. 다행히 그렇게 된다면 언젠가 그들도 억압하는 이들이 자신의 개인적 이익을 위해 다른 사람들을 하찮은 주변적 존재로 만들어버리는 방식을 보면서 보편적 규칙에 비춰 내 사례를 추정할 것이다.

나는 자존감에 별문제가 없는 사람이다 ─ 흠, 한때 젊었지만 더 이상 그렇지 않은 다른 모든 사람들과 비슷한 수준의 자존감을 가졌다고 해두자. 나는 분별력이 있다. 지나가면 나이 든 남자들이 나를 또 한번 쳐다보고, 물건값을 계산할 때 덤을 챙겨주기도 하는, 아직 젠트리피케이션을 겪지 않은 동네를 몇 군데 알고 있기도 하다. 어떤 사람들이 귀엽고 매력적인 부류에 속하는지도, 그런 사람에게 주어지는 특권이 무엇인지도 알고 있다. 그러나 그 어떤 것도 자원에 대한 접근성을 제어하고 자본을 가진 사람들을 아름다움의 영역을 지키는 문지기로 즉석에서 임명하는 구조적 장치를 상쇄하지 못한다.

아름다움은 하얗고 나는 검다는 사실만으로 내가 학교에서 벌을 받을 확률은 더 높아지고, 같은 범죄를 저질러도 더 무거운 형을 받고, 결혼할 확률 자체가 낮아지며, 나와 비슷하거나 더 나은 경제적 위치를 지닌 사람과 결혼할 확률도 낮아진다.[33] 이런 실증적 증거를 인정하지 않고 부인한다는 것은 그 자체가 일종의 폭력이다. 심지어 좋은 의도에서 그랬다 해도 그것이 폭력이라는 사실에는 변함이 없다.

아름다움은 보는 사람의 눈에 달려 있다고도 하고, 추하니까 추해 보인다고도 한다. 둘 다 거짓말이다. 추함은 아름다움의 이름으로 우리에게 가해진 모든 것이다. 그 차이를 아는 것이 자유로워지는 여정의 일부다.

유능함에 목숨 거는

데뷔 앨범 녹음 중, "여기 직원 아니에요."

피처링 히트 싱글, "당연히 입장권 있어요. 내가 기조 연설자거든요."

그리고 "알아요, 여기가 퍼스트 클래스 탑승 줄이라는 거."

불폭탄 투하!

●

@aryanwashere 트윗, 2018. 1. 29. 2:25 p. m.

…살인이 가장 많이 벌어지는 주가 인종차별도 가장 심합니다.

●

미셸 푸코[34]

나는 결혼식이나 남자친구, 혹은 아기를 꿈꿔본 적이 없다. 내가 기억하는 한 미래의 나를 상상하면서 꾼 최초의 꿈은 소리로 시작됐다. 다섯 살쯤이었던 그 당시 내 꿈은 '또각또각'이었다. 딱딱하고 반짝거리는 바닥 위를 하이힐을 신고 걸을 때 나는 또각또각 소리. 나는 서류 가방도 들고 있다. 내가 어디로 가야 할지 잘 안다는 표정으로 당차게 걷고 있다. 또각또각 또각또각. 그게 내 꿈의 전부였다.

성장하면서 나는 그 꿈을 그때그때 다르게 해석했다. 서류 가방과 목표 의식을 가진 사람이 되어 그에 걸맞은 돈을 벌고 싶었는지도 모른다. 그러면서도 실제로 내가 그런 모습이 되면 진정한 사랑을 못할지도 모른다고 한동안 걱정하기도 했다. 어릴 때부터 일을 제대로 하기 위해서는 말랑말랑한 모든 것을 배제해야 한다고 배웠기 때문이다. 그러다가 나는 내 꿈이 유능함이었다는 것으로 결론을 내렸다. 나는 유능해지기를 꿈꾼 것이다.

지금 나는 버지니아주의 혹독한 겨울, 꽁꽁 얼어붙은 집 안에 앉아 이 글을 쓰고 있다. 난방이 안 되기 때문이다. 홧김에 아마존 프라임으로 전기 히터 세 개를 주문했고, 오븐을 켜고 오븐 문을 열어놓았다. 오븐 문을 열어놓는 것은 시골 스타일이고, 아마존 프라임 쇼핑은 전형적인 중산층 스타일이다. 그리고 둘 다 매우 나다운 행동이다. 아마도 올겨울은 내가 처음으로 난방비와 식비와 교통비와 집세에 더해 내로라하는 중산층이 소비할 만한 것까지 살 수 있는 돈이 생긴 계절로 기록될 것이다. 지금 난방이 되지 않는 것도 난방비가 없어서가 아니라 난방비 내는 것을 잊어버렸기 때문이다. 테트리스 게임을 하듯 작은 여행용 가방을 빈틈없이 싸는 능력이 됐든, 세금 신고를 위해 영수증을 빠짐없이 챙기는 능력이 됐든, 유능함은 항상 내가 바라마지 않는 일종의 의식儀式으로 자리 잡았다.

유능함이라는 개념에 사로잡힌 사람이 나 혼자만은 아닐 것이다. 그것은 누구나 유능해질 수 있다는 약속을 내거는 서비스, 앱, 블로그, 소셜미디어 스타, 오피니언 리더, 문화 프로그램을 끝없이 양산하는 신자유주의적 몽상이다. 만일 당신이 불규칙한 교대 근무를 해야 하는 미국 내 320만 명에 달하는 노동자(현재 추산)에 속한다면 자신의 시간을 스스로 제어할 수가 없다. 안정적인 일자리가 보장되지 않은 상태에서 계속 일을 해야 하는 불안정함은 삶을 계획하기 어렵게 만든다. 자유주의적 자본주의에서 잘살려면 자신이 제어할 수 없는 가능성에 대한 계획이 있어야 한다. 언제 아플지, 언제 아이를 보육시설에 보낼지, 언제 해변에서 일주일 휴가를 보낼지, 언제 죽을지 모두 계획을 해야 한다. 지금의 정치 경제 구조에서는 개인이 그런 계획을 제어하는 것이 불가능한데도 생산성 향상 도구들은 그것이 가능하다고 장담한다. 나이가 든 후 정부나 가족이 얼마나 나를 잘 돌봐줄지는 예측할 수 없지만, 퇴직연금을 분배해 투자하는 데 이번 주에 정확하게 몇 분 몇 초를 사용할지 계획할 수는 있다.

생산성 향상 도구 중 내가 제일 즐겨 인용하는 것은 링크드인LinkedIn이다.[35] 링크드인은 우리가 살고 있는 새로운 디지털 시대에 만들어진 멍청한 웹사이트 중에서도 단연 으뜸이다. 내가 직접 써봐서 안다. 링크드인은 바보 같다. 인터페이스부터 엉망이다. 플랫폼을 디자인한 사람들은 이용자들이 인적 정보망을 형성하고, 자기 홍보를 하고, 신자유주의적으로 브랜드화하고, 자신을 소개하는 모든 작업을 동시에 수행하도록 할 방법을 찾지 못했고, 따라서 그 모든 작업이 엉망으로 이뤄질 수밖에 없도록 해놓았다. 역동적이지도 않고, 정적이지도 않다. 그 두 가지 면에서 최악이다. 창립자가 "사람들이 우리 웹사이트를 잘못 사용하고 있어요!"하고 인정하는 것만 봐도 그 웹사이트가 얼마나 형편없는지 알 수 있다. 그는 이용자들이 자기가 직접 아는 사람만 '추천'해야 한다고 생각하지만, 실제로 링크드인을 이용하는 사람들은 연결이나 추천 요청을 받으면 대개 수락한다. 그런 게 별로 중요하지 않다는 것을 모두가 알고 있기 때문이다. 아니, 나는 마음속 깊이 그렇다고 믿고 싶다. 멍청한 데다 디자인도 엉망이고, 사이트의 엉성한 구조를 이용자들의 잘못으로 돌리는 창립자의 태도에도 불구하고 사람들은 이상하게 링크드인을 두고 방어적인 반응을 보인다. 언젠가 트위터에서 링크드인에 대해 농담을 한 적이 있는데 5년이 지난 지금까지도 그 트윗에 반응을 하며 내가 링크드인을 아주 약간 깎아내렸다는 사실에 화를 내는 사람들이 있다. 사람들이 왜 그렇게 링크드인을 변호하고 나서는지 이유를 깨달은 다음에는 절대 공개적으로 그 웹사이트에 대해 가볍게 말하지 않아야겠다고 다짐했다.

링크드인은 테크놀로지가 약속하지만 신자유주의는 절대 지킬 수 없는 꿈의 좋은 예다. 어떤 각도로 보아도, 노동자들은 누구나 자신의 직업 안정성과 소득 향상, 삶의 질에 대해 점점 더 초조해지지 않을 수 없다. 가난한 노동자와 중산층 노동자, 심지어 높은 보수를 받는 서구 경제의 엘리트 노동자 모두 가속적으로 변해가는 디지털 사회의 요구에 떠밀려 불안에서 벗어나지 못한다. 우리는 당장이라도 아웃소싱, 다운사이징 등으로 현재의 직장, 직군, 산업 부문 전체에서 한순간에 밀려나버릴 수도 있다는 사실을 알고 있다. 모두가 이런 우려를 공유는 하면서도, 근본적으로 집단적 성격이 강한 이 문제에 집단적으로 반응해야 한다고 똑같이 믿는 것은 아니다. 모든 사람이 동의하는 부분은 우리가 원하는 만큼만 우려를 할 '자유'를 지닌 개인이라는 사실뿐이다. 기술 집약 시대가 꾸며낸 환상에서 우리를 항상 기쁘게 하는 것은 직장이 아무리 불안정해도 인적 네트워크가 이를 상쇄할 수 있다는 것을 보여주는 대목이다.

내 링크드인 계정에 추천을 50개 추가할 수 있고, 초등학교 3학년 때 친했던 친구의 동생이 나의 연결들 중에서 다섯 개를 자기 계정에 추가한다면 승진에 목맬 필요가 있을까? 별 소용도 없이 우리를 바쁘게만 만드는 기술사회의 일들은 우리의 불안감에서 이익을 추출해내는 또 다른 신종 테크놀로지의 탄생으로 어김없이 이어진다. 악순환이다. 유능하다는 '느낌을 갖게' 해주는 방법만을 판매할 뿐, 유능하게 '해낼 수 있는' 방법은 제공하지 않는 정치 경제적 구조 내에서 유능하기를 원하는 것은 그래서 바보 같은 생각이다.

그것은 어느 정도까지는 우리 모두의 문제다. 그러나 우리 중 일부에게는 유능함이 그저 환상에 그치는 개념일 뿐이다. 먼저, 글로벌 자본과 불평등은 본질적으로 우리를 구조적 무능에 빠트린다는 점을 지적하고 넘어가자. 인종차별, 성차별, 계급차별은 흑인 여성을 구조적으로 무능하게 만든다. 세계적 불평등과 테크놀로지의 변화 속에서 살아가는 흑인 여성에게 유능함의 덫은 억압적 체제라는 쇠로 만든 우리에 창살을 몇 겹씩 덧씌우고 강화하는 위력을 발휘한다.

나는 임신했을 때만큼 나 자신이 무능하다고 느껴본 적이 없다. 임신이라는 것은 자본주의의 요구를 받아들이기를 거부할 뿐 아니라 유능함의 큰 방해꾼이다. 임신 4개월 무렵, 몸이 엄청나게 불편하더니 직장에서 일하는 도중 하혈이 시작됐다. 거의 어느 직장에서나 출혈은 사내 규칙 위반이다. 흑인 여성이라면 몸을 가졌다는 것 자체가 직장 내에서는 정치적으로 복잡한 상황을 연출한다. 거기에 더해 하혈을 하는 불어난 몸을 가졌다는 것은 엄청나게 나쁜 상황을 초래한다. 하혈이 시작되었지만 나는 맡은 일을 마감 시간에 맞춰 제출하고서야 회사 밖으로 나가 남편에게 데리러 와달라고 전화했다.

한 시간쯤 뒤, 나는 평소 다니던 산부인과의 대기

실에 앉아 있었다. 괜찮은 동네에 있는 병원이었다. 나는 어느 학교에 아이를 보낼지, 혹은 어느 티제이맥스TJ Maxx*를 갈지 선택할 때 사람들이 흔히 적용하는 엉성한 문화적 지리학에 기대어 그 병원을 선택했다. 다시 말해, 백인이 많이 사는 부자 동네에 있는 병원이니 믿고 다닐 만하다고 생각했던 것이다. 분명 그 병원에서 좋은 경험을 한 사람도 많을 것이다. 적어도 내가 병원에 갈 때마다 대기실에서 마주치는 행복하고 정상적이며 날씬한 백인 여성들은 모두 만족스러운 표정을 짓고 있었다. 의료진도 매우 유능해 보였다. 내 질에 쑥 들어오는 간호사의 손은 항상 따뜻했고, 의사들은 활기찼다. 전반적으로 내가 요구해야 한다고 생각한 것은 모두 갖추고 있었다.

내가 하혈을 하기 전까지는 말이다. 그날 나는 대기실에서 30분을 기다려야 했다. 도착하기 전에 미리 전화를 했고, 도착하자마자 내 상태를 말했다. 하혈이 심해서 대기실의 멋진 의자들이 피범벅이 되자 나는 남편에게 남들 시선이 덜한 곳으로 옮겨서 기다려도 되는지 다시 물어봐달라고 했다. 간호사는 의자를 망친 것을 보고 깜짝 놀랐다. 그리고 마지못해 나를 뒤쪽으로 안내했

---

* 브랜드 제품을 할인해서 파는 가게.

다. 나중에 나타난 의사는 내가 너무 뚱뚱해서 그런 것 같다면서 그 정도의 가벼운 출혈은 정상이라며 집에 가라고 했다. 그날 밤 오른쪽 엉덩이가 아파오기 시작했다. 엉덩이 근육 바로 밑에서 약간 옆으로 비낀 부분이었다. 나는 걸어보기도 하고 스트레칭을 해보기도 하고 따끈한 물에 몸을 담가보기도 했다. 위대한 비비언, 우리 엄마에게 전화도 했다. 마지막으로 간호사에게 전화를 했다. 그녀는 허리가 아프냐고 물었다. 나는 아니라고 대답했다. 사실이었다. 허리는 괜찮았다. 아픈 곳은 엉덩이였으니까. 간호사는 아마도 변비 증상인 것 같다면서, 화장실에 가보라고 했다. 나는 다음 날도, 그다음 날도 몇 시간씩이나 화장실에 앉아 대변을 보려고 애를 썼다. 하혈이 시작된 날로부터 사흘째 날이 저물 때까지도 엉덩이가 계속 아파서, 70시간 중 15분 이상 눈을 붙이고 있지 못했다.

병원으로 갔다. 다시 한번 허리가 아프냐는 질문을 받았다. 그 질문에는 내가 몸에 '나쁜' 뭔가를 먹었다는 암시가 깔려 있었다. 결국 의사는 마지못해 초음파 검사를 하겠다고 했다. 초음파 화면을 보니 아기가 셋이 있었다. 하지만 내가 임신한 아기는 분명 한 명이었다. 다른 둘은 아기보다 더 큰 종양이었다. 내가 먹은 게 아닌 것이 확실했다. 의사가 나에게 고개를 돌리고 말했다. "아무래도 오늘 밤을 넘기지 못하고 조산을 할 것 같습니다." 그렇게 말을 던지고 그는 방에서 걸어나갔고, 나는 산과 병동에 입원했다. 야간 근무 간호사가 내가 그때까지 사흘 동안 산통을 겪은 것이라면서 "말씀을 제대로 했어야지요"라고 꾸짖었다.

진통제를 달라고 해봤지만 의료진은 진통제를 계속 '마약'이라고 부르면서 아직은 마약을 쓸 정도로 통증이 심하지 않다고만 했다. 허리가 아니라 엉덩이가 아프다고 했다고 아무도 진단하지 못하던 산통을 일주일이나 겪은 나는, 더는 아기가 나오는 것을 막을 수가 없었다. 분만실에서 나는 의식과 무의식을 오갔다. 정신을 잃었다가 깨어난 순간 내가 "아, 씨발!" 하고 외치자 간호사가 내게 말조심하라고 일렀다. 나는 에피듀럴*을 놔달라고 애걸했다. 영겁과도 같은 시간이 세 번쯤 흐른 다음 마취과 전문의가 도착했다. 그는 나를 흘겨보면서 조용히 하지 않으면 그냥 가버리겠다고 말했다. 산통이 절정을 향해 치닫는 순간 주삿바늘이 내 척추를 찔렀고, 나는 그가 찔러놓은 바늘을 그대로 두고 나가버릴까 두려워 꼼짝도 하지 않고 아무 소리도 내지 않기 위해 젖 먹던 힘을 다해 버텼다. 주사를 맞은 지 30초 후 나는 머리가 베개에 닿기도 전에 의식을 잃었다.

---

* 하반신 마취제.

깨어보니 내가 힘을 주고 있었고 이내 딸이 태어났다. 거의 숨도 쉬지 못하는 상태였고, 가톨릭 계열 병원의 규정, 즉 의학적 조치로 소생의 노력을 다해야 한다는 규정이 정한 기준에 나흘 못 미쳐 태어난 내 딸은 첫 숨을 들이쉰 후 세상을 떠났다. 간호사가 나를 침대에 싣고 수술실에서 나와 회복실로 데려갔다. 이동하는 내내 나는 아기를 품에 안고 있었다. 그렇게 하는 것이라고 했다. 아기 사체를 어떻게 할 것인지에 관해 이야기한 다음 간호사가 나를 보며 말했다. "아셔야 할 건요, 우리가 할 수 있는 일은 아무것도 없었어요. 산통이 시작됐다고 말씀하시지 않았으니까요."

치료를 받고자 하는 모든 과정에서 나의 말과 반응은 내가 무능력한 사람이라는 의료진의 추정에 따라 걸러졌다. 바로 그것이었다. 내가 항상 두려워했던 것, 어려서부터 나를 방어할 준비를 하기 위해 갖춰야 한다고 알고 있던 바로 그것. 그리고 내가 제어할 수 있는 것이 아니라는 사실을 깨닫기까지 그 후로도 몇 년을 더 기다려야 했던 그것. 수백만의 유색인종 여성, 특히 흑인 여성들과 마찬가지로 나는 내가 무능력해질 때까지 나를 방치하고 무시하는 의료 시스템을 관통하며 떠밀려 내려가야만 했다. 통증은 이성적 사고를 마비시킨다. 통증은 현실에 대한 우리의 지각을 바꿔버린다. 물리적 통증이 너무 심하면 뇌는 없는 것도 있는 것처럼 볼 수 있다.

임신과 마찬가지로 통증은 관료적 효율성을 불편하게 만드는, 자본주의 체제에 도움이 되지 않는 요소다. 의료진 전체가 흑인 여성들이 통증을 견디며 고통받고 있다는 사실을 인정하지 않고, 우리의 통증을 제대로 진단하지 않고, 통증을 감소시키거나 치료하는 것을 거부하고 나면 의료 산업은 우리를 무능한 관료주의적 대상으로 낙인 찍는다. 그런 다음 그들은 우리를 거기에 맞게 처우한다.

흑인 여성이 무능하다는 추정, 즉 자신을 잘 모르고, 자신이 처한 맥락을 이해시키거나 힘을 가진 사람들이 자신을 주체적 존재로 대하게 만들도록 표현할 능력이 없다는 추정은 신자유주의적 자본주의를 지배하는 가장 강력한 위상의 문화, 즉 부와 명예마저도 대체해버릴 정도의 위력을 가진다. 2017년, 세리나 윌리엄스가 딸을 출산했다. 유명인사가 출산을 하면 늘 그러듯 그녀도 딸의 탄생을 기념하는 인터뷰를 했다. 인터뷰에서 세리나는 자신이 치료를 받아야 할 필요가 있다고 간호사를 설득하기 위해 세계적인 슈퍼스타로서의 위력을 총동원해야 했던 일을 털어놓았다. 그 당시 제대로 치료를 받지 않았으면 세리나는 목숨을 잃었을지도 모른다. 그녀만큼 운이 좋지 않은 흑인 여성이 수없이 많다.

세계에서 가장 부유한 나라에서 분만 도중 죽어가는 흑인 여성의 수는 훨씬 가난하고 식민지화된 나라의 산모 사망률과 비슷하다. 세계보건기구WHO는 미국 흑인 여성의 임신 중 혹은 출산 직후 사망률은 멕시코, 우즈베키스탄과 맞먹는 수준이라고 추산했다.[36] 미국 질병통제예방센터CDC는 미국 내 흑인 여성의 높은 사망률을 추적 조사하고 있는데, 이에 따르면 흑인 여성은 임신 중 혹은 출산과 관련된 원인으로 사망할 확률이 백인 여성에 비해 243퍼센트 더 높다.[37]

새삼스러운 데이터도 아니다. 찾기 어려운 데이터도 아니다. 다만 받아들이기 힘든 데이터일 뿐이다. 의사들이라면 이 격차를 이미 알고 있을 게 틀림없다. 왜 세계적인 슈퍼스타가 자신의 산후 건강 관리에 그렇게까지 개입하지 않으면 안 됐을까? 그녀가 그럴 정도라면 그녀보다 돈이 없고 평범한 흑인 여성들이 분만 시에 어떤 대우를 받을지는 쉽게 짐작 가지 않는가? 흑인 여성들이 임신에 대처하는 신체적 반응에 큰 영향을 끼치는 구조적 억압과 누적된 불이익에 대해서 논의가 이뤄져야 한다. 그와 동시에 흑인 여성의 목숨을 앗아가고 있는 의료 행위(혹은 부재)에 관한 토론을 할 때 그녀들의 능력에 대한 의료진의 추정에 대해서도 짚고 넘어가야 할 것이다.

의료 분야에서 심각하게 드러난 증거와 정도의 차이만 있을 뿐, 개인의 능력에 대한 인종차별과 성차별의 예는 어디에서나 찾아볼 수 있다. 우리의 인권 보장에 필요한 자원의 분배를 공공기관에 의존할 수밖에 없기 때문이다. 관료주의를 통해 시행된다는 점에서 의료 서비스는 교육과 비슷한 점이 많다. 관료 체제에 속한 사람들은 끊임없이 결정을 내려야 하는데, 그 결정들은 일상적으로 수행하는 역할과 상호관계를 통해 만들어진 규칙을 따른다. 이때 모든 규칙은 사람, 신체, 질병, 건강에 대한 문화적 신념에 따른 추정에서 도출된다.

의료 관료 체제가 약속하는 '의료 혜택'을 이용할 때, 그 관료 체제가 이용자를 유능하다고 추정하면 큰 도움이 된다. 내가 간호사에게 전화해서 하혈을 하고 있고 통증이 심하다고 했을 때, 그 간호사가 전화 건 상대를 유능한 사람이라고 추정했다면 내가 말하는 정보를 잘 수용하고 처리해서 위기 상황이라는 사실을 인식할 수 있었을 것이다. 그러나 나의 어떤 점이, 그리고 나와의 상호작용 중 어느 부분이 내가 유능한 사람이라는 메시지를 전달하는 데 방해가 됐을 것이다. 그래서 나는 임신 중 위급한 상황에 대처할 장비가 있는 개인 병실로 급히 보내지는 대신 일반 대기실에서 오래 기다려야 했다. 내가 엉덩이 통증을 호소했을 때 의사와 간호사는 그것을 산통에 대해 유능한 사람의 표현으로 받아들이지 않았다. 그래서 사흘이 넘도록 아무도 내 산통에 대한 대책을 세우지 않았다. 나중에 안 일이지만 내 출산 경험의 모든 단계는 미국의 임신한 흑인 여성이 전형적으로 거치는 과정이었다. 나는 합당한 의료 서비스의 범위를 벗어나는 특별한 요구를 하는 무능한 환자로 취급된 것이다.

"미국의 흑인 신생아가 만 1세가 되기 전에 사망할 확률은 백인 아기의 두 배가 약간 넘는다"라고 오하이오 주립대 콜럼버스 캠퍼스의 웩스너 메디컬센터 소속 산부인과 전문의 아서 제임스Arthur James는 말한다.[38] 내 딸이 죽었을 때 아이와 나도 그 통계의 일부가 되었다.

정신적 충격과 통증과 진통제 때문에 혼미한 와중에도 그 고통스러운 경험을 통틀어 가장 뚜렷하게 각인된 것은 다른 맥락에서의 내 모습이 내가 무능한 임산부라는 그들의 추정에 일말의 영향도 끼치지 못했다는 사실이다. 나는 고학력자였다. 그리고 정규 교육을 아주잘 받은 사람 특유의 억양으로 말했다. 의료보험도 있었다. 결혼도 했다. 내 사회적 지위는 모든 면에서 '유능함'을 외쳐대고 있었지만 진료실에 걸어 들어가는 순간나의 블랙니스가 외쳐대는 소리는 그 어떤 것으로도 잠재울 수가 없었던 것이다. 내 사회적 지위로 남은 도울수 있지만 나 자신은 도울 수가 없었다.

사회학자들은 왜 인종, 성별, 계층과 같은 이데올로기가 그토록 없어지지 않는지 이해하려고 노력해왔다. 거리에서 목숨을 걸고 항의 시위를 하고, 법정에서 가부장제에 도전하고, 공정한 임금을 요구하기 위해 피를 흘려왔는데도 어떻게 불평등이 여전히 존재하는 것일까? 가장 쉬운 답은 인종차별, 성차별, 계층 갈등은 꺾이지 않는 에너지를 가지고 있고, 세계 자본주의에 꼭 필요한 요소라는 해석일 것이다. 이 답이 틀린 것은 아니지만 중산층 흑인 여성이 미합중국의 부유한 동네에서 받는 의료 서비스의 결과가 어느 식민지화된 나라 흑인 여성이 받는 그것과 많이 다르지 않다는 사실의 이유와 원인을 완벽하게 설명해주지는 못한다.

　물론 흑인 여성들은 본능적으로 그 이유를 안다. 퍼트리샤 힐 콜린스는 지배적 이미지controlling image*에 대해 문제를 제기했다. 너무도 강력한 고정관념은 한 집단에 소속된 사람들 사이에 존재하는 실증적 위상의 차이를 전부 무효로 만들고 그 집단 구성원 전체를 사회구조에서 가장 유순하고 무능한 대상으로 전락시키고 만다는 것이 바로 그 문제 제기의 핵심이다.[39] 디지털 문화 전반에 퍼진 밈도 지배적 이미지의 일부로 작동한다. 그런 밈에서는 뚱뚱한 흑인 여성이 손을 허우적거리며 말

---

* 고정관념과 유사한 것으로 인종이나 성적 관념에 근거해 분류된 한 집단에 소속된 사람들을 부정확하게 재현하는 데 사용되는 이미지. 퍼트리샤 힐 콜린스는 지배적 이미지를 "인종차별, 성차별, 가난, 그리고 다른 형태의 사회적 불평등이 자연적이고, 정상적이고, 일상생활에서 피할 수 없는 것처럼 보이도록 기획된 이미지"라고 말했다.

한다. "난 강한 흑인 여성이야, 남자 따위 필요 없어."
지배적 이미지 개념은 페미니즘 문학에서 약간 시들해
졌고, 때로는 누구나 당연한 것으로 받아들이는 오래된
이론의 일부로 여겨지기도 한다. 그러나 그런 태도는 분
석의 범위를 대중문화에만 국한시켰을 때의 이야기다.
대중문화에서는 부정적인 고정관념이 평범하기 짝이
없어 보이기 때문이다. 분석의 범위를 무능함의 정치경
제학 분야로 넓히면, 다시 말해 사회 영역 전체에 걸쳐
구조적으로 누가 주체적 존재로 살아남고, 누가 살아남
지 못하는지를 살피기 시작하면 지배적 이미지 개념을
통해 많은 현상을 설명할 수 있게 된다.

　　지배적 이미지에 대한 고찰은 단순히 한두 가지 대
상, 즉 대중문화 밈이나 영화와 텔레비전 프로그램의 등
장인물만을 따로 떼어 연구하는 데 그치지 않고 우리가
일상생활에서 겪는 구조적 불평등이 재생산되는 과정
전체를 연구하려는 노력이다. 사회심리학자들은 우리
가 '남성', '여성', '흑인', '백인', '아시아인', '빈민', '부
자', '초보자', '전문가' 등의 사회적 지위를 일상적인 상
호관계에서 어떻게 인식하고 재생산하는지를 연구한
다. 이런 분류는 의미 있는 범주라고 인식되는 사회적
지위를 나타낸 것이다. 우리가 누군가와 상호작용을 할
때 일어나는 일이 몇 가지 있다. 우리는 상대방을 여러
면에서 판단하면서 자신의 사회적 지위에 위험이 될 수

있는 요소가 있는지 살핀다. 예를 들어 회사 사장을 수위로 착각하는 실수를 범하고 싶지 않을 것이다. 우리는 또 타인이 자신을 어떻게 인식하는지를 살핀다. 즉흥적으로 이루어지는 순간순간의 협조 덕분에 일상이 조금 더 부드럽게 굴러가는 것도 바로 이런 상호작용 때문이다. 짐을 들고 힘겹게 버스에 오르는 사람을 보고 주변에 있던 사람을 넷이나 동원해 짐 싣는 것을 돕는 남자, 패스트푸드를 사기 위해 줄을 서 있다가 남의 아기 젖병이 땅에 떨어지기 전에 동시에 몸을 날려 잡는 세 명의 여자. 우리는 순간적으로 서로를 돕기도 하고, 병원 대기실에서처럼 조금 더 긴 시간에 걸쳐 서로 협조를 하기도 한다. 전혀 모르는 사람, 혹은 거의 모르는 사람과 협조를 할 때 우리는 사회적 지위에 대한 온갖 종류의 판단을 동원해 그 상호작용이 자신에게 유리한 쪽으로 흘러가도록 한다.

여기서 잠깐 옆길로 새서 한 가지만 짚고 넘어가기로 하자. 관리자로서의 흑인 여성은 제멋대로에다 무능력하다는 인상은 흑인 여성에 대한 고정관념 중 가장 강력한 이미지, 바로 초인적 존재라는 이미지마저 상쇄해버린다. 흑인 여성이 육체적으로 강인하고 찔러도 피 한 방울 안 나올 것 같다는 이미지는 인종차별적이며 성차별적인 미국의 위계질서가 만들어낸 가장 위대한 문화적 산물이다. 그에 따르면 우리는 자제심이 부족하지만 꾸준한 사명감으로 다른 이들을 돌본다. 흑인 여성은 한때 좋은 유모감이었지만 세계적으로 반反흑인 정서가 확산되고 갈색 피부의 아시아 이민 여성들의 값싼 노동력에 밀려나버렸다. 감정 노동자 고용 시장에서 흑인 여성 돌봄 노동자들에 대한 인기가 점점 더 떨어지는 현상에도 불구하고 우리는 '초인적' 이미지로 문화적 상상력에 굳게 자리 잡고 있다. 지칠 줄 모르는 강인한 여성이라면 유능하다는 이미지도 함께 누릴 만도 한데 성별, 인종, 계층, 위계질서라는 핵심적인 개념의 맥락에서는 무능함과 초인의 이미지를 동일한 대상에 적용하는 모순도 불사하지 않는 모양이다.

흑인 여성들은 다른 사람들이 기대하는 이미지에 맞게 행동할 때 슈퍼히어로로 인정된다. 건방지지만 영리하지는 않고, 성공했지만 행복하지는 않고, 경쟁적이지만 경쟁에서 이기지는 못할 때 우리는 타고난 지혜를 가진 존재들로 인정된다. 그러나 우리 문화 속에서 그 지혜가 인정받는 것은 그것이 다른 누군가에게 혹은 다른 무엇에 도움이 되었을 때뿐이다. 우리는 아무런 노력도 없이 얻은 특권에 대한 죄책감으로 얼룩진 사람의 '호소'에 영감을 주거나 감정적 배출구를 제공해줘야 한다. 우리가 남성이나 자본 혹은 정치적 권력, 백인 여성, 심지어 다른 '유색인종', 즉 흑인보다 조금이라도 더 백인에 가까운 사람들에게 실존적 도움을 주었을 때 우리는 슈퍼우먼이 된다.[40] 그러나 흑인 여성들이 자기 자신을 위한 일에 강한 힘을 발휘할 때, 그 힘과 지혜와 재치는 우리가 무능하다는 증거로 쓰인다.

흑인 여성이 구조적으로 무능하다는 이미지 때문에 우리는 노예 시대에 우리 재산에 대한 어떤 권리도 갖지 못한 채 타인의 '재산'이 되었고, 1960년대 패트릭 모이니한Parick Moynihan은 일탈적 흑인 가정이라는 환영을 만들어냈으며*, 오늘날에는 흑인 여성의 진정한 감정이 디지털 밈 ― 21세기의 시대정신을 충실히 따르고 있음을 과시하는 ― 으로 변질되어 이용되고 있다.

사회적 지위가 어떻게 작용하는지의 문제로 다시 돌아가보자. 거의 모든 문맥에서 작동하는 큰 분류 체계들은 '널리 확산된 사회적 지위의 특성들'이다. 그런 분류 체계에 대한 우리의 믿음은 매우 다채롭고, 깊고, 오래된 것이며, 어디에서나 찾아볼 수 있고, 영향력 있는 의견을 내는 사람들도 공유하는 것이라 거의 모든 사회적 관계에서 효과를 발휘한다. 이런 분류 체계들은 또 학교나 병원 같은 곳에서 행정적인 추정을 할 때 큰 영향을 미친다. 의사는 어떤 사람인가? 남성, 백인, 어쩌

---

* 1965년 당시 노동부 차관보였던 모이니한은 아버지 없는 흑인 가정의 수가 급증하는 것과 범죄율 증가를 연결 지어 주장하면서 흑인 여성의 역할을 완전히 간과했다.

다 아시아인(중국인, 일본인, 한국인. 남아시아인은 절대 아니고, 동남아시아인은 더더욱 아니다). 간호사 혹은 간호조무사는 어떤 사람인가? 여성, 갈색 피부의 인종, 혹은 흑인. 물론 그런 추정에는 가치판단도 함께 작용한다. 의사들은 좋은 사람이다. 남성, 백인, 어쩌다 아시아인(중국인, 일본인, 한국인. 남아시아인은 절대 아니고, 동남아시아인은 더더욱 아니다)도 좋은 사람이다. 이러한 예는 끝도 없다. 사회적 진보와 함께 우리는 누구나 '전문가' 혹은 '의료 전문가'와 같은 사회적 지위를 표현하는 단어를 획득할 수 있다는 위대한 약속을 믿게 됐다. 학교를 다니고, 때때로 놀고 싶은 것을 참고, 희생을 하고, 사회 규범과 관습에 순응한다. 그러면 사람들은 그 사람이 획득한 사회적 지위의 특징을 인정한다. 사회적 관계에서 어떤 사람들은 여성은 수학을 못한다고 추정하지만, 상대방 여성이 엔지니어라는 사실을 알게 된다. 문제는 어떤 지위의 특징이 그 사람을 판단하는 근거가 될 것인가 하는 점이다.

많은 경우 '널리 확산된 사회적 지위의 특성'에 의한 위계질서는 우리가 획득한 다른 지위의 특성을 압도한다. 퍼트리샤 힐 콜린스가 제시한 지배의 매트릭스 matrix of domination*에서는 특권과 지배가 겹치는 부분이 여전히 중요하다는 것을 알 수 있다.[41] 그녀의 저작을 더 깊이 있게 읽다 보면, 특히 자본과 신자유주의가 점점 더 많은 사람의 머릿속에 스스로 무능하다는 인상을 심어주는 방식을 지적한 부분에 주목해서 읽다 보면, 흑인 페미니스트들이 단언해온 말이 사실이라는 것을 깨닫게 된다. 즉 현재 가장 소외되고 억압받는 부분이 어디인지를 이해하면 미래를 알 수 있다는 것 말이다.

구조적으로 무능하다는 이미지는 사람과 사람 사이, 사람과 조직 사이, 조직과 이데올로기 사이 등 모든 상호작용에 마찰을 불러일으킨다. 마찰 없는 삶은 신자유주의적 자본이 약속하는 그림이지만, 그것은 힘을 가진 쪽에 자리 잡은 사람들에게만 해당되는 이야기다. 그러나 미국의 흑인 여성들이 아이를 낳으려 애쓰다 죽고, 그 아기들이 태어나려 애쓰다 죽는 까닭이 단순히 빈곤 때문이 아니라 기괴할 만큼 집중적으로 서구에 축적된 자본이 흑인 여성이 구조적으로 무능하다는 이미지에 근거한 것 때문이라면 우리는 일상생활 속에서 과잉자본주의hypercapitalism의 결말을 볼 수 있을 것이다.

전 세계적 불평등이 지금처럼 고조된 상황에서는 무능하다는 이미지를 지닌 대상이 필요하다. 현상 유지를 위해서, 혹은 현재 상태를 더욱 공고히 유지하기 위

---

* '억압의 매트릭스matrix of oppression'라고도 불리는 개념으로, 인종, 계층, 젠더 등과 관련된 억압들이 서로 맞물리며 조직화된 권력의 배치를 의미한다.

해서는 정치적 문제를 테크놀로지로 해결할 수 있다고 믿고 그것을 원하도록 학습할 무능한 소비자가 필요하다. 사회적으로 음식이 남아돌지만 굶주리는 사람이 있다고? 너덜너덜해져 구멍이 뚫린 사회적 안전망을 메꿔주는 자선단체와 연결해주는 앱을 다운받으면 된다. 전 세계적으로 금융 계급만 이익을 거두는 대가로 임금과 노동의 질은 계속 낮아지는 상황을, 심지어 비싼 대학 졸업장을 취득한 사람들까지도 그런 상황을 감내해야 한다고? 새로운 직장을 얻는 데 도움이 될 수도 있는 자격증을 살 수 있는 앱을 다운받으면 된다. 새 직장을 얻어도 18개월 후면 또다시 같은 일을 반복해야겠지만 말이다. 우리의 구조적 무능은 점점 더 세련된 소비재를 만들어내는 밑거름이 된다. 높은 사회적 지위를 차지할 자격이 있고 없고를 가르는 기준을 강화하는 역할을 하는 소비재 말이다.

직장을 구하거나 기업가가 되는 데 앱을 사용하는가? 소셜미디어를 소비자 입장에서 사용하는가, 아니면 생산자 입장에서 사용하는가? 가난한 사람들처럼 정부의 감시를 받는가, 아니면 중산층처럼 자기 자신을 감시하는가? 이런 식의 미세한 차이는 사회적으로 어느 지위에 있는 소비자 그룹이 그들의 정치적 무능에 영향력을 행사하는가 하는 문제에 이르면 아무 의미가 없어진다. 모두가 무능하기 때문이다. 유일한 차이는 자기 자

신을 속일 수 있는 자원이 각각 어떻게 다른가 하는 것
뿐이다.

수많은 흑인 여성들이 이미 알고 있던 사실을 나는
죽은 아기를 안고 병원 복도 끝에 앉아서야 깨달았다.
자본 네트워크는, 그것이 정부기관이든 사회조직이든
간에, 한 개인이 가장 낮은 지위의 특징을 갖고 있다고
추정될 때 가장 효율적으로 작동한다. 그리고 일단 그런
추정이 시작되고 나면 우리는 목숨이 걸린 일이라 하더
라도 충분히 유능한 사람으로 인정받을 수 없다.

흑인 페미니즘은 바로 이런 방식으로 미래를 알게
됐다.

너의 화이트를 알라

미국의 재산권은 인종적 지배 구조에 뿌리를 두고 있다. 건국 초기에도 흑인과 아메리카 원주민에 대한 억압은 인종 개념에만 근거를 둔 것이 아니었다. 인종적, 경제적 종속관계를 확립하고 유지하는 데 핵심적 역할을 한 것은 인종과 재산 개념 사이의 상호작용이었다.

●

세릴 I. 해리스, 『재산으로서의 화이트니스』[42]

버락 오바마의 당선으로 인해 촉발된 유권자 탄압 활동은 지난 수십 년 이래 선례를 찾아볼 수 없을 정도로 명확하고 충격적으로 전개됐다.

●

캐럴 A. 앤더슨, 『백인들의 분노』[43]

그 일이 현실이 되기 1년 전까지만 해도 내게 버락 오바마 '대통령'이라는 것은 말도 안 되는 개념이었다. 나는 남부 사람이었고, 지금도 남부 사람이다. 신의 가호가 있기를. 나는 흑인이다. 나는 뉴요커로 산 지 꽤 오래됐는데도 스스로를 남부 흑인으로 생각하는 가족 출신이다. 우리는 노예제도와 대이주, 도시 빈곤, 저항운동, 자수성가, 계층 이동, 계층의 취약성이 모두 담긴 미국 흑인의 역사 그 자체다. 상황이 이 정도 되니, 한 친구의 말을 빌리자면, '우리의 화이트를 안다know our whites'고 말할 수 있게 되었다. 우리의 화이트를 안다는 것은 곧 백인의 심리와 화이트니스의 탄력성을 이해하는 것을 말한다. 즉 일부 백인들과 아주 친하게 지내면서도 백인들에 대한 절대적인 신뢰를 비판적으로 유보하는 것을 의미한다. 또한 백인들의 감정과 두려움과 슬픔을 미리 예측한다는 의미도 담겨 있다. 그들의 이슈는 어김없이 우리의 문제가 되기 때문이다. 우리의 화이트를 안다는 것은 쓰라린 억울함에 영혼이 썩어 문드러지지 않도록 하면서 살아남는 것을 의미한다.

2007년 처음으로 오바마 후원을 위한 파티에 참석한 나는 그 문제를 직면했다 ― 우리의 화이트를 아는 것에서 말하자면 몇 세대에 걸쳐 체험된 지식과 계승된 지식을 한꺼번에 얻게 된 기회였다. 그날 만난 우리의 화이트는 남부 사람들이었다, 나와 마찬가지로. 상당 기간을 북부나 서부에 살았다 하더라도, 미국 남부의 백인이 되려면 미국의 인종적 위계질서에서 특정적으로 반복되는 것을 많은 부분 흡수하지 않을 수 없다. 그 파티는 노스캐롤라이나주 샬럿의 중심부에 있으면서도 나무가 우거진 부유한 동네 마이어스파크에서 열렸다.* 샬럿은 내 고향이다. 나는 샬럿의 인종차별 역사에서 마이어스

---

* 보통 미국 도시의 중심부에는 주로 흑인들이 사는 빈민가가 형성된다. 그런 곳을 이 책에서는 '어번'이라고 부른다. 백인들은 보통 도시 근교의 '교외suburb'에 사는데 샬럿은 도시 중심부에 있지만 부유한 백인이 사는 동네여서 더 특별하다.

파크가 차지하는 문화지리학적 맥락에서 그 위상을 알고 있었다. 마이어스 파크는 아름다운 동네다. 길은 널찍하고, 집들은 웅장하지만 천박한 느낌은 전혀 없고, 도시의 금융, 사무, 교통, 오락의 중심에서 얼마 떨어지지 않은 곳에 자리잡고 있다. 샬럿 전체가 2000년대의 주택 가격 폭락으로 신음할 때도, 마이어스 파크는 안정적인 시세를 유지했다. 사실 연간 단위로 추산하면 오히려 매년 주택 가격이 상승세를 그리며 번창했다.[44]

마이어스 파크는 또 미국에서 재력이 어떤 효력을 발휘하는지 조금이라도 아는 사람이라면 짐작할 수 있듯이 오랜 기간 동안 인종차별적인 제한 약정 규정*과 레드라이닝redlining**의 혜택을 본 동네다. 마이어스 파크가 아름다운 것은 구역화, 도시계획, 투자, 주택 소유자 조합 등을 통해 우리 눈에 잘 띄지 않는 일상적인 시장 거래에 화이트니스를 암호로 삽입해서 넣는 데 성공했기 때문이다. 마이어스 파크에 사는 백인들은 인생의 어느 단계에, 어느 지역에서 왔는지와 관계없이 '마이어스 파크' 출신이 된다. 그 사실을 본인이 인정하든 말든

---

* 지역에 따라 '바람직하지 않은 사람'이 그 지역의 부동산을 취득하는 것을 실질적으로 막는 약정이 개발 단계부터 존재하는 경우가 많다.
** 은행, 보험 회사가 빈곤층 거주지 등을 대상으로 특정 경계 지역을 지정해서 대출, 보험 등의 금융 서비스를 거부하는 행위.

상관없이 말이다.

나는 그런 부류의 백인들을 보고 자랐다. 그들은 대부분 사립학교에 다녔다. 사립학교에 가지 않으면, 자기들이 다니는 (당연히 마이어스 파크 고등학교라는 이름의) 공립학교를 사립학교처럼 만든다.[45] '기회 사재기 opportunity hoarding'라고 부르는 이 관행은 보통 이렇게 진행된다. 백인 부모들이 자신이 가진 경제적 특권을 이용해 세대를 거쳐 부의 특권을 누려온 지역사회 내 집을 산다. 그들은 부의 특권 덕에 차도와 인도를 정비하고, 녹지를 조성하고, 신호등, 깨끗한 공기, 적절한 쓰레기 처리, 안전한 식수 등을 확보할 수 있다. 이런 동네에 집을 구입하는 백인 가정은 그 지역 공립학교에 아이를 보낼 수 있는 접근권도 함께 구입하는 것이나 마찬가지다. 미국 공교육 체제에서는 대부분 주소지에서 가까운 학교에 배정되기 때문이다. 여러 세대를 거친 부의 안정감을 바탕으로 하는 지역사회에서 새로 편입한 고소득 가정들은 자녀를 학교에 보낼 때도 보통 '다양성'을 소중하게 생각한다.

그들은 좋은 사람들이다. 학교에서 아이가 잘 성장하기를 바라는 것은 인지상정이지만, 그들은 다른 아이들보다 자기 아이가 조금 더 잘 성장하기를 바란다. 이를 돕기 위해 부모들은 지역 정부와 민간단체의 지도급 인사들과의 인맥을 이용해서 자신들의 요구 사항을 정치적인 견해인 것처럼 포장해서 로비를 한다. 그들은 자녀들의 교사와의 대면 시간, 커리큘럼 접근성, 과외활동 참여 등과 관련해 완곡하지만 끈질기게 압력을 가한다. 기부를 하고, 자원봉사를 하고, 전화를 하고, 이메일을 보낸다. 이미 재정이 풍부한 공립학교지만 자신의 자녀에게는 사립학교처럼 기능하도록 만든다. 학생 개인의 특성에 맞춘 학습, 개인 맞춤 자료 그리고 누적된 이익을 누릴 수 있게 하는 것이다. 이 부모들이 사재기하는 기회를 나머지 부모들은 손에 넣지 못하게 되니 제로섬게임이다. 여력이 되는 가정은 기회를 사재기하고, 그로 인해 그들이 사는 동네는 혜택을 입는다.

한동안 마이어스 파크는 흑인민권운동 이후 흑백 통합의 모범 사례로 전국의 주목을 받았다. 이곳의 부유한 백인 가정 대부분은 자녀들을 버스에 태워 흑인 고등학교로 알려져온 웨스트 샬럿 고등학교에 보냈다. 그들은 다양성을 지지했다. 일단 그 학교에 부유한 백인 가정의 자녀들이 다니기 시작하자 늘 재원 부족에 허덕이던 흑인 고등학교에 투자가 급증했고, 모두가 혜택을 입는 듯했다…. 그러나 가장 큰 혜택은 늘 백인 학생들에게 돌아갔다. 인종 통합 실험은 30년 만에 끝나고 말았다.

마이어스 파크는 미국 내에서 인종 격리와 통합이 얽히고설켜 연출되는 상황을 전형적으로 보여준다. 그러나 마이어스 파크는 '도심 속에 있으면서도 교외처럼 느껴지는' 여타 거주지들과는 다른 방식으로 인종 재격리를 진행했다. 그 과정에서 마이어스 파크 주민들이 자신들의 특권을 행사하는 방식이 얼마나 '남부스러운'지가 다시 한번 드러났다. 그 동네 집들은 크지만 플랜테이션 농장 저택처럼 웅장하지는 않다. 주택 개조와 정원 가꾸기를 주로 다루는 TV채널에서 빈민가를 고급화하는 프로그램을 진행하는 진행자가 활짝 미소를 띤 얼굴로 "뼈대가 좋다"라고 표현하는 유의 집들이다. 딴 이야기이지만 '뼈대가 좋다'는 말은 '안정적인 백인 동네에 있기 때문에 이 구덩이에는 가진 돈 얼마를 쏟아부어도 그럴 만한 가치가 있다'는 의미라고 나는 거의 확신한다. 마이어스 파크 사람들은 친절하다. 어두워지기 전까지는 처음 보는 행인에게도 친절하다. 예의도 바르다. 집 앞에는 포치도 있다. 물론 더 안전한 뒷마당이 있으니 포치에 앉아 있는 사람은 거의 없지만 말이다. 사회적 친분은 동네 교회에서 쌓이고 ─ 누가 뭐라 해도 여기는 남부가 아닌가 ─ 사업 파트너 관계를 통해 공고해지기도 한다. 마이어스 파크 사람들은 좋은 명분에 돈과 시간을 기부한다. 그리고 이렇게 완벽하게 교양 있는 사람들은 의도적으로 가꿔지고 명목상으로 다양한 도시 내 원형 교도소에서 살아간다. 그곳을 지키는 감시탑에는 화이트니스 말고는 다른 어떤 보초도 필요가 없다.

노스캐롤라이나주 샬럿은 중산층 흑인들, 사회활동에 활발히 참여하는 온갖 계층의 흑인들, 안정적인 생활을 하는 라틴계 이민자 3, 4세대들이 많이 사는 곳이다. 오바마 후원 파티가 하필 마이어스 파크에서 열린다는 소식을 처음 들었을 때만 해도 나는 내 귀를 의심했다. 그러나 이제는 그런 파티가 다른 곳에서 열린다는 것은 상상도 할 수 없다.

파티가 열린 곳은 나 같은 사람들은 1년에 두 번 갈까 말까 하는 수준의 집이었다. 그것도 그 집에서 개최한 자선행사에 초대받아 15달러 정도의 기부를 해야 발을 들일 수 있는 그런 곳 말이다. 초인종을 누르자 방금 샤워를 끝냈는지 젖은 머리를 한 젊은 백인 여성이 문을 열었다. 그녀는 내게 아직 아무도 오지 않았지만 일단 들어오라고 했다. 집주인이 준비를 마칠 때까지 나는 30분 가까이 혼자 앉아서 사교 예절을 범한 것에 대해 반성했다. 다양한 연령과 계층의 사람들이 도착하기 시작했지만 파티가 시작되고 한 시간이 지나서도 흑인은 나 혼자뿐이었다. 그러다가 한 흑인 브라더가 자전거를 끌고 백인 여자 친구와 함께 도착했다.

집주인은 기부금을 내라고 말했다. 그런 요청을 할 때 늘 말을 더듬거리는 나와는 달리 그녀의 태도에는 전혀 주저함이 없었다. 사람들이 그 파티에 돈을 쓰러 왔고, 그렇게 쓸 돈이 있다는 것을 당연하게 여기는 분위기였다. 내가 다니는 미용실이나 토요 벼룩시장에서 신용카드 모바일 단말기가 사용되기 만 8년 전이었지만 파티를 여는 집주인은 웹사이트를 이용해 모바일 지불 방법으로 기부금을 받고 있었다. 그곳에 모인 백인들은 모두 오바마를 지지하는 사람들이었다. 그들은 나이 든 흑인들이 마틴 루터 킹을 이야기하듯 오바마에 관해 이야기했다. 그들은 오바마의 경력과 개인사를 좋아했고, 그의 정치적 슬로건을 좋아했다. 오바마가 선거에서 승리할 것이 틀림없다고 확신했다.

내가 사는 곳의 내가 아는 흑인들은 오바마가 승리할 수 있다고 믿는 백인들이 미쳤다고 생각했다. 우리 엄마도 같은 생각이었다. "백인들 미쳤어." 위대한 비비언은 선언했다. 나처럼 엄마도 화이트에 대해 잘 알고 있었다. 오바마 후원 파티에 참석한 날 밤, 집에 가서 엄마에게 그날 본 것을 이야기했다. 그것은 새로운 화이트의 탄생이 아니라 백인들이 보통 사람들이 하는 행동, 즉 공통의 이익을 위해 뭉치는 행동을 하는 광경이었다. 이전과 달리 이번에는 그들의 이익과 나의 이익이 만났을 뿐이었다. 그들은 여전히 우리보다 더 많은 돈과 더 많은 힘을 가지고 있었다. 나이는 나와 비슷했지만 백만 달러가 넘는 집에서 살고 있었다. 그들은 앞으로도 자신들만의 동네와 학교와 직장에서 인종적으로 분리된 일상을 살아가겠지만 수없이 많은 이유에서 한 흑인 남자를 '자기 사람'으로 선택했다. '왜 그랬을까?' 나는 몇 년 동안이나 이 질문에 대한 답을 찾을 수 없었다.

　최초로 아프리카계 미국인을 대통령으로 선출하면서 미국인들이 겪은 정체성의 위기를 여기서 다시 분석할 필요는 없다. 폭스뉴스는 늘 피해망상으로 가득 찬 비명을 질러대지만 이번에는 그 정도가 어디까지 갈 수 있는지 극한을 시험하는 듯했다. 그러고는 주 시청층인 백인 노년층을 위해 그들이 정상까지 갈 수 있는 계단 승강기를 만들었다. 아프리카계 미국인들은 오바마의 두 번째이자 마지막 임기가 끝나기 한 달 전까지도 선거 결과를 믿지 못했다. 민족적 뿌리는 다양하지만 공통된 정치적 이데올로기를 가진 미국의 수많은 흑인들은 제국주의적 정부를 비판하면서 동시에 그 정부의 수장으로 앉아 있는 사람을 비난하지 않는 방법을 찾느라 고심했다. 라틴계와 아시아계 미국인 유권자들은 출신 국가와 세대, 그리고 소득에 따라 의견이 갈렸다.[46] 그러나 오바마의 이야기에서 자신과 동일시할 수 있는 이야기를 찾는 집단이 모든 인종 공동체에서 뚜렷하게 모습을 드러냈다.

　태평성대는 아니었지만 공공권公共圈에서 미국 역사상 가장 다문화에 가까운 분위기가 형성됐다. 그 8년을 타네히시 코츠Ta-Nehisi Coats는 '좋은 니그로 정부 시대'라고 불렀다.[47] 오바마가 처음 대통령 선거에 출마하고 낙승을 거두기 130여 년 전에 벌어졌던 블랙 재건 시대 Black Reconstruction* 때와 마찬가지로, 오바마의 '좋은 니그로 정부 시대'는 흑인들의 정치적 유능함과 백인들의 두려움으로 특징 지어질 것이다. 정치 분석가 자멜 부이 Jamelle Bouie는 나와 함께 출연한 라디오 프로그램의 인터뷰 녹음 중 오바마의 두 번째 임기가 저물어갈 무렵, 이 안전하게 유능한 흑인마저 미국 백인들을 만족시키지 못한다면 자기는 아예 꿈도 꾸지 못하겠다는 생각이 들었다고 말했다.[48] 자멜이 미국에서 흑인으로 살아가는 것의 가장 근본적인 문제를 깨닫는 과정을 듣는 것은 정말이지 가슴 아픈 일이었다. 그리고 그것은 내게 진정으로 근본적인 진실이었다.

마이어스 파크 파티에서 느꼈던 희망과 나란히 존재하는 진실의 근원, 즉 화이트니스는 흑인의 종속을 필요로 한다는 그 진실을 내가 어떻게 설명할 수 있겠는가? 이 역설 — 맞다, 그것은 역설이고, 그 이유는 이 두 가지 진실이 정반대의 입장으로 보이지만 현실에서는 야누스의 얼굴이 새겨진 동전에서 같은 면을 차지하고 있기 때문이다 — 은 미국 전체가 직면하는 역설을 반영

---

* 1860년대 노예 해방 직후 흑인 인권 회복이 활발하게 벌어졌던 시기를 1차 블랙 재건의 시대, 1960년대 흑인민권운동으로 짐크로법이 폐지되면서 흑인 인권이 신장된 시기를 2차 블랙 재건의 시대라 부른다.

하고 있다. 버락 오바마를 선출한 나라에서 어떻게 뒤이어 도널드 트럼프를 선출할 수가 있단 말인가? 답은 오바마의 블랙니스에 있지 않다. 블랙니스는 역설이 아니다. 블랙니스는 그냥 존재한다. 화이트니스가 언제 어디서라도 자신의 궁극적 표현, 즉 탄력성을 보일 수 있으려면 블랙니스가 존재해야만 한다.

어떤 출신 국가나 장소, 신에도 매여 있지 않은 화이트니스라는 개념과 정체성은 화이트니스가 차지하는 왕좌에 도전하는 모든 집단에 대항해서 자신의 지위를 지킬 수 있을 만큼 확장할 수 있어야 존재가 가능하다. 한때는 유럽인만 백인으로 쳤지만, 폴란드인을 배제하기 위해 아일랜드인은 끼워줬고, 한국인을 배제하려다 보니 결국 폴란드인도 다시 백인으로 인정해야 했다. 자신을 재생산하기 위한 상황 지배력을 유지하려면 안정적인 대립극이 필요하다. 블랙니스는 그 대립극의 역할을 했다. 따라서 미국인들이 오바마와 트럼프를 모두 대통령으로 선출할 수 있었던 사실에 담긴 역설에서 오바마가 흑인이고 아니고는 문제가 아니었다. 핵심은 그가 화이트니스의 요소를 얼마나 지녔는지(혹은 지니지 못했는지)였다. 오바마-트럼프 논법은 '진보-반동'이 아니라 계이름 '도-시-도'였다. 같은 춤, 같은 스텝, 서로를 비추는, 한쪽이 있어야 다른 한쪽도 있는 개념이었다.

화이트니스 자체가 그렇듯 트럼프가 있기 때문에 오바마도 있었다.

백인 유권자들이 버락 오바마를 하나의 개념이자 대통령이 되도록 허용한 것은 자신들을 화이트로 규정하는 역설을 근본적으로 투사하는 것이 오바마였기 때문이다. 나는 그 사실을 거의 잊을 뻔했다. 우거진 나무들과 뉴 화이트는 유혹적이었다. 그러나 내 영혼은 우리 할머니의 경험을 기억한다. 우리의 화이트를 아는 것은 정말이지 중요한 일이다.

"그런 광경은 평생 처음이었어요, 엄마." 그날 밤 파티에서 돌아와 엄마에게 말했다. "그리고 이 흑인 남자가 이길 것 같아요."

이제 엄마 집 벽난로 위 선반에는 버락 오바마와 미셸 오바마 부부의 사진과 그들이 실린 잡지 표지가 무려 열아홉 장이나 있다. 그게 무슨 의미인지 알기 쉽게 비교하자면, 거기 내 사진은 네 장 있다. 당신 남편 사진은 달랑 한 장만 놔둬서 그의 약을 바짝 올린다. 엄마는 나랑 전화를 하다가도 오바마가 연설을 시작하면 바로 끊어버렸고, 나랑 오바마의 딸 사샤, 말리아를 바꾸자고 했으면 주저없이 그러마 하고도 남았을 것이다. 그러나 2007년에만 해도 위대한 비비언은 화이트에 대해 아무것도 알지 못하는 게 분명한 흑인, 그것도 이상한 이름을 가진 흑인이 대통령이 되리라고 믿지 못했다. 그러다가 엄마는 비로소 조금 다른 백인들도 존재한다고 믿게됐다. 마치 페인트 가게 한쪽 끝에 가보면 크림색, 진주색, 거위깃털색, 눈색, 별색 등등 흰색에도 종류가 엄청나게 많은 것처럼 말이다. 엄마의 생각을 바꾼 것은 마이어스 파크에서 열린 또 다른 파티였다. 나는 거기에 엄마를 끌고 갔다. 도착해서도 차에서 내리지 않겠다고 고집을 피우긴 했지만 엄마는 결국 파티에 참석했고, 내가 해주던 말을 두 눈으로 직접 확인했다. 나와 엄마를 확신케 한 것은 버락 오바마가 화이트를 안다는 사실이 아니었다. 화이트가 오바마를 안다는 바로 그 사실이 우리를 확신하게 했던 것이다.

오바마 대통령 임기 말기를 해부하듯 자세히 파헤친 글들을 보면 오바마가 '화이트 아메리카'에 대해 근본적으로 선하고, 인간적이며, 무엇보다도 진화할 여지가 있다고 믿었다는 분석 내용이 많다. 그 사실이 중요하다고 생각하기 쉽다. 우리는 누구나 자신을 높이 평가하는 사람의 시각을 통해 스스로를 보는 것을 좋아하기 때문이다. 어쩌면 높은 평가를 자신의 노력으로 얻지 않았다는 것을 알고 있을 때 특히 더 그럴지도 모른다. 우리는 구원받을 수 있는 대상이기를 원한다. 자신에게 신뢰를 보이는 사람이 나라의 아버지와 같은 인물이면 더좋다. 특히 아버지처럼 느껴지는 그 사람이 나를 의심할 이유가 충분하다는 의혹이 드는데도 나를 신뢰한다고 하면 더더욱 좋다.

영원히 변치 않는 미래 지향적인 미국의 이야기는 어제로부터 완전히 단절된 내일에 관한 것이다. 어제 이야기를 하기 시작하면 이야기에 등장하는 미국이 그다지 아름답지 못하기 때문이다. 나는 오바마가 백인에 대한 믿음을 가졌는지의 여부는 중요하지 않다는 결론에 이르렀다. 그들이 오바마에 대한 믿음을 가지기만 하면 되는 일이었다. 백인들이 꿈꾸는 자신들의 이상적인 모습을 기꺼이 투영해서 보여주고, 백인들을 건드리지 않으면서 세상을 바꾸고, 흑인 노릇을 하지 않으면서 블랙니스를 바꿀 용의가 있는 사람이면 됐다.

오바마의 '혼종성'과 '두 개의 정체성' 그리고 '두 인종'을 아우르는 정체성이 영향력을 발휘했을 수도 있다. 그런 정체성이 오바마를 어떤 사람으로 성장시켰는지가 중요한 것이 아니라 그런 것들이 백인 유권자들 스스로 자신에 대해 어떤 느낌을 갖도록 했는지가 중요하다. 사회학에서는 두 문화 사이에서 태어나거나 두 문화 속에서 동시에 사회화가 된 사람들에 대한 여러 이론이 있다. 그들은 두 사회 중간에 떠 있다는 의미로 '경계인' 혹은 '주변인'으로 불려왔다. 타네히시가 오바마의 재임기에 대해 쓴 장중한 에세이 「우리 대통령은 흑인이었다My President Was Black」에서 묘사한 흑인의 세계와 백인의 세계는 여기저기에서 가볍게 언급되는 경우가 많다. 그러나 그 개념을 더 정확하게 이해하는 것이 중요하다.[49]

흑인의 규범이 있는 것은 백인의 규범이 있기 때문이고, 백인의 규범이 있는 것은 흑인의 규범이 있기 때문이다. 어떤 사람들은 오바마 같은 사람들은 양쪽을 동시에 경험하기 때문에 양쪽 문화에 대한 특별한 통찰을 가지고 있다고 주장하기도 한다. 그리고 그런 통찰은 공감을 낳는다. 바로 그런 공감 덕분에 오바마는 자기 아내와 딸들이 원숭이로 묘사된 수많은 그림들을 지켜보거나, 백인들이 흑인들의 사회경제적 이득을 그토록 오랫동안 억압해온 것을 인종차별적이라기보다는 그저 인종적이라고 볼 수 있는지도 모르겠다. "나는 특정한 저항이나 비난 혹은 반대를 인종 문제로 돌리지 않기 위해 조심한다."[50] 이것은 수백만 명의 백인 유권자들을 잠시나마 달래 수 있는 달콤한 말이다.

오바마가 상징한다고 인식되는 '경계인적 성격' 혹은 '이중적 자아'에 대한 다른 해석들은 더 복잡하다. 서로 다른 두 개의 사회적 규범 사이에 갇혀 있는 사람은 양쪽 모두를 더 잘 이해할 수도 있지만, 두 개의 규범이 일으키는 갈등을 전혀 보지 못할 때도 많다. 이원성은 통찰력을 길러주는 동시에 착각 혹은 기만을 심어주기도 한다. 두 가지 서로 다른 사회적 자아, 두 가지의 존재 방법을 가진 사람이 세상을 한번에 인식하려는 과정에서 모난 곳이 깎이는 경우가 많다. 그리고 경계인에게서는 때로 그런 모난 곳이 완전히 없어져버리기도 한다.

오바마는, 그가 직접 쓴 글들과 그에 관해 다룬 상당한 양의 글들로 미루어 짐작하건대, 블랙니스를 '포용' 혹은 '선택'할 수 있는 대상으로 여기는 듯하다. 그는 흑인의 쿨함을 취함으로써 엄청난 너그러움과 주체성을 발휘했다고 믿는 것 같다. 내 생애 최초의 흑인 대통령은 자기 딸들을 전방위적으로 인종차별이 존재한다고는 믿지만 전방위적인 배상은 정당하지 않다고 생각하는 사람으로 키워도 괜찮다고 생각하는 것 같다. 그는 정책과 법, 그리고 흑인 브라더들이 나쁜 직업과 가난한 동네, 열악한 교육 환경, 사회적 위계질서의 밑바닥에서 헤어나지 못하게 만드는 투자 등을 바꾸지 않고 유지하면서도 자신이 그 브라더들의 수호자가 될 수 있다고 생각한다. 내 생애 최초의 흑인 대통령은 흑인의 멍에를 지지 않고도 흑인의 쿨함을 걸칠 수 있다고 생각한다. 백인 엄마, 백인 조부모와 그렇게 가깝게 지냈음에도 불구하고 내 생애 최초의 흑인 대통령은 자신의 화이트를 알고 있지 않은 듯하다.

이것 말고는 이 나라가 도널드 트럼프를 대통령으로 선출할 수 있는 나라라는 사실을 오바마가 왜 상상하지 못했는지를 달리 설명할 길이 없다. 우리 중에서 화이트를 제대로 아는 사람들은 다른 건 모두 차치하고라도 한 가지는 확실히 알고 있다. 바로 화이트니스는 자기 자신을 방어한다는 사실이다. 화이트니스는 변화와 진보와 희망과 흑인의 존엄성, 흑인의 생명, 이성, 진실, 사실, 원주민의 권리, 그리고 자신의 법과 관습 모두에 맞서서 자신을 지킨다. 심지어 도널드 트럼프가 선출된 후에도 오바마는 타네히시 코츠에게 모든 것을 잃지는 않았다고 말했다. 그는 화이트 아메리카의 영혼에 대해 여전히 희망을 잃지 않았던 것이다. 그는 블랙 아메리카의 영혼에 대해서는 아무 말도 하지 않았다. 그러나 블랙 아메리카의 영혼이야말로 내가 희망을 거는 대상이다.

아무리 많은 변화가 있어도 블랙 아메리카의 영혼에 대한 내 희망은 변함이 없다. 그것은 무비판적인 신념이 아닌, 지금 우리가 처한 상황에서 스스로 해답을 찾을 수 있는 매우 소중한 방법이다. 예를 들어 나는 이 나라 국민들이 어떤 이유로 도널드 트럼프를 선출하려고 하는지 헷갈린 적이 단 한 번도 없다. 그리고 그들이 정말 그렇게 했을 때도 크게 상처받지 않았다. 트럼프의 선출이 인간과 사회제도에 끼치는 영향에 대해서 울분을 터뜨리고 열정적인 관심을 가질지언정 실망은 하지 않았다. 화이트를 제대로 아는 사람들은 좀처럼 실망하지 않는다. 화이트를 제대로 아는 사람들은 왜 백인들이 버락 오바마에게 표를 던졌는지 알기 때문이다. 그들은 자신들의 정체성인 화이트라는 역설적인 개념을 오바마가 매력적으로 투사했기 때문에 그를 하나의 개념, 그리고 대통령으로 만들었던 것이다. 사실 그의 매력은 필요조건도, 충분조건도 아니고, 그저 도움이 되는 정도였다.

화이트니스의 역설을 규정하는 내적 긴장을 유지하기 위해서는 반드시 우월성과 연약함이 공존해야만 한다.[51] 화이트니스의 전형적 얼굴이 가장 잘 드러난 나라인 미합중국은 그런 역설로 가득하다. 계몽주의의 불씨 속에서 공화국을 건설한 노예 소유자들, 수용 가능한 범위를 넘지 않는 선에서만 보장되는 언론의 자유, 결과의 불평등이 필수적으로 따르는 기회의 평등.

이런 역설은 2015년 트럼프 선거 유세에서 만개했다. 그 유세장에 참석해보겠다고 결심했을 때만 해도 나는 이제 더 이상 아무것에도 놀라지 않을 자신이 있었다. 나는 남부연합의 수도였던 버지니아주의 주도에 살고 있었고, 내가 사는 건물은 노예들의 집단 매장지 위에 세워졌다는 소문이 있었다. 그 당시 도널드 트럼프가 선거에서 승리하리라고 아무도 믿지 않는 듯했다. 오바마를 선출할 정도로 진보한 나라가 180도로 돌변해서 주름진 인조가죽에 오렌지색 물을 들인 얼굴을 한 리얼리티 TV쇼 진행자에다가 가끔 저질 언어와 농담이 난

무하는 라디오 프로그램에 나와 갑부 행세를 하는 사람을 대통령으로 뽑지는 않을 것이라는 논리였다. 나는 지각 있는 사람들, 똑똑한 사람들, 뭘 많이 아는 사람들에게 물었다. 노동자 계층, 중산층, 그리고 뭐라고 부르는지는 모르지만 사립 기숙학교를 다닌 사람들에게도 물었다. 저널리스트, 정당의 당원, 정치 자금 모금원, 사회 활동가, 학생, 교수들에게도 같은 질문을 했다. 내가 일상적으로 만나는 사람 중에서 트럼프가 당선될 수도 있고 심지어 그렇게 되리라고 예상하는 사람은 단 두 명뿐이었다. 바로 이베트 여사와 '잠깐 쉴 때 담배를 피우며 건물 뒤편에 서 있던 남자'(줄여서 '담배 남자'라고 부르겠다)였다.

이베트 여사는 우리 사무실을 청소하는 사람이었다. 미국 전역의 전임 교수 160만 명 중 3퍼센트만이 흑인이다. 내가 그중 하나다. 직장에서 하루 종일 다른 흑인은 아무도 만나지 못할 때가 많다. 고향에 가지 않고도 내가 집에서 편하게 쓰는 말투로 대화할 수 있는 상대가 이베트 여사뿐일 때가 많다. 이베트 여사에게 말을 걸기는 그다지 어렵지 않았다. 사실 그 당시에는 어느 흑인이 됐건 선거에 대해 이야기 나누는 게 하나도 어렵지 않았다.

"와, 봤어요? 그 작자?"

"아, 그럼요, 봤지요. 아이고, 아이고, 엉망진창이야."

"엉망진창이긴 하지만 우리하곤 상관없지요."

"상관없길 바랄 뿐이에요."

"그 작자가 이길 것 같아요?"

우리는 서로를 한번 쳐다보고 웃음을 터뜨렸다. 물론 이길 터였다. 그가 이기지 않는다고 생각하는 것 자체가 웃기는 일이었다. 이베트 여사는 화이트를 제대로 알고 있었다.

담배 남자는 내가 일하는 곳에서 일했을 수도 있고 아니었을 수도 있다. 잘 알 수가 없었다. 무슨 이유에서인지 그 사람과 나의 일과 중 겹치는 부분이 꽤 있었다. 학기 중에는 일주일에 적어도 두 번은 그 사람과 마주치곤 했다. 가끔 유니폼을 입고 있기도 했다. 그리고 거의 항상 담배를 물고 있었다. 심지어 퀄련을 물고 있을 때도 있었다.

담배 남자는 나를 부를 때 꼭 진지하게 교수님이라는 호칭을 사용했다.

"교수님, 교수님 남자 TV에서 보셨어요?"

"어쩌다 그 남자가 내 남자가 됐나요?"

"내 남자는 아니니까요."

"내 남자도 아니에요."

"그 남자가 이길 것 같아요?"

"글쎄요, 뭐는 불가능하겠어요?"

"맞아요, 캣 윌리엄스 기억하시죠? 그 호랑이 이야

기. 그 호랑이는 자신이 호랑이라는 걸 기억했기 때문에 사람 엉덩이를 문 거예요."*52

담배 남자는 화이트를 꿰뚫고 있었다.

내가 혼자 트럼프 유세장에 가는 것은 꿈도 꾸지 못할 일이었다. 이베트 여사나 담배 남자에게 같이 가자고 하는 것도 마찬가지였다. 그곳에는 백인들과 함께 가야만 했다. 결국 백인 둘, 흑인 하나(나)가 동행하기로 했다. 우리는 미리 전략 회의를 했다. 두 사람이 내 양옆에 서서 걸어가면서 트럼프 지지자들과 대화할 여지를 최소화하기로 했다. 그리고 출구 근처, 가장자리 쪽 객석에서 역시 두 사람 사이에 끼어서 앉기로 했다. 내가 불편해진다 싶으면 두말 않고 곧바로 함께 자리를 뜨는 것도 미리 합의를 했다.

내가 그곳에 간 것은 도널드 트럼프를 보기 위해서가 아니었다. 그가 어떤 인물인지는 이미 잘 알려져 있었다. 그날의 목적은 도널드 트럼프가 자유세계의 지도자가 될 수 있다고 믿는 사람들을 보는 것이었다. 컨벤션센터에 도착한 우리는 주차장을 한번 훑어봤다. 좋은 차들이 많이 서 있었다. 커다랗고 비싼 트럭도 많았지

---

* 샌프란시스코 동물원 우리에서 탈출한 호랑이가 사람을 문 사건이 일어난 후 코미디언 캣 윌리엄스는 미국에 사는 흑인들을 동물원에 갇힌 호랑이에 비유했다.

만 고급 승용차와 스포츠카가 많았다. 범퍼 스티커도 살펴봤다. 버지니아 대학, 조지메이슨 대학, 올드도미니언 대학, 교회, 리조트 타운, 그리고 과거 선거 때 붙였던 듯 벗겨진 주류 정당의 스티커들이 많이 눈에 띄었다.

컨벤션센터에는 그냥 들어갈 수 있는 것이 아니었다. 버지니아에서도 최근 들어 소요 사태가 꽤 많이 벌어졌다. 입구에서 150미터도 넘게 떨어진 곳에서부터 유니폼을 입은 경비대가 그곳에 온 목적이 지지를 위한 것인지 반대를 위한 것인지 구두로 확인했다. 그런 다음 지지 그룹과 반대 그룹으로 분류해서 바리케이드를 사이에 두고 멀찍이 떨어져 모이도록 했다. 나는 40대 후반에서 50대 초반으로 보이는 네 명의 백인 여성 뒤에 섰다. 더운 날이었다. 그들은 짧은 반바지와 휴양지에서나 쓰는 챙 넓은 모자를 쓰고 있었고, 휴가객처럼 술에도 취해 있었다. 그중 한 명이 로큰롤 콘서트에서 외치듯 자기가 도널드 트럼프를 만나면 '젖통'을 보여주겠다고 소리 질렀다. "세상에, 너무 섹시하잖아." 그게 이유였다.

실내에 있는 사람들은 따분해했다. 현장 유세 분위기는 그다지 열광적이지 않다. TV나 인터넷에는 지루한 부분을 모두 편집해서 내보내는 탓에 축제처럼 보이지만 실제로는 훨씬 지루하다. "그년(힐러리 클린턴)을 잡아 처넣어!"라는 문구가 새겨진 우주복을 입은 아기들도 있었다. 엄마들이 함께 온 10대 아들들에게 천박한 욕지거리가 쓰인 잔에 담긴 술을 사주고 있었다. 청중들의 허세 어린 말에서부터 연단에 선 연사들의 연설에 이르기까지 트럼프의 유세는 폭력적인 수사로 가득했다. 그러나 실제 분위기는 마이어스 파크의 거리만큼이나 차분했다. 사람들은 나 같은 사람이 거기 있다는 사실에 약간 어리둥절했을지도 모르지만 겉으로는 미소를 지으며 내게 고개를 끄덕여 보였다. 예의 바른 사람들이었다. 연단에서 건강보험개혁법안American Health Care Act*을 언급하자 휠체어를 탄 한 남자가 "개새끼!"라고 외쳤다. 나중에 그는 친절하게도 내가 그 옆을 더 쉽게 지나갈 수 있도록 자기 휠체어를 약간 비켜주는 시늉까지 했다. 들고 있는 플래카드로 미루어보아 대부분 이민 1세대, 혹은 2세대인 듯한 아시아계 사람들이 트럼프가 이민자들을 폄하하는 발언을 하자 환호성을 올렸다. 몇몇 흑인들(아프리카계 미국인인 듯했지만 확실하지는 않다)이 유세 내내 의자에 차분히 앉아 있다가 간혹 맘에 드는 대목이 나오면 발을 구르거나 무릎을 쳤다.

트럼프에게 표를 던진 '루저'들에 대해 지금까지 많은 토론이 이루어졌다. 나는 그들을 깔보는 마음에서

---

* '오바마 케어'를 대체하기 위해 트럼프가 제안한 개혁 법안.

가 아니라 그들을 제대로 표현하기 위해 여기서 루저라는 단어를 사용했다. 트럼프 지지자들은 일반적으로 무엇인가를 잃은 사람들이라는 분석이 지배적이다. 그것이 경제적 기회가 됐건, 재정적 안정성 혹은 정체성, 성별의 우월감이 됐건 간에 말이다. 모든 루저들이 우아하게 지는 법을 아는 것은 아니다. 사람들은 트럼프 지지자들이 루저라는 견해를 아무런 비판 없이 기꺼이 받아들였다. 감정이입이 많이 되어 있는 분석일뿐더러, 백인과 사회적 지배계층이 대중매체를 장악하고 있다는 사실을 고려할 때 확증편향이 심한 분석이기도 하다. 다른 한쪽에서는 트럼프를 중심으로 한 정치적 결집이 역사적으로 이례적인 현상이 아니라는 합리적인 분석을 내놓기도 했다. 역사적 투쟁의 시각에서 볼 때 트럼프의 선출은 백인 유권자들이 미국에 대한 소유권을 다시 주장한 것으로 해석할 수도 있다. 이 모든 분석들이 트럼프 선출이라는 다면적인 현상을 이해하는 데 도움이 된다. 트럼프에게 표를 던진 전형적인 유권자가 사실은 교육받은 중산층이라는 것을 고려했을 때, 하나의 렌즈로만 이 사안을 해석하는 것은 불가능하다. 역사적 진보와 소유권을 되찾으려는 움직임을 하나의 등식에 놓고 보면 두 번째 해석이 더 설득력이 있다. 그러나 여전히 뭔가가 빠졌다는 느낌은 지울 수가 없다.

정치 이론가 코리 로빈Corey Robin은 미국 내 보수 우파의 역사는 싸움거리를 찾는 과정이라고 해석한다. 보수, 즉 현 상태를 지킨다는 행위 자체는 원치 않는 진보에 반대하는 행동을 필요로 하기 때문이다. 말하자면 강령을 내걸고 하는 정치판에서 '우파'는 많은 경우 자신의 입장과 대조적인 위치에 있는 사회적 진보를 함께 만들어내거나 적어도 방조하는 자세를 취한다. 고루한 보수주의는 정체와는 거리가 멀다. 오히려 자극적이고 반응적이다. 진보가 존재하지 않으면 진보의 부재를 선호할 수도 없기 때문이다. 동일한 논리를 적용해보면, 백인 시민을 위한 백인의 공화국과 백인의 재산권을 보호하기 위해서는 어둠으로부터의 위협이 있어야 한다. 백인들의 인종적 정체성이 그들의 투표 양상을 결정한다는 면에서만 보면 트럼프를 지지하는 백인 유권자들과 오바마를 지지한 백인 유권자들이 가진 화이트니스에 대한 시각은 그다지 다르지 않을 수도 있다. 두 집단 모두 같은 관점을 드러내고 있는 것이다. 한 집단이 존재하기 위해서는 다른 집단이 꼭 필요하고, 두 집단 모두가 백인 정체성을 토대로 한 정치가 존재하는 데 필수적인 요소다.

오바마가 내세운 비주류가 과반수를 차지하는 다문화적 미국에 약간 자리를 양보하는 방법으로 연약함을 표방하면서 화이트니스는 스스로의 우월성을 드러냈다. 트럼프 유세에 참석한 사람들은 루저도, 뛰어나게 훌륭한 사람들도 아니었다. 난폭한 언사에도 불구하고 그날의 유세는 기괴한 귀여움마저 느껴졌다. 마이어스 파크 주택들의 모두 똑같아 보이는 잔디밭과, 파티에 일찍 도착하는 것과 관련된 사회적 규범을 만들어낸 화이트니스의 속성은 트럼프 유세에 모인 다문화적이고 다계층적인 지지자들과 마찬가지로 화이트니스야말로 이 나라에서 모든 단점을 벌충할 수 있는 가치라는 믿음을 투사한다. 그러나 나는 진보라는 것 자체가 화이트니스의 역설에 의존하는 마당에 사회적 진보가 실제 어떤 모습일지 확신할 수가 없다. 다만 나는 담배 남자와 마찬가지로 호랑이는 자기가 호랑이라는 것을 알리기 위해 상대를 물 수도 있다고 믿는다.

흑인의 시대는 끝났다
(혹은 특별한 흑인)

"흑인의 시대는 이제 끝났어." 이런 말을 들은 적이 있다. 연구 프로젝트에서 함께 일하던 교수들이 모인 자리였다. '유색인종' 무리였는데, 누군가 슬쩍 보고 지나갔다면 그 방에 모인 사람은 모두 흑인이라고 했을 것이다. 직업상 늘 해오던 대로 주제와 관련된 방법론, 이론 등을 토론하고 있는데 한 여성 — 모인 사람은 모두 여성이었다 — 이 우리는 이제 흑과 백을 초월해서 진보했다고 자신 있게 말했다. "흑인의 시대는 이제 끝났어"라는 말도 그런 맥락에서 나온 것이었다. 그러나 누가 뭐래도 흑인이 확실한 내가 보기에 나의 시대가 끝났다는 느낌은 전혀 들지 않았다. 그리고 그런 모임에서 나 같은 흑인이 차지하는 위치를 생각할 때 그 말은 너무 경솔한 듯했다. 그런 모임은 수없이 많았고, 내가 조금씩 조금씩 계층 상승을 함에 따라 그런 모임에 참여하는 횟수도 점점 잦아졌다. 그런 선언은 나 같은 흑인을 사람이 아니라 문제로만 인식하는 오류에서 비롯된 것이다.

그런데 먼저 짚고 넘어가보자. 나는 어떤 부류의 흑인인가? 이 질문을 사실 굉장히 많이 받는다. 내가 속한 분야에서 큰 권위를 인정받는 원로 학자가 언젠가 내게 말했다. "당신을 신뢰할 수 없어. 당신을 좋아하는 백인이 너무 많거든." 아픈 발언이었다. 그는 또 내가 흑인 중에서도 피부색이 더 검은 여성이라는 사실이 내가 학계에서 활동하는 데 문제가 될 것이라고도 말했다. 솔직히 말하자면 마침내 이런 말을 내게 하는 남자가 있다는 것 자체가 반가웠다. 한 가지 밝혀두자면 그것은 모두 커다란 애정을 가지고 한 말이었다. 나는 내가 어떤 부류의 흑인인지를 시험받았고, 그 시험을 통과했다. 그것은 정치적 질문, 즉 내가 흑인들의 이해와 나의 이해를 동일시하는지에 관한 질문이었다. 그렇다, 나는 나와 흑인들의 이해가 동일하다고 생각한다. 그러나 대상이 어떤 흑인들인지에 따라 문제는 좀 더 복잡해진다.

나는 전 세계에 흩어져 사는 디아스포라 흑인 인구 전체와 나 자신을 동일시하는가? 정치적으로 우파의 흑인 아니면 좌파의 흑인? 흑인이 아닌 부모를 가진 흑인은? '아프리카계 흑인'라고 불리기를 원하는 흑인 아니면 '니가'라는 단어를 선호하는 흑인? "나는 평범한 보통 흑인이다"라고 대답하면 간단하지만, "그게 그렇게 쉬운 문제가 아니다"라고 답하면 일은 복잡해진다. 흑인의 시대는 이제 끝났다는 선언에 동의할지 말지 선택할 기회가 때에 따라 내게 주어지기도 하고, 주어지지 않기도 했다. 그런 기회를 내게 주는 사람들이 무슨 생각을 하고 있는지 나는 결코 알 수 없지만, 그 기회는 그 유명한 남성 학자가 내 커리어에 문제가 될 것이라고 지적한 조건들, 즉 검은 피부색과 여성이라는 점에 항상 영향을 받는 듯하다.

어릴 때는 이런 문제를 고민하지 않아도 되었다. 모든 흑인이 우리와 같지 않다는 사실은 나도 알고 있었다. 뉴욕에서는 흑인이라고 불리면 화를 내는 도미니카인들, 검은 피부를 가진 푸에르토리코인들과 어울려 지냈다. 우리 엄마의 제일 친한 친구 중 헨리 조지라는 셰프가 있었는데, 아이티 출신 흑인이었다. 그가 만든 생선 요리는 너무 맛있어서 죄책감이 들 정도였다. 여행을 하면서 다른 세상을 보았고 흑인들이 전 세계 각국의 국적을 가지고 있다는 사실도 알고 있었다.

한때 나는 나이절이라는 도미니카인 소년을 좋아했다. 숨바꼭질을 하며 놀던 나이였다. 이미 말했다시피 나는 흑인 중에서도 피부색이 검은 편이다. 하지만 그

전까지는 그 사실이 전혀 문제가 되지 않았다. 세상 전체가 피부색 차별에 빠져서 어느 나라에서나 피부가 더 어두운 사람들은 같은 동족이라도 피부색이 더 하얀 쪽에 가까운 사람들에 비해 차별을 받고 있었지만 나는 그런 것들로부터 철저하게 보호를 받으며 자랐다. 숨바꼭질을 하면서 나이절은 나를 찾으려고 했고, 나는 들키지 않기 위해 그닥 애를 쓰지 않았다. 1980년대 당시 10대 초반 아이들이 흔히 그러했듯, 그해 여름 나이절과 나는 우리 동네 브란젤리나 행세를 했다. 순진한 시기였다.

그러나 그 단순한 시기는 집 뒤에서 둘이 키스를 하다가 나이절의 형한테 들키는 것으로 끝이 났다. 나이절의 형은 키스 때문에 화가 난 것이 아니었다. 내가 미국 흑인이기 때문이었다. 그는 나이절에게 나랑 있다가 다른 가족한테 들키면 큰일난다고 주의를 줬다. 그런 문제에 대해 아무것도 몰랐던 나는 그 훈계를 전혀 이해하지 못했다. 시간이 한참 흐른 후 세상 물정을 잘 아는 사촌의 설명을 듣고서야 비로소 그 의미를 짐작할 수 있었다. 도미니카인들은 '블랙-블랙' 여자와 데이트를 하지 않는다는 것이다. 피부색이 더 까맣다는 말이 아니다. 사실 그것도 이유 중의 하나이긴 하지만. 중요한 것은 '블랙-블랙'이라는 정체성이었다. 평범한 보통 흑인, 이제 우리의 시대는 끝났다는 말을 듣는 종류의 흑인 말이다.

사회학계에서는 현재 미국에 살고 있지만 노예의

후손이나 '흑인 대이주' 세대의 후손이 아닌 흑인들을 '흑인 인종집단black ethnic'이라고 부른다. 이 용어는 미국 흑인들은 특정 '인종집단'에 속하지 않는다는 뜻을 내포하고 있어서 매우 복합적인 의미를 지닌다.[53] 쉽게 말하면 미국에서 태어난 흑인과 그렇지 않은 흑인 사이에 차이를 두려 한다는 뜻이다. 그런 반면 흑인 인종집단이 뚜렷한 문화를 가지고 있다는 점은 직관적으로 이해하면서도 안티블랙니스anti-blackness라는 저인망식 개념에서 헤어나지 못한 채 상대방의 억양을 듣고 어떤 국가 출신인지 묻지도 않고 무조건 싸잡아 한통속으로 분류해버리는 것도 사실이다.

이 책에 실린 다른 글에서도 주장했듯이 화이트니스는 탄력적일 수 있는 정치적 힘을 가지고 있다. 특정 민족이나 혈통이 아니라 자본주의 태고의 발원지에서 탄생한 화이트니스는 국가 권력으로만 정의될 수 있다. 화이트니스는 비합리적인 생물학적 특징을 형식화하는 법적 체제를 통해 합리적인 것으로 둔갑한다. 시대에 따라 임의적으로 어떤 집단은 포함시키고 어떤 집단은 배척하는 관례를 얼버무리기 위해 사법제도가 필요하다. 그리고 무엇보다도 화이트니스는 자신의 주권을 방어하는 데 폭력적 힘을 발휘할 수 있는 경찰국가를 필요로 한다. 블랙니스는 화이트니스의 평형추 역할을 하기 위해 꼼짝 않고 고정되어 있어야 한다. 흑인 인종집단이 다양한 민족과 문화로 이루어져 있다는 사실은 그들을 값싼 노동력과 이데올로기적 마스코트로 이용하려는 화이트니스의 욕구를 복잡하게 헝클어뜨리고 만다. 블랙니스가 문화, 민족, 환경을 초월해서 고정된, 균일한 생물학적 프로젝트라는 인식과 실제로 경험하는 현실이 일치하지 않아 문제가 되기 때문이다. 그들이 상상하는 블랙니스는 현실에서 한번도 존재한 적이 없다.

블랙니스의 불균질성, 혹은 이질성에 대한 경험은 어디서 자랐는지에 따라 크게 달라진다. 우리 가족처럼 미국 남부에서 캐나다와 멕시코를 오가는 트럭들이 질주하는 주간고속도로 근처에 사는 사람들은 도미니카인보다는 멕시코인을 더 자주 접하게 된다. 뉴욕에서 만나는 흑인의 개념은 8월 땡볕에 달궈진 아스팔트에서 올라오는 아지랑이만큼이나 유동적이다. 그곳에서는 다섯 블록을 가는 동안 다섯 개의 '리틀'을 지나칠 수도 있다. '리틀 아이티', '리틀 자메이카', '리틀 나이지리아', '리틀 트리니다드', '리틀 에티오피아' 등등. 서부의 캘리포니아에서는 아프리카-라틴계 문화와 미국 흑인 문화가 역사적으로 한데 얽혀 발전해왔다. 남부에서 자란 내가 주변에서 붙박이로 사는 흑인 인종집단을 접할 기회는 여름철과 방학 때뿐이었다. 대학 때까지도 마찬가지였다. 그러다가 석박사학위 과정에서 완전히 다른 경험을 하게 됐다.

석박사 과정을 시작하면서 나는 학교라는 것에 발을 들인 이래 처음으로 대다수가 백인인 학교를 다니게 됐다. 그리하여 그때까지와는 다른 계층적 위계질서에 처음으로 나 자신을 병치하게 되었고, 그런 일은 내 인종적 정체성과 계층적 정체성을 세세하게 파헤치고 분리시키는 계기가 됐다. 내가 다니던 초중등학교에서는 대부분 소수 인종이 다수를 차지했고, 고등학교도 애초에 흑인 학교로 세워진 데다 내가 다닐 때까지도 대다수의 학생이 흑인이었다. 거기에다 학부까지도 흑인 대학에서 마치겠다는 선택을 했다. 에머리 대학에 첫발을 들이기 전까지는 그 모든 것이 전혀 이상하게 느껴지지 않았다.

에머리 대학은 하얗다. 글자 그대로 하얗다. 거의 캠퍼스 전체가 하얀 조지아산 대리석으로 지어져서, 에머리 대학 건물의 잔해만으로도 HGTV 채널*에 등장하는 모든 부엌의 싱크대 상판을 제작하고도 남겠다는 생각이 들 정도였다. 학교에 간 첫날 캠퍼스를 걸으면서 대리석 무덤 같은 곳에 산 채로 갇히면 이런 느낌이 아닐까 생각했던 기억이 난다. 화이트니스의 무덤. 너무도

---

* 인테리어 및 요리를 전문으로 방송하는 채널.

하얬다.

동급생도 매우 하얬다. 모두 참 좋은 사람들이었지만, 내가 자주 만난 서른여 명 중 세 명을 제외하고는 모두 백인이었다. 그러나 대학 당국은 '다양성'을 갖추기 위해 어떻게 해야 할지 잘 알고 있었다. '다양성'이라는 말은 '블랙'이라는 단어를 입에 올리려면 말부터 더듬는 관료들이 만들어낸 용어였다. 현대적인 대학, 명문 인문학 대학이라면 당연히 기회의 평등을 신봉하고, 다양성을 환영한다.[54] 그리고 홍보 자료에 다양성에 관한 내용이 꼭 포함되도록 신경을 쓴다. 어떤 곳에서는 실제로 학교를 다니는 비백인 학생들의 비율보다 훨씬 높은 비율의 비백인 학생이 등장하는 사진을 홍보 자료에 사용하기도 한다.[55] 그런 대학들은 다양성을 매우 넓게 해석해서, 유학생, 학업 능력이 다른 학생, 성소수자 등을 모두 포함시킨다. 할 수만 있다면 키가 평균보다 크거나 작은 사람들까지도 다양성에 포함시켰을 것이다. 여기서 중요한 것은 다양성을 좋은 것으로 여기는 태도였고, 대학 당국이 다양성 신장에 대한 대학의 진정성을 증명하기 위해 흑인 석박사 학생 연합회를 후원한다는 사실이었다. 살아남을 방법을 찾기 위해 나는 흑인 석박사 학생 연합회의 첫 회의에 참석하겠다고 이름을 올렸다.

회의는 중대한 문제들을 다뤘다. 머리는 어디서 하면 좋은지, 클럽은 어디가 재미있는지, 그리고 모두들

도시 어느 쪽에 사는지에 대해서 서로 물어보며 만나서 함께 시간을 보낼 수 있는 방법을 궁리했다. 그러다가 화제는 소카* 클럽과 곱슬머리 전문 미용실로 옮겨 갔다. 나는 소카를 좋아한다. 미용실에서 하는 스트레이트 파마도 좋아한다. 딱 내 취향의 대화였다. 그러다가 누군가가 물었다. "여기 토박이 블랙-블랙들이 가는 곳은 어디야?" 그런 곳은 피하기 위해서 묻는 질문이었다. 나는 깜짝 놀랐다. 나는 그 도시에 사는 블랙-블랙들과 나 자신을 동일시하고 있었다. 내가 조지아주 애틀랜타에 있는 대학을 선택한 중요한 이유 중의 하나였다. 그 질문은 그날 회의에 온 사람들은 누구나 같은 걱정을 한다는 식으로 받아들여지면서 별다른 문제 제기 없이 그냥 넘어갔다. 그러나 그 질문을 들은 순간부터 나는 방에 모인 사람들을 더 자세히 관찰하기 시작했다.

에머리 대학의 흑인 석박사 학생 연합회 회원들은 매우 넓은 의미에서의 흑인이었다. 그중 대다수가 흑인인 동시에 다른 범주의 다양성 또한 충족시켜줄 학생을 선호하는 대학 당국의 방침에 걸맞게 흑인 인종집단에 속해 있었다. 나이지리아인, 베냉인, 자메이카인, 카보베르데인, 도미니카인, 아이티인 등등.[56] 거론하기 매우

---

* 소울과 칼립소를 혼합한 대중음악 장르.

복잡하고 곤란한 주제이기는 하지만, 많은 이유에서 흑인 인종집단에 속하는 학생들이나 교수들은 대학의 명성에 도움이 되지만 나 같은 보통 흑인 학생들은 그렇지 않은 것으로 인식된다. 논리적으로는 도저히 설명이 불가능한 현상이다. 한 대학의 행정담당관이 어느 캘리포니아 소재 대학에 관해 이야기를 해준 적이 있다. 그는 그 대학의 교수진과 교직원 모두 미국 흑인 교수보다 외국의 흑인 인종집단 출신 교수를 채용하는 쪽을 훨씬 선호한다고 했다. 미국 흑인 교수를 채용하는 쪽이 외국에서 교수를 데려오는 것보다 초기 비용이 덜 드는데도 말이다.

그중에서도 명문 대학의 교수진과 행정 직원들은 미국 흑인 학생들보다 흑인 인종집단 학생들이 학습 준비가 더 잘되어 있다고 본다. 듀크 대학의 교수 한 명이 언젠가 내게 "아프리카 학생들은 교육을 소중히 여겨요"라고 말한 적도 있다. 나는 그 말을 흑인 인종집단 학생들이 미국 흑인 학생들보다 문제를 덜 일으킨다는 의미로 이해했다. 학생 입장에서 볼 때 식민 지배가 와해된 이후에도 서구 학력 편중주의가 팽배하고 소득 불평등이 극심한 나라에서 미국으로 유학을 온다는 것은 돈이 있는 계층이 국제 노동 시장으로 진출할 수 있는 티켓을 돈으로 사는 것이나 마찬가지다. 미국의 대학들은 입학 심사를 통해 중국, 일본, 인도에서 미국으로 오는 유학생들을 비롯해 다른 나라에 존재하는 극심한 사회계층화 현상의 승자들을 선별한다. 그 방에 모인 흑인 인종집단 학생들은 내가 미국을 대표하듯, 각자의 출신국을 대표하고 있었다. 그러나 숨이 막히도록 백인 중심인 대학에서는 우리가 모두 '흑인'이라는 사실이 중요했고, 그것으로 우리가 가진 차이를 좁히는 일에 들쭉날쭉하게나마 성공을 거두고 있었다.

완전한 성공이 될 수 없는 이유는 계층이 중요하고, 문화도 중요하기 때문이다. 계층과 문화는 서로 깊게 얽혀 있다. 대학원에 진학함으로써 나는 사회적 계층을 한두 단계 정도 올라서는 데 성공했다. 박사학위를 받는다고 해서 돈을 많이 버는 것은 아니지만 사회적 계층은 돈으로만 측정되는 것이 아니다. 사회적 계층에는 태도와 문화와 취향도 반영된다. 에머리 대학은 내가 이전에 다니던 교육기관들과는 확실히 다른 태도와 문화와 취향을 가진 곳이었다. 계층 상승과 함께 내가 들어선 공간은 이전의 어떤 경험보다 블랙니스에 대한 문제가 치열하게 제기되는 곳이었다. 내가 이제 흑인의 시대가 끝났다는 사실을 깨달아야 할 순간이었다.

흑인의 시대가 너무 제대로 끝난 나머지 우리 학과에서는 흑인 문제를 진지한 연구 주제로 받아들이지도 않았다. 그 당시 우리 학과는 흑인들과 흑인들의 삶에 관한 연구에 너무도 무관심해서 몇 년 동안이나 인종에 관한 학부 강좌를 석박사 과정 학생들이 도맡아야만 했다. 그런 환경에서는 감정적, 정신적 건강을 위해 완충 장치를 마련해야 한다. 바로 그런 이유에서 나는 어느 날 학계에 몸담은 흑인 일고여덟 명과 함께하는 저녁식사 자리에 참석하겠다고 마음먹었다. 참석한 사람들 대부분은 석박사 과정 학생들이었다. 우리는 저명한 방문교수를 알현하고 다른 흑인들을 만나 대화를 하고 싶어서 그 자리에 모였다. 방문교수는 나를 사람들에게 소개하면서 극찬을 했다. 내가 뛰어나고, 천재적이며, 정말로 뭔가 될 사람이라고 했다. 사실 한때 내 지도교수였으니 그렇게 말해주고 싶었을 것이다. 나는 그 교수 책임이었다. 그런 식의 소개는 또 그 자리에 참석한 사람들이 나를 어떻게 대할지를 결정하는 데도 중요했다. 특히 내가 속한 학계처럼 좁은 세상에서는 더욱 그랬다.

아주 중요한 사람이 나를 중요한 사람이라고 생각하는 것 같아서였는지 내 왼쪽에 앉은 흑인 남자가 나랑 소소한 대화를 지속하기 위해 무진 애를 썼다. 나는 그 사람이 애쓰지 말았으면 하고 바랐다. 나는 소소한 대화를 싫어한다. 너무 소소하다. 찻잔이나 소형 주택처럼 소소한 것이 어울리는 것들도 있다. 그러나 소소한 대화를 너무 많이 한 나머지 사람들은 사이코패스들에게 나라 전체를 넘기고도 그 얄팍한 주절거림에 취해 그들의 감정적 속임수를 눈치채지 못하는 것이다. 대화는 의미

있어야 하고, 그렇지 않으면 꼭 필요한 말만 최소한으로 하는 것이 좋다고 생각한다.

소소한 대화에서 기본적인 사실들을 확인하는 데는 별로 시간이 걸리지 않았다. 무슨 공부를 하는지, 학교 생활은 어떤지. 가르치는 쪽을 선호하는지, 연구하는 쪽을 선호하는지. 마침내 그 남자는 내가 무엇을 하는지에서 내가 누구인지로 화제를 옮겼다. "어디서 왔어요?" 쉬운 질문이다. 나는 노스캐롤라이나에서 왔다. "아니, 그게 아니고 어디 출신이냐고요?" 내 출신 지역이라면 이미 제대로 대답하지 않았는가. 하지만 그가 잘못 알아들었을 수도 있다는 생각에 다시 한번 대답했다. 나는 노스캐롤라이나 출신이다. 그는 내가 일부러 답을 피한다는 듯 살짝 짜증 난 표정을 지었다.

이 부분에서 내가 말도 안 되는 짓을 했다고 생각하는 사람들은 대부분 백인 혹은 흑인 둘 중 하나에 속하지 않는 외모를 가진 사람들일 것이다. 그들은 이미 어디서 왔느냐는 질문을 끊임없이 받아봤을 테니까 말이다. 사람들은 인종에 대한 자신의 직관적 이해에 준하지 않는 신체적, 문화적 모습을 보이는 사람들에게 그 질문을 한다. 흑인들은 눈이 파랗지 않은데… 어디서 오셨어요? 아시아인이라면 중국인이나 일본인이어야 하는데 피부가 갈색이네… 어디서 오셨어요? 금발인데 멕시코 억양이 섞인 스페인어를 하네… 어디서 오셨어요?

이상한 부분은 그런 질문 자체보다 그 질문이 내게 요구하는 것이다. 나는 평생 스스로의 눈에 비친 나와 세상의 눈에 비친 나 사이의 차이를 전혀 모르고 살아왔다. 세상의 눈에 비친 내 모습이 바로 나다. 인종, 성별, 성적 지향에 대한 신체적 기대에 부응해야만 사생활과 자산을 보호받을 수 있는 세상에서 그것은 일종의 특권이다. 그러나 그것은 복잡한 문제를 수반하는 특권이기도 하다.

그리고 그날 밤 그 특권은 매우 복잡한 문제를 불러왔다. 우리 대화를 들은 방문교수가 웃음을 터트리며 끼어들었다. "저 사람은 트레시가 어떤 종류의 특별한 니그로인지를 묻는 거예요." 그제야 나는 그 말의 숨은 의미를 모두 이해하게 됐다. 나는 뛰어난 학자라는 소개를 받은 터였다. 내 옆에 앉은 그 남자의 머릿속에는 뛰어난 흑인이란, 특히 흑인 인종집단 출신의 흑인이 더 우월하다는 개념을 지지하는 분야에서 뛰어나다는 소리를 듣는 흑인이란 미국에서 나고 자란 나 같은 블랙-블랙일 리 없다는 생각이 굳건하게 자리 잡고 있었던 것이다. 그런 '우월한' 흑인들은 사회학과 커리큘럼에 인종에 관한 수업이 없다는 사실을 부끄러워할 만큼 그런 문제에 신경 쓰지도 않고, 따라서 문제를 일으키지도 않을 사람들이다. 그들은 유학생 신분으로서 학생회에 뭔가 품위를 더해준다. 다양성 메뉴 주간에 학생 식당에서 자메이카 음식을 배식하면서 인종차별주의자로 보일까 우려하지 않아도 된다. 제도와 기관에 의해 걸러진 사람들만 앉아 있는 모임에서 방문교수가 소개한 대로 내가 뛰어난 사람이라면 당연히 "어디서 오셨어요?"라는 질문에 "노스캐롤라이나에서 왔어요"보다는 나은 대답을 할 수 있어야 했다. 다시 말하면 내가 블랙-블랙이 아닐 것이라 추측하는 것도 무리가 아니라는 의미다.

처음 만난 사람들이 나를 다른 종류의 흑인으로 분류하려는 시도는 그 후에도 계속됐다. 내가 한동안 데이트를 했던 나이지리아 출신 테니스 선수가 있었다. 그는 나를 '박사학위 받을 여자'라고 소개하기를 좋아했다. 가족 중에 아프리카인은 없어? 확실히 그래 보이는데. 그가 물었다. 만일 아프리카인 친척이 있으면 나를 소개하기가 훨씬 쉬울 텐데. 매사추세츠에서 만난 어떤 남자는 내가 서아프리카 출신이 아니라는 사실을 받아들이지 못했다. 그를 만났을 때 내가 하버드 대학 티셔츠를 입고 차에 주유를 하고 있었기 때문이다.

이 모든 게 정체성과 관계 맺기에 대한 웃기는 일화들이다. 내가 총명하고 진취적이니 미국 흑인이 아닌 다른 종류의 흑인일 것이라고 추측하는 태도에는 약간의 거들먹거림이 묻어 있다. 그러나 나는 그런 태도를 좀처럼 모욕으로 받아들이지 않는다. 사람들은 자신의 좋은 면을 다른 사람에게 투사하고 싶어 한다. 그 테니스 선수나 매사추세츠 주유소 직원처럼 경제적 약자들의 경우는 특히 더 그렇다. 찝찝한 느낌이 들어도 그런 말이나 태도는 긍지에서 비롯된 경우가 대부분이다. 그리고 더 나은 환경을 찾아 떠나는 사람들은 자기 문화에 대단한 긍지를 가지고 있다. 왜 떠나는지, 그 이유와 상관없이 집은 영원히 집이다. 그리고 집만큼 좋은 곳은 없다.

내가 모욕감을 느끼는 때는 나와 비슷한 계층의 사람들이 내가 특별한 종류의 흑인이 될 수 있는 기회를 잡아야 한다고 생각할 때다. 한번은 티파티에 초대받아 갔는데, 피부색이 옅은 흑인 여자 한 명이 얼그레이 티를 두 잔이나 마실 동안 내게서 눈을 떼지 못했다. 그녀는 그런 부류 특유의 외모를 하고 있었다. 흠잡을 데 없이 완벽한 헤어스타일과 복장, 값싼 화학물질 근처에는 가본 적도 없는 듯 풍성한 곱슬머리가 그녀가 흑인이라는 사실을 웅변하고 있었다. 그러나 그런 헤어스타일에도 불구하고 흑인에게는 드문 코 위의 주근깨도 눈에 띄었다. 그녀는 헤어스타일만으로는 부족한 듯 장신구도 신경 써서 고른 듯했다. 내가 장신구에 대해 몇 마디 건네자 그녀는 아무렇지도 않게 우간다 시골의 여성 조합원이 만든 것이라고 말했다. 지난번 '대륙' 여행 때 발견했다는 말도 덧붙였다. 내가 온 곳에서는 사람들이 그런 식으로 말하지 않는다. 그러나 나도 예의를 아는 사람이다. 나는 그저 일상적인 이야기에 대해 그녀가 매우 자연스럽고 그럴듯하게 대답이라도 하는 듯 고개를 끄덕였다. "그쪽은요? 집주인은 카보베르데에서 만났어요?" 아니 그렇지 않다. 나는 여러 문화가 섞인 작은 아프리카 섬나라 카보베르데에 가본 적도 없다. "카보베르데에서 왔다고 해도 되겠어요. 그쪽처럼 피부색이 검은 사람이 거기 많이 살거든요."

아, 그래요? 고맙기 짝이 없군요.

카보베르데는 무척 멋진 곳이 틀림없겠지만 나는 평생 거기서 살 생각이 전혀 없다. 그녀에게도 그렇게 말해줬다. 그녀는 내가 진지하게 그런 말을 한다는 것을 끝까지 받아들이지 못했다. 가짜 카보베르데인 노릇을 하기에 안성맞춤인 데다, 그렇게 하면 얼마나 혜택이 클텐데 너무 무식하거나 아니면 너무 남의 눈치를 보느라 기회를 잡지 못하는 내가 안타까운 눈치였다.

내 사회적 지위로 보면 내가 다른 종류의 블랙니스를 가장하거나 적어도 그런 것을 원하기라도 해야 한다고 생각하는 사람들이 많다. 내가 다른 형태의 정체성을 가장할 수 있는데도 그렇게 하지 않는다는 사실에 기분이 상하는 사람들도 많은 듯하다. 새로운 종류의 흑인을 원하는 마음은 정치에도 잘 드러난다. 버락 오바마가 흑인이자 혼혈 인종인 동시에 이민자이자 흑인 인종집단 성원이기를 바라는 것도 그런 현상의 하나다. 대중문화계에서도 간혹 블랙-블랙으로 알려졌던 사람이 알고 보니 흑인 인종집단에 속해 있다는 것이 알려지면서 시끄러워지곤 한다. 대학이라는 환경이 내 삶에 그런 긴장감을 만들어낸 것과 마찬가지로 대중매체와 정치라는 맥락이 이런 갈등을 만들어낸 것이다. 대중매체가 '흑인 문제'에 할애할 수 있는 공간과 시간에는 한도가 있다고 믿는 사람들이 꽤 있고, 우리는 보통 그것을 흑인들이 차지할 수 있는 일자리로 해석한다. 그것도 어느 정도는 맞는 해석이다. 24시간 쉬지 않는 이슈 중심의 주문형 매체의 등장에도 불구하고 대부분의 매체가 여전히 흑인 관련 이슈를 다루는 데 자원의 아주 작은 부분만을 할애하고 있다. 주요 미디어 회사들에서는 상당수의 재능 있는 작가, 저널리스트, 분석가들이 소위 '인종 데스크'에 격리되어 있는 현상을 볼 수 있다.

간혹 소셜미디어에서 시작된 담론을 통해 그중 한두 목소리가 벽을 넘는 데 성공하기도 한다. 러비 아자이Luvvie Ajayi는 블로거로 시작해서『뉴욕 타임스』선정 베스트셀러 목록에 오른 작가가 됐는데, 그 성공은 부분적으로 인종과 성별 문제에 대한 그녀의 논평 덕분이다. 아자이의 행보는 여러 이유에서 흥미롭다. 그녀는 진짜 스타보다 빈털터리 유명인이 더 많은 새로운 미디어 환경에서 실제로 수익을 올리는 방법을 터득했다. 그녀의 작품에는 유머와 비평과 영감이 섞여 있다. 치마만다 응고지 아디치에Chimamanda Ngozi Adichie보다 더 젊고 자신에 대해 덜 심각하다. 거기에 더해 그녀는 신을 영접한 사람이다 — 오프라 윈프리가 그녀를 '잇걸'이라고 불렀기 때문이다. 한 저널리스트는 아자이를 '라이프 코치' 같은 사람이라고 묘사하면서 '과거의 오프라'와 비슷하다고 했다.

2017년 아자이는 일부 흑인인권운동가들이 백인의 죄의식을 이용해 이익을 취하려 한다는 글을 써서 소셜미디어라는 벌집을 건드렸다. 현실적으로 중요한 것은 하나도 걸리지 않은 문제에 대해 정말이지 길고도 피곤하고 지저분한 싸움이 계속됐다. 여기서는 자세한 이야기로 독자들을 괴롭히지 않겠다. 그러나 우리가 꼭 알고 넘어가야 할 점은 아자이가 한 말이 적어도 최근 백년 사이에 다른 사람들이 수백만 번은 한 이야기라는 사실이다. 듀보이스도 부커 T. 워싱턴Booker T. Washington이 부유한 후원자들이 가진 백인으로서의 죄책감을 이용해 개인적 이득을 취한다고 비난한 바 있다. 전혀 새로운 이야기가 아닌 것이다.

한 가지 다른 점은 러비 아자이가 나이지리아계 미국인이라는 사실이다. 그녀는 흑인이다. 그러나 그녀가 블랙-블랙인가 하는 질문이 온라인과 오프라인 가리지 않고 수없이 올라왔다. 이 문제도 전혀 새로운 이야기가 아니다. 미국에서 흑인에 대해, 그리고 흑인을 위해 말할 자격이 있는 사람은 누구일까? 미리 밝혀두자면 그에 대한 답은 없다. 적어도 제대로 된 답은 없다. 진실을 말하자면 흑인들은 블랙니스의 경계선을 지킬 능력이 없기 때문이다. 그래서 '백인 여성'으로 밝혀진 레이철 돌레잘Rachel Dolezal* 때문에 수없이 많은 흑인들이 격분했던 것이다. 돌레잘은 자신을 흑인 여성이라고 속이기만 한 것이 아니었다. 그녀는 우리의 헤어스타일과 문화, 우리의 투쟁을 자기 것으로 만드는 데 그치지 않았다. 그녀가 한 일에 대해 흑인들은 아무것도 할 수가 없었다는 것이 문제였다. 돌레잘은 흑인들을 속일 필요가 없었다. 그녀가 속여야 했던 사람은 백인들이었다.

나는 위대한 흑인의 또 다른 대변자 멀리사 해리스페리Melissa Harris-Perry가 자신이 진행하는 MSNBC 프로그램에서 돌레잘과의 인터뷰에 장장 한 시간을 할애하는 것을 지켜봤다. 해리스페리는 돌레잘의 연기에 정당성을 부여하는 듯한 느낌을 줬다. 나는 해리스페리 쇼가 가장 열렬한 팬들, 즉 흑인 여성 팬을 많이 잃은 것이 바로 그 시점이었다고 확신한다. 우리가 백인들의 변덕에

---

* 흑인민권운동 단체의 지부장을 역임하면서 흑인 행세를 해오다가 2015년 흑인이 아니라는 사실이 밝혀지면서 '인종 위조'를 했다는 비난을 받고 사퇴했다.

아무 대책 없이 당할 수밖에 없다는 사실, 우리 힘이 너무 약해서 자신의 이익을 위해 흑인 행세를 하는 백인 여성을 흑인 여성이 지지하는 것조차 막지 못했다는 사실을 우리는 가볍게 넘길 수가 없다.

그런 문제를 다룬, 흑인 시대가 끝나기 전의 연구 문헌들을 보면 누가 합법적으로 흑인인지를 두고 벌이는 갈등은 자원과 기회의 '희소성' 때문에 더 심화된다는 결론을 거듭거듭 내리고 있다. 바로 그래서 내가 에머리 대학의 새하얀 성전에 발을 들인 후에야 "어디서 오셨어요?"라는 질문을 처음으로 듣게 된 것이다. 내가 속한 학과의 박사학위 과정에서 나에게 1년에 흑인 학생을 한 명 이상 받을 수 없다는 말을 아주 진지하게 하고도 아무렇지도 않은 곳이 바로 에머리 대학이다. 희소성. 버락 오바마가 선출되었을 때 거의 모든 매체는 비백인의 시각을 다루는 시늉을 한 번씩이라도 해야만 했다. 한동안 '인종 문제 인사이더race whisperer'라고 여겨지는 사람들의 이름이 TV, 신문 발행란, 기사의 필자명란에 상주했다. 오바마가 백악관을 떠나면서 흑인 시대는 끝났다. 그와 함께 MTV 뉴스의 인종 및 문화 데스크도 끝이 났다. 희소성이 돌아온 것이다.

흑인들을 위한 자리가 얼마 되지 않으면 어떤 종류의 흑인이 그 자리를 차지할지를 두고 치열한 경쟁이 벌어진다. 그날 연구 프로젝트의 장점을 토론하는 자리에

같이 있던 동료가 내게 한 말도 바로 그것이었다. 받을 수 있는 관심의 양이 한정되어 있는데, 문제가 인종 혹은 인종차별에 관한 것이라면, 흑인들은 이미 관심을 받을 만큼 받았다는 의미였다. 니그로 문제는 해결이 되었고, 문제는 바로 니그로 자체라는 의미였다. 이제 '흑-백 이분법'을 넘어서야 할 때가 되었고, 흑인들의 삶에 대한 소중한 사회적 관심은 이제 모두 소진했다는 의미이기도 했다. 자원이 희소하다면, 흑인 시대는 끝이 난 것으로 해야 한다.

그런 발언을 처음 듣는 것은 아니었다. 특히 나를 향해 그런 말을 했다는 사실이 지금까지도 이상하기는 하지만 말이다. 처음에는 토론을 하자는 제안인 줄 알고, 강력하게 반대 의사를 표했다. "아니, 난 특별한 곳 출신 흑인이 아니야. 난 그냥 흑인이거든." 그다음에는 그 발언이 잘못되기는 했지만 좋은 의도로 연대를 제안하는 것인 줄 알았다. '우리 모두 반백인주의, 반식민주의 투쟁을 함께하는 사람이잖아. 하지만 나는 흑인이라고 할 수 없으니 일단 너도 흑인이 아닌 척하고 시작하자'라는 식의 제안 말이다. 결국 나는 내게 흑인 아닌 무언가가 되어달라고 요청하는 것, 흑인이 아니라 '유색인종'이 되어달라고 요청하는 것은 전혀 좋은 의도일 수가 없다고 결론 내렸다. 그리고 나는 최선을 다해 블랙-블랙으로 남겠다 결심했다. 그것이 내가 할 수 있는 항의의 표현이다.

　나를 지적이고 야망이 있고 논리적이고 얕잡아볼 수 없는 사람이라 생각한다면, 내가 단 하나라도 장점을 가진 사람이라 생각한다면, 그 사실을 내가 평범한 블랙-블랙이라는 사실과 함께 받아들이지 않으면 안 된다는 사실도 알아야 할 것이다. 우리 엄마는 내 말투에서 남부 억양을 없애기 위해 돈을 내고 과외 선생을 구한 적이 있다. 지금도 좀 더 신경 쓰면 남부 억양 없이 말할 수 있다. 기본적으로 혀를 깨우면 된다. 남부의 여름처럼 남부의 혀는 나른하다. 혀를 세워 바짝 긴장시키고, 입 안쪽을 약간 납작하게 만들면 된다. 그러면 내 말에서 남부 색채가 60~70퍼센트는 없어질 것이다. 나머지는 문법과 운율이다. 이상하게도 남부 억양을 없애는 것이 백인처럼 말하는 것을 의미할 때가 많다. 나는 그렇게 할 수 있지만, 하고 싶지 않다.

　공영 라디오방송 NPR이나 〈데일리 쇼 위드 트레버 노아The Daily Show With Trevor Noah〉*, 심지어 백악관에 초대받는다 해도 나는 내 억양을 바꾸지 않을 것이다. 내 학생들 앞에서나 내가 아끼는 젊은이와 어린이들 앞에서도 그렇게 하지 않는다. 내가 사랑하는 사람들이 손을

---

*　코미디센트럴에서 방영하는 정치 풍자, 뉴스, 코미디를 섞은 프로그램.

뻗어도 닿을 수 없는 사람이 되고 싶지 않다. 그러기 위해서는 내 자존감을 지키기 위해 많은 노력을 기울여야 하고, 희소성이라는 개념을 끊임없이 희생시켜야 한다. 희소성이라는 개념이 사회적으로 만들어진 것이라는 사실을 이미 알고 있지만, 내가 그 사실을 아는 것처럼 행동하는 것은 완전히 다른 문제다. 아무도 전형적인 흑인의 경험에 대해서 이야기할 수 없다. 심지어 나도, 아니 특히 나는 이야기할 수 없다. 그런 믿음을 거부한다고 해서 내가 자유로워지는 것은 아니지만 진짜배기가 되는 데는 큰 도움이 된다.

흑인의 시대는 끝나지 않았다. 미국 남북전쟁의 중심에 노예제도가 있었던 것과 마찬가지로, 제국주의의 잔재를 해체하는 탈식민주의 운동의 중심에는 블랙니스가 있다. 이 진실을 피하고는 포스트 흑인 시대 이론이나 인종 연구 혹은 인종적 정의正義나 이와 관련된 운동도 존재할 수 없다. 저녁 식사 초대 자리에서건 거창한 이론에서건 블랙-블랙과 가치 있는 흑인 중 한쪽을 선택해야 한다는 헛된 선택권은 함정에 불과하다. 그런 관행은 인종차별에 반대하는 모든 노력의 목표가 블랙니스를 종식시키는 것이라고 착각하게 만든다. 사실 진정한 목표는 언제나 화이트니스를 종식시키는 것이었음을 잊지 말아야 할 것이다.

기막힌 멋집의 가격

기막히게 멋져지는 데는 별로 돈이 들지 않는다. 높은 수준의 창의성, 상상력, 그리고 독창성이 있으면 된다. 기막히게 멋진 것은 위험하고, 정치적이며, 위태롭다. 그리고 그것을 실천하는 사람들은 대부분 유색인종이면서 퀴어, 트랜스젠더, 트랜스페미닌 등을 비롯해 차별받는 집단의 성원이다. 기막히게 멋진 사람들을 억압하고 그들의 가치를 저평가하는 세상에서 자기 자신을 화려하게 드러내는 사람들이 바로 기막히게 멋진 사람들이다.

●

매디슨 무어,『기막힌 멋짐』[57]

학사학위, 석사학위, 박사학위 등을 딴 교육받은 니그로를 뭐라고 부릅니까? 니거라고 부르지요.

●

맬컴 엑스[58]

누구나 자기 편이 필요하다. 부끄러울 정도로 운이 좋은 나는 내 편을 많이 가지고 있다. 그중 한 무리는 사회적으로 크게 화제가 되는 이슈에서 특히 흥미로운 것이 있으면 그때그때 모여서 문화, 정치, 경제 가리지 않고 이야기를 나눈다. 자멜 부이는 『슬레이트』의 정치부장이다. 진 뎀비Gene Demby는 NPR 팟캐스트 〈코드 스위치Code Switch〉의 공동 진행자, 작가, 프로듀서이자 차를 몰고나 갈 법한 거리를 뛰어서 가는 장거리달리기 선수다. 그리고 그 모든 배후에 (역시 『슬레이트』 소속의) 작가이자 프로듀서인 아이샤 해리스Aisha Harris가 있다. 버락 오바마 대통령의 임기가 끝나갈 무렵, 흑인 작가와 전문가, 사상가들은 지쳐 있었다. 흑인 남성들과 여성들이 경찰에 의해 처형되는 동영상이 헤아릴 수 없을 만큼 쏟아졌고, 우리는 젖 먹던 힘까지 다해 그 동영상들을 봤다. 우리는 퍼거슨, 볼티모어, 샬럿에서 벌어진 시민 소요 사태를 보거나 느끼거나 경험했고, 뉴욕, 애틀랜타, 시카고, 오클랜드, 보스턴에서 항의 시위를 했다. 우리는 힐러리 클린턴과 버니 샌더스를 보도하고 분석했다. 그러고는 동료들과 소위 지식인들이 도널드 트럼프를 합리화하면서 우리의 전문가적 조언을 묵살하고 그가 선거에서 이길 수도 있다는 우리의 우려를 조롱하는 것을 지켜봤다.

소위 1960년대 '인종 문제 전문 보도'라고 불렸던 작업은 2016년에도 여전히 지치고 힘 빠지는 일이었다. 인종 문제를 연구한 사람들 사이에서는 우리가 절대로 개론 수준을 벗어나지 못한다는 자조 섞인 농담이 떠돈다. 우리가 기어를 1단 이상으로 올리고 속도를 낼 확률이 전혀 없기 때문이다.

우리 팀은 1단 기어에서 벗어나고 싶었다. 그래서 2018년, 스타벅스 사건에 관해 이야기하기 위해 모여 앉았다. 그 일은 흑인들이 그저 존재한다는 것만으로 백인들이 경찰을 부르는 광경을 담은 수많은 소셜미디어 동영상 중의 하나였다.[59] 문제의 스타벅스에서는 흑인 남성 고객이 커피를 빨리 주문하지 않았다는 이유로 매니저가 경찰을 부르는 사건이 발생했다. 앨리슨 에텔은 더운 날씨에 인도 한쪽에서 시원한 물을 팔고 있는 흑인 소녀가 마음에 들지 않아서 경찰에 신고하는 시늉을 했다. 오클랜드에서는 흑인 몇 명이 공원에서 바비큐를 하기로 했다(딴 이야기지만 서부 촌놈들은 바비큐와 야외 취사를 구별 못한다). 제니퍼 셜트라는 백인 여성은 '니거'라는 단어를 여러 번 내뱉은 후 숯 그릴을 사용한다는 이유로 그들을 경찰에 신고했다.

오하이오주에서는 열두 살 난 소년이 잔디깎기로 용돈 벌이에 나섰다. 한 백인 여성은 그 소년이 너무 자기 마당 가까이까지 잔디를 깎았다는 이유로 경찰을 불렀다. 한 흑인 남성은 요가 수업을 기다리면서 자기 차 안에서 비크람 요가 CD를 듣고 있다가 경찰에 신고 당했다. 신고한 백인 여성은 그 남자 때문에 자기가 살기가 힘들다고 말했다. 노스캐롤라이나의 한 흑인 가족은 공동 수영장이 있는 주택을 구입했다 — 대침체 이후 흑인 주택 소유가 현저히 감소한 것을 감안하면 상당한 성취다. 그러나 그 가족이 수영장을 이용하는 것을 본 이웃이 바로 경찰을 불렀다. 이런 사례만 모아도 하나의 문학 장르가 될 정도로 많다.

'그냥 일상생활을 하고 있는 흑인을 경찰에 신고하는 백인'에 대한 공개 토론에서 빠지지 않고 등장하는 이야기는, 이런 사건이 대개 흑인들이 무엇인가를 구입하려고 하거나 합법적으로 구입한 후에 일어난다는 것이다. 집, 식사, 커피 한 잔 등등. 그러면서 소비할 권리를 존중해야 한다는 지적을 많이 한다. 미국인이라면 재화와 서비스를 구매할 권리를 보장받아야 한다! 이것은 미약하나마 우리가 살고 있는 소비자 사회를 반영하는 권리라는 주장이다. 그러나 어떤 사람이 소비자라는 사실이 그 사람이 평등한 시민의 권리를 누릴 수 있는 조건이 되어서는 안 된다. 그런 식의 사고방식 때문에 공적 공간에 노숙인이 앉을 수 있는 자리, 법을 어기지 않고 가난한 사람이 서 있을 수 있는 지점 등을 감시하는 잔인한 정책들이 생겨난 것이다. 그런 개념은 오랫동안 흑인들이 왜 '잘못된 구매'를 한다고 받아들여지는지에 대한 이유를 완전히 무시하게 만든다는 사실 때문에도 말이 안 된다. 인종에 관한 수많은 생각과 마찬가지로 이 개념들도 모순적이지만 대중의 상상 속에서 나란히 자리 잡고 있다.

흑인들에게는 평화롭게 소비를 할 권리가 있다. 그러나 동시에 흑인들은 잘못된 구매를 한다. 설상가상으로 대부분의 흑인들이 가난하다는 사실은 이미 복잡한 문제를 더 복잡하게 만든다. 흑인들은 그냥 낭비벽이 심한 것이 아니라 가난하고 낭비벽이 심하다. 우리들의 부적절한 소비 습관 탓에 우리가 미래에도 가난하게 살 수밖에 없다는 식으로 이야기될 때가 많다. 다음 에세이는 우리 팀이 모여 앉아 백인들의 공간에서 일어나는 흑인 소비의 위기에 대해 이야기하기 몇 년 전에 쓴 것이다. 그러나 그것과 연결된 이야기이기도 하다.

***

흑인 쇼핑객이 쇼핑을 하다가 시달림을 당했다는 뉴스가 전국적으로 보도되고 화제를 모을 때마다 불공정한 경찰과 사법 당국의 관행에 대한 항의의 목소리가 자연스레 높아진다. 그러나 얼마 지나지 않아 대중의 관심은 그런 일이 벌어졌다는 사실에 대한 분노에서 왜 흑인이 그런 곳에서 쇼핑을 하고 있었는지에 대한 비판으로 재빨리 옮겨 간다. 구조적인 불의에 대한 각자의 책임을 공동체가 크게 가치를 두지 않는 대상에게 전가하기 위한 방법을 찾는 것이다. 이는 강간을 당한 여성이 사건 당시 어떤 옷을 입었는지에 대해 상세하게 질문하는 것과 다르지 않다. 가난하다면서 왜 핸드백이나 벨트, 옷, 신발, 텔레비전, 자동차 등과 같이 쓸모없는 과시용 물건에 돈을 쓴다는 말인가? 내가 그동안 배운 것이 하나 있다면, 누군가에게는 비논리적 신념으로 보이는 것이 또 다른 사람에게는 생존 기술이 될 수 있다는 사실이다. 그리고 생존하려는 노력만큼 논리적인 것은 없다.

우리 가족은 아주 전형적인 미국의 흑인 이주 가정이다. 남부 시골에 뿌리를 두고, 북부로 이주를 했지만 거의 모든 가족 성원이 다시 고향으로 돌아갔다. 나는 우리 증조할머니, 할머니, 엄마가 대를 이어가며 얼마 되지 않은 자원을 총동원해서 다른 사람들이 굶지 않고 살 수 있도록 돕는 것을 지켜보며 자랐다. 우리는 바람직한 가난뱅이였다. 가진 것 한도 내에서 어떻게든 살아내는 그런 부류 말이다. 혹시라도 군복무 중이던 남자 친척 하나가 하반신 마비로 전역을 하면서 보상을 받거나 재향군인국을 통해 짐 월터 하우스Jim Walter house를 살 수 있으면 운이 좋은 것이었다.[60] 생명보험을 든 친척이 보험료 납입이 끝난 후 죽는 큰 은총을 입으면 짐 월터사社가 주택 대출의 담보물로 잡은 땅을 살 수 있을 만큼의 목돈을 손에 쥘 수도 있었다.

내가 나고 자란 곳에서 대를 이어 물려주는 부는 이런 식으로 형성됐다. 누군가가 다리를 잃거나, 척추를 다치거나, 제대로 된 방식으로 죽어야 장기대출상환 조립식주택이나마 손에 넣을 수 있는 것이다. 우리 가족은 그런 식으로밖에 얻을 수 없는 시골 흑인의 부를 조금이나마 가지고 있었다. 그래서 우리보다 운이 좋지 않은 주변 사람들을 도울 수 있는 경우가 많았다. 그러나 그 무엇보다 우리 가족이 가진 가장 큰 자원은 남보다 조금 더 받은 교육이었던 듯하다.

우리 가족 모두가 책을 많이 읽었고, 자녀들, 특히 딸들이 어떻게든 대학 교육을 받도록 장려했다. 따라서 우리 할머니와 엄마는 대부분 백인들이 운영하는 관료 시스템을 우리에게 유리한 쪽으로 작동시키는 데 필요한 사회적 자원을 가지고 있었다. 할머니의 말을 빌리자면, 우리는 백인들처럼 말할 수 있었다. 그리고 우리는 그 특권을 이웃들에게 많이 빌려줬다. 엄마가 우리 옆집에 살던 이웃을 데리고 사회복지 기관을 찾아갔던 일이 기억난다. 나이가 많이 든 그 이웃 여성은 손녀를 기르면서 복지 수당을 신청했지만 지급을 거부당했다. 오랫동안 기다려야 하는 절차, 복잡한 형식의 서류 작성, 절대 맞출 수 없는 마감일 같은 것에 막혀 복지 수당을 받지 못하게 된 것이었다. 나는 엄마가 영화 〈마호가니〉의 다이애나 로스처럼 차려입는 것을 지켜봤다. 엄마는 캐멀색 케이프와 슬랙스를 갖춰 입고 무릎까지 올라오는 부츠를 신었다. 나는 외동아이들이 으레 그렇듯 우리 엄마의 시간을 이웃집 아이에게 뺏기는 것 때문에 약간 짜증이 났다. 아마 그래서 왜 우리가 이런 일까지 해야 하는지 물었던 것 같다. 위대한 비비언은 진주 귀걸이를 차면서 나를 뚫어져라 바라봤다. 그러고는 그런 일을 할 수 있는 사람들은 그런 일을 해야 할 의무가 있다고 말했다.

비록 한나절이 꼬박 걸렸지만 우리 엄마의 점잖은 흑인 연기 — 영국 여왕처럼 품위 있는 표준 영어, 영화 〈마호가니〉 풍의 멋진 의상, 스트레이트파마를 해서 단발로 자른 헤어스타일, 진주 귀걸이 — 덕분에 이웃집 할머니가 1년이 넘도록 해내지 못한 일이 단 몇 시간 만에 성공적으로 해결됐다. 엄마를 보면서 나는 이 사회의 문지기들에게 우리가 무시할 수 없는 사람이라는 신호를 보내기 위해서는 비용을 지불해야 한다는 사실을 배웠다. 즉 옷을 잘 입고, 말을 잘해야 했다. 물론 효과가 없을 수도 있다. 사실, 효과가 없을 확률이 높다. 그러나 효과가 있을 가능성도 있으니 시도는 해봐야 한다. 불공평한 일이지만, 위대한 비비언이 늘 말했듯이 "인생은 공평하지 않아, 꼬마야."

나는 그 교훈을 내 것으로 만들었고, 결국 그 덕에 내 일도 잘 풀렸다고 생각한다. 모든 방면에서 고르게 잘 풀리지는 않았지만 말이다. 한번은 벨크 백화점의 점원이 내가 사고 싶었던 두니앤버크 브랜드 지갑을 보여주기를 거부했다. 위대한 비비언은 가게에 다른 손님이 없는데도 우리를 무시한 점원을 혼쭐내서 울린 적도 있었다. 정말 사고 싶었지만 그냥 두고 나와야 했던 물건이 한두 개가 아니었다. 카운터에 서 있던 편견 덩어리 점원이 엄마와 나를 모욕하는 바람에 포기해야 했던, 실용성이 전혀 없는 크림색 겨울 코트처럼 말이다. 그러나 나는 박사학위 소지자에다가 머리를 쓰는 일에 관해서는 백인 남성 수준의 특권층이 하는 짓을 흉내 내는 일로 돈을 벌어 내 힘으로 살아가고 있지 않은가. 한두 가지 현상만으로 결론지을 수 있는 문제는 아니다. 물론 어려운 점은 현실적으로 '만일 이랬다면…'의 결과는 절대 알 수가 없다는 사실이다. 접근을 거부당한 것은 증거도 남지 않는다. 내가 사회적 지위에 맞는 적절한 행동을 하지 않아서, 혹은 내 접근을 승낙할 마음의 자세가 되어 있는 힘 있는 자에게 적절한 순간 적절한 신호를 보내지 않아서 내게 무엇이 허락되지 않았는지를 그 누가 알겠는가?

품위 있고 점잖은 외양과 행동을 하고 받는 보상은 예측 불가능한 도박이지만 우리는 사회적 지위, 부, 권력에 대한 접근을 제한하기 위해 만들어진 복잡하기 그지없는 구조적, 사회적 상호 관계가 허락하는 좁디좁은 한도 내에서 그나마 최선을 다한다. 나는 우리 엄마가 캐멀색 케이프나 무릎까지 올라오는 부츠를 얼마에 샀는지 모르지만, 그런 투자로 측정하기 어려운 수익을 거뒀다는 것은 알고 있다. 사회복지 기관의 직원이 자기 앞에 선 여자는 대기실에서 기다리는 여자들과는 다르게 무시할 수 없는 상대라는 것을 깨닫고 다시 한번 쳐다보는 그 표정, 그리고 서류를 작성하면서 물어봐야 하는지도 몰랐던 정보를 미리 알아서 가르쳐주는 태도의 변화를 어떻게 돈으로 환산할 수 있겠는가? 아이의 엄마가 자기 아이를 위해서라면 관료 시스템의 권력을 총동원할 수 있는 중산층 부모라는 사회적 신호를 보내서 교장으로 하여금 아이에 대한 판단을 더 신중하게 내리도록 만드는 것을 소비자 가격으로 환산할 수 있을까? 나는 가난한 우리 가족이 사회조직과 관계를 맺고 문지기들을 설득하기 위해 보내야 하는 사회적 신호에 얼마의 비용을 투자하는지 모르고 성장했다. 그러나 우리 엄마의 투자가 어떤 성과를 거뒀는지를 보여주는 산 증거가 바로 나다.

가난한 사람들은 왜 지위 상징status symbol*을 사기 위해 멍청하고 비논리적인 선택을 하는 것일까? 아마도 최고로 부유한 사람들을 제외하고는 모든 소득 계층의 사람들이 같은 이유로 이와 비슷한 선택을 하리라고 짐작된다. 우리는 어딘가에 속하기를 원한다. 그저 심리적으로 보상받기 위해서만이 아니라 적절한 시점에 어디에 속해 있느냐에 따라 취업이냐 실업이냐, 나쁜 일자리냐 좋은 일자리냐, 혹은 집이냐 노숙자 쉼터냐 등의 결과에 영향을 주기 때문이다. 가난한 사람들도 K마트에

---

* 어떤 사람이 다른 사람보다 호의적인 사회적 평가를 이끌어낼 수 있게 하는 상품이나 서비스. 간단하게 말해서 자신의 경제적, 사회적 지위를 상징하는 물건이라고 할 수 있다.

서 살 수 있는 저렴한 옷만으로도 단정한 복장은 갖출 수 있다는 글을 트위터에서 본 적이 있다. 그러나 중요한 것은 단정해 보이는 것이 아니다.

단정해 보이는 것은 사회적 예의의 최소 조건이다. 냄새를 풍기지 않는 깨끗한 몸에 더럽거나 해지지 않은 셔츠와 신발 등을 착용하면 단정하게는 보인다. 단정한 용모만으로도 인간으로서 위엄을 잃지 않고 돈벌이를 할 수 있는 일자리를 구하거나 성공적인 사회적 관계를 맺을 수 있다는 것 자체가 특권이다. 나이 들어가는 히피 출신 백인은 한때 반항심에 길렀던 머리를 자르고 기업의 고위 임원이 될 가능성이 있지만, 나이 들어가는 블랙팬서* 대원은 그들이 혁명으로 뒤엎고 싶어 했던 대상들이 찍은 낙인에서 결코 완전히 벗어날 수 없다. 단정한 용모는 상대적인 개념이고, 삶이 그렇듯 공정하지도 않다. 이와는 대조적으로 '받아들일 만하다'는 평가는 특정 집단에 속하는 구성원에게만 허락되는 일련의 제한된 보상에 접근할 수 있는 자격을 얻는 데 필요한 조건이다.

대학생 때 아르바이트로 일했던 아파트 단지의 관리인은 내가 몰던 소형 니산 자동차가 깨끗한 것을 보고

---

* 맬컴 엑스의 강경 투쟁 노선을 선택한 1960년대의 급진적 미국 흑인인 권운동 단체.

내가 '괜찮은 사람'이라는 것을 알아봤다고 누구이 말하곤 했다. 그뿐만 아니라 면접을 보러 갔을 때 존스뉴욕 브랜드 정장을 입고 간 것도 합격에 결정적으로 작용했을 것이다. 면접관은 그 정장이 어느 브랜드인지 한눈에 알아봤고, 면접 중 그 브랜드에 대해 내게 질문까지 했다. 대학을 졸업한 후 처음으로 취업 면접을 하러 갔을 때 채용 담당자는 대기실에 앉아 있는 나를 아래위로 훑어보며 내 차림새를 살폈다. 나중에 그녀는 그때 내가 콜센터에서 일하기에는 용모가 너무 세련돼 보였다고 털어났다. 그리하여 나는 콜센터에서 일하는 대신 콜센터 직원들을 훈련하는 일을 맡았고, 그 덕에 야간근무를 하지 않아도 되었고, 더 나은 직급과 월급을 보장받았으며, 이직 후에도 초봉을 더 높게 책정받을 수 있었다.

　비슷한 경험담이 대여섯 가지는 더 있다. 놀라운 것은 이런 일이 벌어진 것 자체가 아니다. 여성과 유색인종에게는 백인 남성에게 적용되는 것과 다른 외모 기준이 더 엄격하고 더 가차 없이 적용된다는 실증적 증거들은 이미 차고 넘친다. 정말 놀라운 것은 이 문지기들이 왜 내가 받아들일 만한 사람이라고 판단했는지를 자기들 나름의 방법으로 내게 알려줬다는 사실이다. 그들은 내가 전형적인 흑인 혹은 전형적인 여성이 아니라는 신호를 그들에게 어떻게 적절하게 보냈는지를 알려주고 싶어 했던 것이다. 흑인이라는 정체성 더하기 여성이라는 정체성은 거의 항상 가난하다는 정체성과 동일시 되는데, 내가 보내는 신호는 내가 그렇지 않다는 정보를 담고 있었다.

한번은 새 행정 보조원을 뽑는 자리에 면접관으로 참석했다. 채용을 하는 사람은 우리 지역 부실장이었다. 미용기술 전문학교였기 때문에 지원자 대부분은 흑인 혹은 갈색 피부의 여성들이었다. 성별 구분이 뚜렷한 분야의 저평가된 숙련 노동자를 양성하는 기술전문학교에서는 항상 특정 계층과 인종이 학생의 대다수를 차지한다. 지원자 중 한 명이 특히 내 눈길을 끌었다. 그녀는 당시 하루 열 시간씩 서서 커트를 해도 시간당 최저임금에도 못 미치는 월급 때문에 다니던 미용실을 관두려고 그 자리에 지원했다. 정해진 출퇴근 시간이 있고, 의료 보험이 포함된 사무직은 그녀에게 계층 상승을 뜻했다. 그 지원자가 방에서 나간 후 부실장이 나를 보며 말했다. "블라우스 속에 탱크톱 입은 거 봤어? 세상에, 실크 브래지어를 입어야 탱크톱이라니!" 두 여성 모두 흑인이었지만 부실장은 자기 지위와 임무를 고위 간부직으로 스스로 승격시킨 사람이었다. 그것을 '자축하기 위해' BMW 새 차를 뽑아서 몰고 다니면서, 부하 직원들에게 우리가 하는 일은 이미지를 파는 사업이라고 말하곤 했다. 이미지 사업에서는 실크 브래지어 대신 면 탱크톱을 입은 여성과 BMW를 모는 부실장이 공존할 수 없었다.

　문지기가 지키는 경계선은 선 바깥에 있는 사람들 뿐 아니라 선 안에 있는 사람들의 정체성까지도 규정하기 때문에 그것을 관리하는 일은 복잡하다. 사회적 지위를 상징하는 물건들, 예를 들어 실크 브래지어, 고가 브랜드의 신발, 명품 핸드백 등은 그 문을 여는 열쇠가 된다. 아픈 허리를 더 악화시키지 않는 직장, 자녀가 빈곤층 대상의 공적 의료보험인 메디케이드Medicaid보다 조금이라도 나은 의료보험의 혜택을 받을 수 있게 직장을 얻으려면 그 부실장과 같은 문지기들에게 신호를 보내야 한다. 내게 문을 열어줘도 그들의 위상을 해치지 않을 것이라는 신호를 보내는 데 도대체 얼마를 써야 할까? 어쩌면 그 지원자는 제대로 된 브래지어를 살 돈이 없었을 수도 있다. 그 이유를 나는 절대 알 수 없을 것이다. 다만 확실히 아는 것은 그녀가 이틀 동안 주린 배를 참아가며 식비를 아끼거나 쇼핑할 시간을 내느라 일당을 포기하는 것을 감수하고서라도 실크 브래지어를 샀으면 최저임금 이상을 받는 일자리를 얻는 데 성공했을 수도 있다는 사실이다. 실크 브래지어가 명품 핸드백은 아닐 것이다, 아마도. 쇼핑가에 있는 미용기술 전문학교가 뱅크 오브 아메리카가 아니듯.

　가난한 사람들이 잘못된 결정을 내려서 애가 터진다는 투의 발언의 저변에는 우리처럼 열심히 일하고 가난하지 않은 현명한 사람들은 절대 그들처럼 되지 않을 것이라는 믿음이 깔려 있다. 우리는 더 나은 판단을 할 것이다. 우리는 돈을 아끼고, 사회적 지위를 상징하는 물건 같은 것에 돈을 낭비하지 않을 것이며, 쿠폰을 모으고, 절제와 희생을 해서 백만 달러를 모을 것이다! 학교에서 급식 보조를 하던 아주머니가 실은 주변 사람들도 전혀 모르는 부자였는데 죽으면서 모든 유산을 고양이나 자선단체 앞으로 남겼다는 식의 일화가 잊어버릴 만하면 한번씩 나온다. 검소한 생활을 하는 부자들의 삶을 다루는 책에는 그들이 대형 고급차 대신 허름한 중형차를 몰고 다니는 교훈적인 이야기들이 등장한다. 우리가 잊고 있는 (그러나 처음부터 알고 있었는지도 확실치 않은) 진실은 사회적 위상과 부의 창출과 희생에 대한 우리의 지식이 우리가 누구인지에 근거하고 있다는 점이다. 그리고 그 우리란 가난하지 않은 사람들이다.

가난하지 않다는 사회적 위상을 바꿔보면 가난하지 않기 때문에 알고 있었던 모든 것이 변화한다. 그 누구도 실제로 가난해지기 전까지는 가난해졌을 때 어떻게 행동할지 알 수가 없다. 가끔 돈이 없거나, 예전에는 가난하지 않았다가 가난해졌다거나 하는 것이 아니라 애초에 가난하게 태어나서 이후로도 계속 가난하게 살 것이 확실한 사람들, 관료와 문지기와 좋은 의도에서 누가 품위 있고 점잖은 사람인지 판단하는 사람들로부터 타고나기를 가난한 사람이라고 취급받는 그런 가난 말이다. 그런 처지에 처해지기 전에는 사회적 지위를 상징하는 물건을 소유하지 않으면 안 된다는 사실을 직관적으로 알아차린 사람의 입장을 이해할 수 없다. 그들에게는 그것을 사지 않을 수 있는 여유가 없다.

중절된 소녀 시절

10대 흑인 소녀에 대한 연구는 '앳된, 흑인, 여성'으로 인식되는 몸으로 존재하고 성장하면서 겪는 자신의 몸에 대한 묘사, 기억, 체험에 관한 것이다. 여기서 흑인 여성의 소녀 시절은 나이나 신체적 성숙도, 아니면 정체성을 결정하는 그 어떤 주요한 범주에 의해서도 좌우되지 않는다.

●

루스 니콜 브라운[61]

나는 늘 흑인 여성의 일대기에 마음이 끌린다. 그중 내 기억에 처음 읽은 책은 앤 무디Anne Moody의 자서전 『미시시피에서 성인이 되다Coming of Age in Mississippi』였다.[62] 무디는 인권운동가로 유명했지만 그런 활동보다 훨씬 흥미로웠던 것은 그녀의 소녀 시절이었다. 당시 나는 일곱 살 무렵이었고, 가족과 함께 여름을 나기 위해 '저기 위쪽 북쪽'에 가 있었다. 아이들을 비싼 여름캠프에 보내기 부담스러운 우리 주변의 많은 가정이 그렇게 했다. 어린 여자아이들은 특히 누군가의 관리와 보호가 필요했다. 그 책은 내가 읽기에는 너무 어려웠는데, 그래서 나는 그 책이 더 좋았다. 책에는 짐크로법Jim Crow law*에

기댄 폭력이 난무하고 소작농, 가난한 시골 생활에 대한 이야기가 가득했다. 우리 엄마는 시골의 가난과 도시의 가난은 전혀 다른 것이라고 자주 말하곤 했다. 무디의 책을 읽으면서 엄마의 말이 무슨 뜻인지 확실히 이해할 수 있었다. 나는 어려운 문장과 어른들이 쓰는 단어, 이해하기 힘든 배경지식이 많이 나오는데도 억지로 억지로 책장을 넘겼다. 오로지 그 흑인 여성의 소녀 시절이 나오는 부분을 읽고 싶어서 말이다.

소녀들이 나오는 책은 별로 없었다. 책벌레였던 나는 소녀에 관한 웬만한 책은 거의 다 알고 있었을 것이다. 라모나 킴비가 주인공인 동화 『라모나Ramona』 시리즈'를 정말 좋아했고, 『스위트 밸리 고등학교Sweet Valley High』에서 그려지는 10대들의 세계에 흥이 나 어깨를 들썩이며 책장을 넘겼으며, 『베이비시터 클럽Baby-Sitters Club』을 읽을 때면 내가 주인공 중 하나인 클라우디아라고 상상했다. 그것들은 학교에서 읽는 책이 아니었다. 수업 시간에 읽는 책은 『안네의 일기』 말고는 죄다 소년들이 뗏목을 타고 모험을 떠나는 이야기이거나, 남자들이 대부분인 화자들이 순례길에 나누는 이야기를 모은 『캔터베리 이야기』이거나 못된 아내들이 자신의 남

---

* 1876년에 제정된 미국의 흑백분리정책법으로, 모든 공공기관에서 흑인과 백인의 분리와 차별을 규정했다. 1964년에 폐지되었다.

편이나 왕을 배신하는 이야기뿐이었다. 내가 학교 수업 시간에 흑인 소녀를 최초로 만난 것은 7학년 때 읽은 니키 지오바니Nikki Giovanni의 시에서였다. 그 시를 읽고 나도 시를 쓰고 이야기를 지어야겠다 결심할 정도로, 그의 시는 아직까지도 내가 제일 좋아하는 낭만의 대명사다. 대학에 다닐 때까지도 흑인 소녀의 이야기를 읽으려면 흑인 여성의 전기를 펴는 수밖에 없었다. 내가 일곱 살 때 앤 무디의 자서전에서 찾아 헤맸던 것이 바로 그것이었다.

흑인 소녀의 삶에 대해 읽으면서 가장 기억에 남은 것은 한 여성의 삶을 담은 이야기에서 소녀 시절은 흔히 성적 트라우마로 얼룩져 있다는 점이었다. 그런 일은 항상 벌어졌다. 추잡한 삼촌, 재혼한 엄마의 새 남편, 정신 나간 오빠, 같은 학교를 다니는 못된 소년, 나쁜 백인 남자, 모든 나쁜 남자. 강간을 당하고, 성희롱을 당하고, '주무름'을 당하는 경험은 짐크로법과 미용실, 흑인영가와 함께 모든 흑인 여성의 삶을 관통하는 주제인 듯했다.

그것은 나, 오프라 윈프리, 개브리엘 유니언Gabrielle Union 그리고 내가 알 켈리R. Kelly에 대한 글을 쓰기로 결심했을 때 내게 글을 보낸 수백 명의 흑인 여성들을 한데 묶는 공통점이 확실했다. 알 켈리는 슈퍼스타다. 알켈리가 '어번' 라디오 스타라고 불리며 유명인으로 부상한 시기에 나는 흑인 소녀 시절을 한창 열심히 살고 있었다. 그는 부모 세대가 듣던 소울이 아니라 자기들만의 음악을 원하는 흑인 젊은이들을 대상으로 한 저급한 R&B 장르의 노래들을 발표했다. 2000년대에 접어들 무렵 그는 예상을 뒤엎는 크로스오버 아티스트로 인정받고 있었지만 그의 명성은 대부분 자신이 날 수 있다고 믿는 내용의 형편없는 노래 덕분이었다. 그의 노래는 영감을 주는 듯하지만 영혼이 전혀 없는 흑인 음악의 전형으로 자본주의 기업들의 입맛에 딱 맞았다. 수백만의 백인 소비자들은 그런 노래를 부르는 알 켈리를 안전한 니그로로 받아들였다. 대중들 사이에서 알 켈리의 인기와 영향력이 스티브 하비Steve Harvey* 급으로 상승하는 동안, 흑인들 사이에서는 성범죄자로서의 그의 명성이 널리 확산되고 있었다.

인터넷이 확산되기 전인 1990년대까지만 해도 알 켈리에 대해 내가 들은 종류의 소문이 중간 시장, 즉 학교에 다니는 청소년들 사이에 퍼지려면 입에서 입으로 전해지는 수밖에 없었다. 북부에 사는 누군가가 전화로 남부에 사는 사촌한테 소식을 전하면, 그 사촌이 친구들에게 이야기를 퍼뜨리고, 그 아이들은 방학에 열리는 성

---

* 미국의 유명 코미디언이자 배우.

경학교나 주말 밤샘 파티에 가서 스타의 최신 가십거리를 손에 쥔 것에 으쓱하며 소문을 냈다. 내게 그 이야기를 해준 것은 네다섯 번인가 랩 그룹을 결성했다 해체한 경력이 있는 손위 사촌이었다. 그는 자기가 눈을 번히 뜨고 살아 있는 한 여자 친척 중 어느 누구도 알 켈리랑 단둘이 있게 놔두지는 않을 것이라고 말했다. 솔직히 말하면 나뿐 아니라 우리 친척 중 누구도 알 켈리를 만날 위험은 없었다. 하지만 그는 내게 그런 식으로 소식을 전했다. 거드름과 사명감이 반반씩 섞인 목소리로 말이다. 알 켈리는 어린 여자아이들을 만지는 것을 좋아했고, 우리 모두 그 사실을 알고 있었다.

이상한 사실은 그보다 몇 년 전, 내 앞에서 어떤 흑인 여자아이들은 당해도 싸다는 말을 한 것도 바로 그 사촌이라는 점이었다. 숙모 집에서 저녁으로 립 요리를 먹고 있다가 그 말을 듣고 나는 남자들이 내게 어떤 짓을 어디까지 할 수 있는지 허용되는 한도에 따라 여자로서의 삶이 결정된다는 것을 배웠다. 당시 나는 열네 살이었고, 마이크 타이슨은 세상에서 가장 유명한 권투선수였다.

내가 아는 흑인들은 모두 마이크 타이슨이야말로 흑인 스포츠 스타의 최정상에 오른 인물이라 여겼다. 가난한 집에서 태어났지만 스스로 노력해서 돈과 명예를 거머쥐었다. 그러나 때는 1992년으로, 그가 데지레 워싱턴이라는 18세 소녀를 한 호텔에서 강간한 사실로 유죄를 선고받은 직후였다.

"모두들 그 여자가 뭐라도 되는 것처럼 말하지만." 사촌은 말했다. "그 애는… 아, 이모 앞에서 이런 말 해서 죄송하지만, 그 애는 창녀야."

립 요리를 앞에 두고 앉아 있던 그날의 기억에서 가장 뚜렷이 남은 것은 그 대목이었다. 그 사촌은 한 명 빼고는 모두 자기와 피를 나눈 흑인 여성이 가득 앉아 있는 방에서 유죄판결을 받은 강간범을 옹호하고 있었다. 여자 어른들은 고개를 저었고, 남자 어른들은 자리를 떴다. 대꾸해봤자 헛수고라고 생각했던 것이다.

사촌은 자신감에 가득 차 있었다. 젊고, 곧 아빠가 될 참이었던 그는 자기주장을 굽히지 않았다. 그에게 데지레 워싱턴은 성공한 흑인 남자를 망하게 한 창녀였다.

"그 여자는 그 호텔방에 도대체 왜 따라간 거야?" 그가 물었다.

"그 여자가 방 안에서 홀딱 벗고 있었다 해도 그게 중요한 게 아니지." 내가 대답했다.

사촌은 나와 워싱턴 양이 어떻게 다른지를 설명하기 위해 그녀가 창녀라는 말만 반복한 반면 나에 대해서는 어떤 말도 하지 않음으로써 나는 창녀가 아니라는 점을 넌지시 전했다. 창녀와 여자는 다르다. 10대 소녀로서 나는 장차 어느 쪽이든 될 가능성이 있었지만, 친척 여동생으로서 한쪽만을 따를 수밖에 없었다. 나는 창녀가 되지 않을 것이었다.

나는 화가 나지는 않았지만 상처를 받았다.

"오빠 여자친구가 지금 딸을 임신했으면 어떨 거 같아?" 내가 물었다. "딸 아빠로서?"

"내 딸은 호텔방에 따라가게 안 키우지. 딸을 창녀로 키우진 않을 거야."

바로 그때 나 같은 흑인 소녀들은 성범죄를 당해도 절대 무고한 피해자로 인정받을 수 없다는 사실을 깨달았다. 그리고 내 주변의 남자들이 곧 세상의 남자들이라는 것도 배웠다. 그런 남자가 내 사촌일 수도 있고, 마이크 타이슨일 수도 있고, 둘 다일 수도 있다는 사실.

2017년 알 켈리에 대한 추가 폭로가 이어지면서 나는 그 뼈아픈 현실을 재확인하게 됐다. 수십 년 동안 알 켈리는 아동을 상대로 한 성희롱과 성폭력, 그리고 학대 의혹을 받아왔다(일례로 2008년 시카고에서 아동 음란물 소지 혐의로 기소됐지만 무죄판결을 받았다). 2017년에 불폭풍처럼 불어닥친 의혹은 어린 피해 여성 두 명의 가족들에 의해 제기되었다. 가족들은 알 켈리가 여성들을 강제로 감금했다고 고발했는데, 두 여성 중 한 명은 그 의혹을 강력히 부인했다.

고발 내용의 사실 여부와 상관없이 알 켈리의 여성

편력은 절망적이다. 그는 가수 알리야와 비밀 결혼을 했
는데, 당시 그녀의 나이가 15세에 불과했기 때문에 결
혼 자체가 불법이었다. 또한 그는 어린 여성들과 성관계
를 가졌다는 사실은 인정했지만 상대 여성의 나이를 모
르거나 밝히지 않았다. 그는 자신을 스벵갈리*에 빗대
며, 성범죄자라고 하기에는 너무 매력적인 이미지를 내
세웠다. 우리 가족의 저녁 식사 자리에서 그랬던 것처럼
수백만 명에 달하는 그의 팬들 또한 이에 결탁해 그런
이미지를 더욱 강화하는 데 한몫했다.

알 켈리가 당대를 대표하는 성범죄자로 이름을 날
릴 때 나는 더 이상 10대 소녀가 아니었다. 하지만 여전
히 내 귀에도 소문은 들어왔다. 내가 2000년대 초에 1년
간 시카고에 살았을 때도 소문이 자자했다. 그중에는 알
켈리가 한 중학교 근처의 맥도날드에서 서성이면서 어
린 소녀들을 유혹한다는 소문도 있었고, 직장 동료의 친
구가 그와 '데이트'를 한 미성년자를 안다는 이야기도
들려왔다. 알리야에 관한 이야기도 기억한다. 알 켈리와
미성년자로 보이는 여성의 성관계를 담은 비디오테이
프가 길거리에서 거래될 때도 나는 친구들, 그리고 내가
사랑하고 존경하던 남자들과 언쟁을 벌였다.

---

* 영화 〈스벵갈리〉의 주인공으로, 타인의 마음을 지배해서 자기 뜻대로
조종하는 사람을 이른다.

한번은 파티에 갔다가 다 함께 그 비디오를 보자는 제안을 내가 거부하자 남자들은 처음에는 웃으며 눙치려 하더니 결국 내가 여성으로서 분노하고 있다는 티를 확실히 보인 후에야 계획을 접었다. 마치 '미친 여자'가 미쳐 날뛰는 바람에 아동 음란물을 보지 않기로 했을 뿐 내 요청 따위는 들어줄 필요가 없다는 투였다. 물론 아이에 대한 존중 따위는 안중에도 없었다. 나는 아직도 어색한 웃음소리를 가르며 비디오테이프의 커버를 장식한 소녀에 대해서 누군가가 지껄이던 소리를 기억한다.

"몸매 좀 봐. 거의 준비가 됐잖아." 그가 말했다.

흑인 소녀가 희생자로 인정받으려면 어떻게 해야 할까? 나는 그 답을 아직도 모른다. 그러나 나를 깊이 사랑하는 남자들이 내게 어떤 메시지를 보내왔는지는 잘 알고 있다. 내 친구들은 일단 남자가 여자를 매력적이라고 생각하고 원하면, 그 여자는 더 이상 희생자가 될 수 없다고 말했다. 내 사촌은 일단 창녀가 되면, 그 여자는 희생자가 될 수 없다고 말했다. 결혼하기 전에 이미 그 모든 것을 알고는 있었지만 가장 뚜렷한 교훈을 준 것은 아버지였다.

아버지는 가난한 사람들이 걸리는 병으로 입원해 있었다. 가난하면 당뇨 관리를 하지 못한다. 아무에게나 돈을 받고 당뇨 검사지를 팔아버리고 병을 키우다 결국 가난한 이들과 함께 입원을 한다. 고혈압 약을 처방대로

다 먹을 수가 없다. 여자친구 소득이 메디케이드 혜택을 적용받을 수 있는 기준보다 145달러 초과된 탓에 자기가 받은 고혈압 약을 그녀와 나눠 먹고 결국 가난한 이들과 함께 입원을 한다. 폴에게 진 빚을 갚기 위해 피터에게서 돈을 훔쳐야 하는데 피터도 돈이 한 푼도 없으니 가난한 이들과 함께 입원을 한다.

아버지는 몸집이 매우 컸다. 목소리도 크고 사교적이었다. 그리고 자본주의를 백 퍼센트 신봉했다. "남는 게 있으면 팔아야 제대로 된 니가지." 아버지는 그렇게 말하곤 했다. 나는 결혼한 지 채 2주도 안 되어 남편과 함께 아버지에게 문병을 갔다. 아버지는 마치 왕좌에 앉은 황제처럼 병원 침대에 앉아서 나와 내 이복 여동생에게 이것저것 처리해야 할 일을 지시했다. 가장 시급한 일은 우리 둘 중 하나가 법원에 가서 퇴거 명령 담당 판사에게 아버지가 입원 중이라고 알리는 것이었다. 집세를 몇 달째 밀린 아버지를 고소한 집주인에게 아버지가 맞고소를 해서 벌어진 재판을 연기하기 위해서였다. 자기가 재판에서 질 것을 알면서도 새 여자친구의 주택 바우처가 나올 때까지 시간을 끌기 위한 아버지의 전략이었다. 가난한 자본가 노릇이란 보통 복잡한 일이 아니다.

그러나 내가 누군가의 아내라는 사실이 의미하는 것은 전혀 복잡하지 않았다. 아버지는 내 결혼식에 오지 않았다. 우리가 그냥 눈이 맞아 결혼식도 하지 않고 도

피 행각을 벌였기 때문이다. 그랬을 정도이니 뭔가 이상한 낌새를 눈치채기에는 너무 정신이 팔려 있었다. 그 자리는 아버지가 내 남편을 처음 만나는 자리였다. 두 사람은 좋아하는 TV 프로그램이 비슷하다는 걸 알고 금세 친해졌다. 아버지는 흡족한 얼굴로 나를 보며 말했다. "미리 말해두는데, 이 녀석이 너를 때렸다고 나한테 쫓아와도 네 말을 다 믿어주지는 않을 거다. 뭐든 양쪽 입장을 다 들어봐야 하거든." 내가 믿는 남자가 내게 저지를 수 있는 최악의 빌어먹을 행동을 재는 내 머릿속의 리히터 척도상, 때리는 남편과 강간하는 남편은 거의 같은 수준이다. 나는 아버지의 말을 예전에 사촌이 한 말과 같은 의미로 받아들였다. 흑인 여성의 소녀 시절은 남성이 이제 끝이라고 말할 때 끝난다는 뜻이었다.

양쪽 입장을 다 들어봐야 하거든. 거의 준비가 됐잖아. 그 여자는 창녀야.

나는 이런 말을 수백 번, 아니 수천 번도 넘게 들었다. 모두 흑인 여성과 소녀들에 대한 폭력을 감싸기 위한 말이었는데, 그 말을 하는 사람이 남성일 때도 있고 여성일 때도 있었다. 남성이 여성에게서 원하는 것이 '준비되었으면', 그 여성은 그냥 존재하는 것만으로도 남성이 자신에게 가할 수 있는 모든 짓에 동의하는 것이나 다름없었다. 사춘기에 접어들었다는 것은 곧 동의이고 허락이었다.

우리 문화의 모든 여성은 이런 종류의 폭력, 즉 사람들이 여성의 몸을 보고 그 여성이 학대를 받아 마땅한 사람인지를 판단해버리는 종류의 폭력에 노출되어 있다. 그러나 특히 흑인 여성과 소녀들은 현재뿐 아니라 역사적으로도 오랫동안 이런 식의 폭력에 희생되어왔다. 새로운 연구 결과들은 흑인 여성들이 오래전부터 이미 알고 있던 사실을 재확인해준다. 성별과 인종을 불문하고 모든 사람이 흑인 소녀들을 또래의 백인 소녀들에 비해 성인 취급을 하는 경향이 있다는 사실 말이다. 모니크 W. 모리스Monique W. Morris는 저서 『쫓겨남Pushout』에서 교사와 학교 행정관들이 흑인 소녀들을 적절히 돌보고 보호하지 못한다는 사실을 보여준다. '다 컸기' 때문에 아무런 도움 없이 학교생활을 하도록 내버려진 흑인 소녀들은 남자들에게 더 쉽게 조종당한다.[63]

소녀가 어린이로 추정된다는 것은 성인의 욕망의 대상이 될 수 없다는 것을 의미할 뿐 아니라 그들을 상대로 나쁜 짓을 저지른 성인에 대한 처벌에 범행 대상의 결백이 구조적으로 감안된다는 것을 의미한다. 그러나 흑인 소녀들의 경우 무죄 추정의 원칙은 잘해야 거미줄 수준의 방패막이밖에 되지 못한다. 흑인 소녀들에 대한 일반 대중의 태도에 대한 몇 안 되는 설문조사 중 하나가 2014년에 이루어졌다.[64] 응답자의 과반수 이상이 백인 소녀들에 비해 흑인 소녀들은 보호와 양육을 덜 필요로 한다고 답했다. 성인이 되기도 전에 다 컸다고 인식되면 그에 따른 부작용이 생길 수밖에 없다.

그리고 그 부작용은 매우 많고 다양하다. 흑인 소녀와 가까운 주변 사람부터 그 아이가 '준비됐다'고 생각하면, 법 또한 그 아이에게 성인에 준한 기대치를 적용함으로써 '준비됐다'고 보는 시각을 강화한다. 거기에 더해 우리는 성폭력을 고발하는 여성들에 대해 법이 얼마나 무관심한지 이미 알고 있지 않은가. 자신이 폭행을 당했다는 사실 자체를 증명해야 할 뿐 아니라, 자신이 폭행받아 마땅한 사람이 아니라는 사실까지 증명해야 하는 부담이 오롯이 여성에게 지워진다. 폭행 사실 자체를 증명하는 것만으로도 충분히 불공평하고 부담스러운 일이다. 하물며 자신이 감정적으로 큰 충격을 받은 후 강간이 벌어졌다는 사실을 무슨 수로 증명할 수 있을까? 자신이 술에 취했거나 마약을 먹고 정신이 몽롱한 상태가 아니었다는 것은? 남자가 범죄를 저지르려고 할 때는 '싫다'고 말했지만 그가 '일을 끝내는 도중'에는 '싫다'고 말하지 못했다면?[65]

여성이 범죄 피해 사실을 증명하는 것은 거의 불가능에 가깝다. 그러나 몸에 폭행의 흔적이 남아 있는데도 그 흔적을 인정하는 데 필요한 규정이 오히려 조직적으로 그런 흔적을 지워버리는 역할을 한다면? 가정폭력 사건에서 여성의 주장이 항상 사진 증거로 뒷받침돼야 한다는 규정은 잠재적으로 그런 위험을 내포하고 있다. 가정폭력의 증거를 확보하는 데 사용되는 카메라는 엉덩이에 멍이 들 정도의 강도 높은 구타로 생긴 짙은 멍 정도는 되어야 식별이 가능한 수준의 해상도를 가지고 있다. '증거에 기초한 수사'를 하겠다는 의도에서 만들어진 이 규정에 따르면 간호사는 얻어맞은 여성의 몸에서 육안으로 확인 가능한 것만 멍이라고 부를 수 있다. 경찰은 멍을 눈으로 확인할 수 있어야 피해자라고 믿는데, 피부색이 너무 어두워 멍이 육안으로 보이지 않는다면 어떻게 해야 할까?[66] 흑인 여성이 학대당한 것을 보지 못하도록 만들어진 카메라는 멍이 든 부위도 '진한 피부색'으로만 인식함으로써 그녀가 당한 학대를 외면하는 규정의 근거가 된다.

여성은 자신이 성폭력을 당했다는 사실을 증명할 때 수많은 '만약'에 대해 답해야 한다. 대부분의 여성이 그 많은 '만약'의 질문에 걸려 넘어지기 일쑤지만 특히 흑인 여성들에게 그 질문은 마치 처음부터 그녀들의 발을 걸어 넘어뜨리기 위해 고안된 것이라도 되는 양 그 앞에서 전멸하고 만다. 멍을 식별하지 못하는 카메라, 멍을 멍이라 부르지 못하는 규정과 마찬가지로 '만약'도 사건에 연루된 여성이 결백할 가능성이 있을 때에야 그나마 겨우 작동을 한다. 그리고 흑인 여성들에게는 그런 기회가 거의 주어지지 않고, 흑인 소녀들은 동년배의 비흑인 소녀들에 비해 그런 구조적 취약함에 훨씬 더 어린 나이부터 노출되고 만다.

아직 성인이 되지 않은 흑인 소녀들이 동년배 백인 소녀들에 비해 성에 대해 더 많이 알고 있다고 말하는 것은 아이들에게 어른들이 투사하는 욕망을 아이들이 책임져야 한다고 말하는 것과 진배없다. 흑인 소녀는 한번도 어린아이인 적이 없기 때문에 어린아이가 필요로 하는 보호 또한 필요가 없다는 뜻이다. 이런 식의 태만과 학대는 사회 및 교육 정책에서 거의 항상 도외시되는 부분이다. 그들에게 일어나는 폭력이 성범죄인 경우가 많고, 피해를 입는 희생자들은 사회가 쓰다가 버려도 되는 대상으로 보는 소녀들이기 때문이다. 이런 정책들이 흑인 여성들과 소녀들을 보호하는 데 얼마나 미비한지, 우리가 어떻게 그들을 도울 수 있는지에 대해 주목하는 경우는 거의 없다.

버락 오바마가 2014년 젊은 흑인 남성들을 위한 대책 위원회를 만들었지만 같은 성격의 위원회가 젊은 흑인 여성들을 위해 만들어지기까지는 수많은 흑인 여성들이 수개월에 걸쳐 맹렬히 요구해야만 했다. 여성 위원회는 결성 후에도 남성 위원회와 동일한 관심과 지원을 받지 못했다.

내가 사랑하는 남자들이 소녀를 성인 여성으로, 성인 여성을 창녀로 만들어버리는 것을 목격한 경험을 나는 결코 잊을 수가 없다. 숙모 집에서의 저녁 식사 자리에서 나눈 대화 이전에도 나를 두려움에 떨게 만든 것은 많았지만, 그날의 대화로 나는 절대 아물지 않을 상처를 입었다. 그 상처는 들어갈 때는 친구, 자매, 여성이지만 나올 때는 창녀가 되어버릴 위험이 있는 문을 조심하도록 경계를 늦추지 않게 만들었다.

알 켈리와 같은 현상을 낳은 것은 문화다. 샬라마뉴 더 갓Charlamagne Tha God이라는 라디오 스타가 이름에 걸맞게 신이라도 된 것처럼 행세할 수 있게 만든 것도 문화다. 하찮은 인간에 불과한 여성 사이에서 신처럼 굴면서 '싫다'고 말할 수 있는 여성의 권리를 재미 삼아 논쟁할 수 있다고 생각하는 그의 오만함을 허용한 문화 말이다. 빌 코스비Bill Cosby만큼 엄청나게 유명한 인사나, 주로 백인 여성을 피해자로 선택한 하비 와인스타인Harvey Weinstein이라면 모를까, 샬라마뉴와 같은 종류의 인간을 대라면 밤을 새도 모자랄 것이다. 이런 남자들은 라디오 방송국, 음반 제작사, 저질 리얼리티 TV쇼로 이루어진 대중문화라는 온실 속에서 보호를 받고 산다. 이름만 들으면 내가 친구들과 놀러 가기 좋아하는 장소들을 연상시키는 파워 105Power 105, 『힙합 디바스Hip Hop Divas』, 『더 소스The Source』 등은 미투 운동이 닿을 수 없는 곳이다. 그런 곳에서 활동하는 흑인 남성들은 자신들이 너무 억압을 받아 다른 이들을 억압할 수 없다는 식의 이미지를 내보낸다. 흑인 남성들은 너무 쉽게 체포되고, 감옥에 가고, 투명인간 취급을 받기 때문에 아내나 여자친구를 때리거나 강간할 수 없는 위치에 있다는 것이다. 하지만 그들은 그런 위치에 서는 데 성공했고, 그들을 그 자리에 올린 데에는 우리 모두 책임이 있다.

알 켈리가 우리 문화의 '피리 부는 사나이'라면 샬라마뉴는 어릿광대에 가깝다. 그는 사우스캐롤라이나주의 몽크스 코너 출신이다. 내가 잘 아는 곳이다. 시골이고, 흑인 지역이며, 미국 남부의 특성을 고루 갖췄다. 누가 봐도 그런 데서 나고 자란 사람이 성공을 하기란 매우 어렵다. 샬라마뉴는 특출나지는 않지만 사람들의 눈길을 끄는 일을 마다하지 않는다. 그는 어번 라디오 쇼와 오프 브로드웨이보다도 비주류에 속하는, 소위 '오프 오프 브로드웨이'에 해당하는 케이블 TV에서 자신의 특성을 십분 발휘했다. 그리고 성공했다.

샬라마뉴가 성공을 향해 치닫는 내내 그가 강간범이라는 소문이 끊이지 않았다. 그는 인터뷰에서 아무렇지도 않게 '소송에서 이겼다'고 언급했다. 바로 샬라마뉴가 파티를 열기 위해 빌린 집에서 15세 소녀가 마약을 주입당한 후 강간을 당했다고 주장한 데서 비롯된 소송을 말하는 것이었다. 그는 그 소송에서 이겼다. 그러나 그런 전력에도 그는 강간 문화rape culture*의 진실성을 문제 삼으며 비판하는 데 부끄러움이 없었다. 그는 승낙을 하기에는 너무 술에 많이 취한 여성과 '떡을 쳤고 fucking', 마약에 잔뜩 취한 채 '죽여줬고smashing', '그 여자를 따먹었다taking that pussy'고 인정한 바 있다. 여기서 내숭 떨고 싶지 않다. 사실 나는 입이 걸다. 그가 성관계를 묘사하는 데 사용한 표현 때문에 경악하는 것이 아니라는 뜻이다. '죽여줬다'라는 말이 정확히 무슨 의미인지를 너무도 잘 아는 데다 그 표현 너머에 담긴 맥락까지 이해하기 때문에 경악하는 것이다.

샬라마뉴의 발언은 힙합 문화 속에서 자란 수백만 흑인에게는 매우 익숙하고 일상적인 말이다. 이발소, 미용실, 골목, 점심시간 카페테리아에서 늘 들리는 단어들이다. 우려해야 할 것은 샬라마뉴가 죽여주는 것 자체가 아니다. 그가 한번도 여성을 강간한 적은 없다고 부인하면서도, 한편으로는 공개적으로 인정해도 된다고 생각하는 것들의 범위가 문제다. 예를 들어 15세 소녀 강간 혐의로 진행된 소송에서 어떻게 이겼는지 묘사하는 그의 말을 들어보자.

근처 몰트리 호숫가에 있는 쇼트 스테이라는 작은 집

★ 강간이 젠더와 섹슈얼리티에 대한 사회적 태도에 따라 퍼지고 정상화된다는 사회학적 개념. 가령, 피해자 비난, 성적 대상화, 강간이 널리 퍼져 있다는 사실의 부정 등이 이에 해당한다.

을 빌린 다음 사람들을 파티에 초대했죠…. 정말 흥거운 밤이었어요. 다들 마시고, 피우고, 춤추고, 헛짓거리도 하면서 잘 놀았죠. 그러다가 여자 하나가 기절을 했어요. 그 여자가 나중에 정신을 차리고는 거기 있던 남자 몇이 자기를 성폭행했다고 주장했어요. 그 당시 난 거기 없었죠. 마리화나를 구하러 잠깐 나갔거든요. 결국 내 귀에까지 그 이야기가 들렸을 때는 파티가 이미 끝나고 사람들이 다 떠난 후였습니다.[67]

당시 22세였던 샬라마뉴가 15세의 소녀들이 참석한 파티를 열었다고 인정하는데도 그것을 정상적인 일로 간주하고 아무도 놀라지 않았다. 헛짓거리를 하기 위해 참석한 사람 모두를 약에 취하게 만들었다고도 인정했다. 그러고도 샬라마뉴는 사람들이 왜 자기가 강간 같은 짓을 할 것이라 생각하는지 전혀 이해할 수 없다는 태도다. 물론 자기는 누구도 강간한 적이 없다고 부인을 하지만 말이다. 소녀가 거기 있었다면 그 소녀는 준비가 된 여자임에 틀림없지 않겠는가.

알 켈리도 똑같은 주장을 하고 있었다. 몇 년 동안 거의 침묵을 지켜오던 그는 2018년, 러닝타임 19분에 달하는 노래를 발표했다. 그리고 그 제목은 … '모두 인정해I Admit'였다. 농담이 아니다. 샬라마뉴와 마찬가지로 알 켈리의 경우에도 그가 하지 않았다고 부인하는 것보다 자기변호를 위해 스스로 했다고 편하게 인정하는 행동들이 더 경악스럽다.

그 모든 숙녀들과 잔 거 인정해, 나이 든 숙녀, 어린 숙녀 모두(맞아, 숙녀들!)
하지만 그게 왜 아동 성추문이라는 건지 모르겠어, 말도 안 되잖아(말도 안 돼)
누구나 자기 의견이 있겠지, 의견을 가질 권리도 있고(그래 의견)
그런데 네 의견 때문에 내가 감옥에 가거나 내 커리어를 잃어야 하나(…)
이제 너에게 충고하겠어, 나도 부모니까(그래 부모)
내 얼굴에 네 딸을 디밀고는 괜찮다고 말하지 마(내 얼굴에, 괜찮다고)
내 돈을 뜯어낼 작정인데 네 뜻대로 되지 않으면 아주 열받겠지(예예, [네] 뜻대로)

알 켈리는 어린 숙녀들을 좋아한다는 사실은 인정해도 된다고 생각한다. 그는 어린 숙녀들이 원해서 자기가 도장을 찍어줬다고 인정한다. 한때 결혼한 상대가 10대 소녀였던 것 같다고도 인정한다. 그러나 그런 일로 강간범이라고 몰아세우는 건 너무하다고 생각한다. 정신을 잃고 쓰러진 상태의 여성을 '죽여주고', 마리화나를 살 돈을 대서 파티에 온 15세 소녀가 의사표현을 할 수 없을 정도로 약에 취하게 만드는 샬라마뉴를 빼다 박은 그의 태도를 보고 나면, 어번 라디오의 피리 부는 사나이와 어릿광대는 강간이 성립하려면 도대체 어느 정도로 상황이 심각해야 한다고 생각하는지 궁금하지 않을 수가 없다.

　유명 인사가 아닌 나 같은 보통 사람의 눈으로 볼 때, 내가 좋아했던 흑인 소녀들의 이야기에서 그녀들이 겪은 일 중 강간과 강간이 아닌 부분을 구분하기는 전혀 어렵지 않았다. 나와 같은 흑인 소녀들에 대한 이야기를 찾는 가장 쉬운 방법은 문을 찾는 것이었다. 흑인 여성이 누군가의 창녀로 전락하는 순간을 구분하는 그 문 말이다. 거의 예외 없이 모든 흑인 여성의 이야기에는 그 문이 존재한다. 가장 은밀하고 사적인 공간, 즉 우리의 집과 가정에서도 인종차별이 지속되고 있다는 점을 감안할 때, 흑인 여성들로 하여금 그 문턱을 넘도록 떠미는 사람은 대부분 흑인 남성이다.

　흑인 소녀들과 여성들을 상대로 한 성폭력 통계는 아주 최근까지도 '여성'이라고 하는 큰 범주 안에 숨겨져 있었다. 거의 모든 여성 희생자들에게 비슷한 패턴이 적용된다. 우리는 집 안에서 함께 생활하는 남성들의 공격에 가장 취약하다. 그리고 우리는 모든 것이 우리 잘못이라고 생각하도록 배워왔다. 목소리를 내면 보복을 당할까 두려워진다. 게다가 흑인 여성과 소녀들은 흑인 남성과 소년들의 평판을 보호해야 하는 짐까지 추가로 떠안아야 한다. 흑인 페미니스트들이 주장하듯, 그 짐은 우리를 침묵의 문화 속에 가둬버렸다. 성별 간에 이루어지는 폭력이라는 큰 그림에만 초점을 맞추는 것으로는 진짜 문제를 포착할 수 없는데도 말이다.

백인들이 구축한 사회에서 생활하는 비백인들은 거의 예외 없이 정신을 바짝 차리고 산다. 우리는 스스로 농담과 웃음과 감정과 마음의 짐을 자기검열한다. 복잡한 사회적 관계를 관리해서 일자리를 잃거나 고립되거나 오해를 사거나 의도가 잘못 전달되거나 살인을 당하지 않도록 조심한다. 그나마 돌아갈 집이 있을 정도로 운이 좋은 사람이라면, 잠시나마 경계의 스위치를 끌 수 있다. 우리는, 내가 한때 그랬던 것처럼, 자신의 모습을 문학과 대중문화에서 발견하고 싶어 한다.

그러나 흑인 소녀들에게 집은 피난처인 동시에 가장 은밀한 배신을 경험하는 곳이기도 하다. 집에서마저 스위치를 끌 수가 없는 것이다. 자기 집 식탁에서 삼촌의 유명한 립 요리를 먹는 동안 그런 일이 벌어질 수 있다. 가정은 사랑을 받는 곳이지만 그곳에서마저 우리는 언제 창녀로 둔갑될지 모른다.

단 6인의 여성

대중이 좋은 에토스의 중요성을 이해하지 못한다고 하는 것은 바보 같은 일이다. 하지만 어떻게 각 개인이 좋은 에토스를 갖출 수 있는지를 묻는 것은 바보 같은 일이 아니다. 연설가들은 말을 잘하기 때문에 좋은 에토스를 갖추고 있을까? 글을 잘 쓰는 사람은? 한 인종이 다른 인종보다 더 나은 에토스를 가지고 있다고 일반적으로 받아들여지는 것이 사실일까? 유감스럽게도 대답은 '그렇다'이다. 미국의 인종 간 관계의 역사에서 흑인들의 에토스는 미국 내 다른 인종이나 민족 집단의 에토스에 비해 낮은 것으로 인식되는 불행한 일이 거듭되고 있다. 시각 및 인쇄 매체에서 미국 흑인들의 도덕적 성격은 범죄자 혹은 성적 대상화된 에토스와 연관되어 표현되는 경우가 매우 많다. 그 결과 노예시대와 이후의 사회에서 흑인 여성의 성격을 좋은 에토스와 관련지어 생각하는 것이 쉽지 않게 되었다.

●

코레타 피트먼[68]

2017년 겨울 언젠가부터 나는 트위터에서 법석을 떨어 대기 시작했다. 사람들은 나다운 행동이라 생각할 것이 다. 어쨌든 나는 흑인 여성이 영향력 있는 인쇄 매체의 칼럼니스트가 되기를 바랐다. 말도 안 되는 소원이었 다. 사실 큰 그림으로 생각하면 『뉴욕 타임스』나 『워싱 턴 포스트』에 흑인 여성 칼럼니스트가 한 명 생긴다고 크게 달라질 것도 없다. 그런다고 미국 이민세관집행 국ICE이 불법 이민자들의 아기를 철창 속에 가두는 것 을 멈추지도 않을 것이고, 아이들이 태어나 자란 동네 의 집값이 크게 뛰어 그곳을 떠나지 않을 수 없는 가족 들에게 살 집을 제공하지도 않을 것이다. 시민권의 승리도 아니고 '니그로 퍼스트Negro First'의 승리도 아니다. 투표권리법Voting Rights Act*이 부활되지도, 트럼프가 탄핵되지도, 팔레스타인이 해방되거나 학자금 융자가 감면될 일도 없을 테니 정말로 중요한 변화와는 상관이 없는 일이다. 나는 그냥 그렇게 됐으면 좋겠어서 그렇게 되기를 바랐다.

그냥 그렇게 됐으면 좋겠어서 그렇게 되기를 바라는 일들이 대체로 그렇듯이, 나한테는 그걸 바라는 충분한 이유가 있지만 다른 사람들에게 굳이 이야기할 필요는 느끼지 않았다. 이런 일은 내가 마음속에 품은 생각을 다른 사람들에게 이야기하지 않고, 내가 그렇게 생각하는 이유를 누구도 궁금해하지 않을 것이라고 예상할 때 벌어진다. 아무에게도 말하지 않았지만 흑인 여성 칼럼니스트에 대해 나 혼자 생각하고 또 생각하게 된 것은 데이비드 브룩스David Brooks가 왜 수제 샌드위치가 미국을 망하게 하는지에 관해 쓴 무려 865단어나 되는 글이 빌어먹을 『뉴욕 타임스』에 실리고부터였다.[69] 링컨의 '게티즈버그 연설'보다 593단어나 길고, 불쌍한 우리 학생들이 장학금을 신청할 때 얼마나 그 돈이 절실한지를

---

* 미국에서 소수민족의 참정권을 보장하기 위해 1965년에 제정되었지만, 2012년 앨라배마주 당국이 주정부의 권한 침해라는 이유로 제기한 소송에서 위헌판결이 내려졌다.

설명하는 데 허용된 단어 수보다 365단어가 더 긴 글이었다. 물론 불공평한 비교라는 것을 나도 안다. 칼럼니스트의 논평이라는 장르 자체가 바로 그런 것이기 때문이다. 일상적이지만 그 속에 아무도 모르는 심오함을 담은 무엇인가에 대해 750단어에서 1,000단어 길이로 떠벌리는 장르가 바로 논평 아닌가. 내가 논평이라는 장르에서 엄청나게 공평해야겠다고 마음을 먹었으면 독자들에게 책 한 권 분량은 족히 채울 정도로 떠들어댔을 것이다. 한 가지 다른 점이 있다면 나는 바보 같은 글은 쓰지 않기 위해 무진 애를 쓴다는 점이다. 물론 내가 미스터 브룩스의 의견을 대변할 수는 없다.

바로 이 부분이 포인트다. 나는 미스터 브룩스를 대변할 수 없고, 미스터 브룩스는 나를 대변할 수 없다는 점. 어쩌다가 소프레사타*가 심화되어가는 미국 내 계층 간 격차를 상징하게 되었는지에 대해 미사여구를 동원해 열변을 토하는 것은 미스터 브룩스의 자유이고 그의 권리다. 적어도 그것이 바로 그 에세이에서 그가 하려고 한 말이었던 것 같다. 그는 고졸 출신의 여성 동료와 함께 사무실 근처의 비싼 샌드위치를 파는 가게에 갔다가 동료가 메뉴판에 적힌 'pomodoro'**를 어떻게 읽

---

* 살라미의 한 종류.
** '토마토'를 뜻하는 이탈리아어.

어야 할지 몰라 당황하는 것에서 우리 대중들에게 전달할 수 있는 의미심장한 교훈을 찾는다. 점심으로 비싼 가게에서 닭고기 포모도로 샌드위치를 사 먹는지, 아니면 기본 재료로 직접 샌드위치 도시락을 싸서 출근하는지의 차이에서 커다란 의미를 찾는 것이다.

칼럼니스트들은 그들과 다른 문화적 환경에 사는 나 같은 사람도 그들의 해석을 납득하게 만들어야 한다. 아니면, 적어도 그들의 문화적 환경을 내가 염원하게끔은 해야 한다. 나는 브룩스의 글 마지막에 나오는 샌드위치를 먹고 싶지 않았다. 그리고 그가 샌드위치 가게를 비유 삼아 전하고자 한 메시지, 즉 미국의 중상류층과 나머지 계층 사이에 큰 괴리가 생겼다는 메시지에도 별로 공감이 가지 않았다. 정말 대단한 성취다. 나 같은 사람은 늘 직업의 명예를 걸고 계층 간 불평등에 대해 큰 관심을 보여야 할 의무를 느끼기 때문이다. 그것은 내 일의 일부다. 그럼에도 불구하고 나는 그가 사용한 비유가 지루했고, 대학을 가지 않은 사람들은 고급 델리에서 파는 외국 이름의 메뉴에 주눅이 들 것이라는 추정에도 빈정이 상했다. 글을 다 읽어갈 무렵 내 머릿속에는 오직 부자들을 삼켜버리고 싶다는 생각밖에 들지 않았다. 그 정도로 그 글은 실패작이었다.

글이 실패작인 것은 중요하지 않다. 대중들이 보내는 조롱의 강도를 기준으로 삼는다면 미스터 브룩스의 글은 실패작일 때가 많다. 적어도 한 달에 한 번씩은 동료들 사이에서 회심에 가득 찬 "브룩스 이번 글 봤어?" 투의 말이 돌곤 한다. 우리는 이런 사람이 화려한 만찬 자리에서 '공공지식인'이라는 명칭으로 소개받을 만한 직업을 가졌다는 사실에 혀를 내두른다. 그럼에도 그는 계속 일을 할 수 있을 것이다. 이번 주, 그리고 다음 주, 그리고 그다음 주에도 계속해서 중요한 초점이나 이슈, 혹은 데이터를 빠뜨린 엉망진창인 글을 써내도 계속 일을 할 수 있을 것이다. 미스터 브룩스가 그 자리를 지킬 수 있는 이유는 그의 임무가 옳은 말을 하는 것이 아니라 그의 이름이 달린 글로『뉴욕 타임스』지면을 채우는 것이기 때문이다.

다양한 이유에서, 교육을 많이 받은 칼럼니스트들은 자신이 속한 사회계층을 떠받치고 있는 엘리트 고등교육 체제를 비판하기 좋아한다. 그들과 같은 계층에 속하지 않으면서 고등교육 체제의 일부가 된 우리 같은 나머지 사람들은 그 체제와 연관될 뿐 우리와는 애초에 전혀 상관이 없는 고정관념을 참아내야 한다. 우리에게 그 고정관념이란 데이비드 브룩스가 대부분의 노동자 계층 미국인이 낯선 메뉴판 앞에서 느낄 것이라 상상하는 당혹감만큼이나 생경한데도 말이다. 진짜 골칫거리는 바로 그것이다. 나는 영향력 있는 인쇄 매체에서 지성인 계층이 떠드는 것에서 별다른 혜택도 받지 못하고 배우는 것도 별로 없지만, 대중적으로 활동하는 사상가로서 그런 글에 반응을 해야만 한다. 그것이 그런 매체의 힘이다. 내 친구들과 나는 저 잘났다고 혼자 떠들어대는 범생이지만 데이비드 브룩스는 공인된 지성인이다. 타당성은 그렇게 만들어진다. 외래어 소시지 이름에 크게 당황한 데이비드 브룩스가 그 경험을 길고도 길게 독자들에게 전하는 것을 보고, 나는 내가 세상의 음모와 책략을 얼마나 일상적으로 경험하는지, 그중 어떤 것을 사람들과 공유해야 할지에 대해 궁리하기 시작했다.

몇 달 전, 리치몬드시 당국에 거주자 전용 쓰레기통을 신청했지만 소식이 없었다. '슈퍼캔'이라고 부르지만 사실은 아마존 프라임 배달상자 세 개가 겨우 들어갈 만한 크기의 쓰레기통이다. 하지만 그것만으로도 어딘가. 흑인 사회주의 페미니스트가 되기 위해 열심히 노력하는 마당이니 아마존 프라임으로 쇼핑하는 것을 동지들이 눈치 못 채게 할수록 좋은 일이다. 지금도 나는 내 저서나 다른 책을 소개할 때 아마존 링크를 올리지 않도록 주의를 기울이고, 셀카를 찍을 때도 아마존 라벨이 뒷배경에 나오지 않도록 조심 또 조심한다. 예전에 책을 소개하면서 아마존 링크를 올리는 실수를 단 한 번 했다가 노동조합이 있는 파월 서점 링크를 올리지 않았다고 지적받은 이후로 지금까지도 사과를 거듭하고 있다. 내가 사는 도시 주변의 다른 카운티에서도 슈퍼캔을 받기가 이렇게 어려운지 궁금했다. 이 도시 주변 카운티에는 백인들이 많이 살고, 도시 내부에는 흑인들이 많이 살고 있다. 내가 경험하는 우리 도시의 행정 효율성과 도시 주변 카운티의 행정 효율성의 차이가 인구 구성의 차이에서 비롯된 게 아닐까 하는 심증이 있었다. 어찌 됐건, 나는 결국 시장에게 직접 이메일을 보냈다. 내용은 백인의 말투로 작성했고, 말미에는 내 직함과 저서 목록이 파월 서점 링크와 함께 정리된 프로필을 첨부했다. 그러자 우리 집 쓰레기통뿐 아니라 이웃집 쓰레기통까지 곧바로 도착했다. 내가 하고 싶은 이야기는 바로 이런 것이다.

아니면 가발을 둘러싼 최근의 내 생각은 또 어떤가. 오랫동안 흑인 여성들의 '가짜' 모발 소비는 우리가 여성의 아름다움을 평가하는 기준에 못 미친다는 사실을 조롱할 때 들먹거리는 예로 이용되어왔다. 어차피 그 기준이 백인 여성에게 자연스러운 상태를 기초로 한 것임에도 불구하고 말이다. 붙임 머리가 유사 이래로 존재해왔고, 민족과 문화는 물론, 당연히 인종도 초월하는 관습이라는 사실은 일단 제쳐두자. 흑인 여성이 조롱의 펀치라인이 되기 위해 기다리는데 사실이고 뭐고 그런 데 시간 낭비할 수는 없겠다. 어찌 됐든 나는 가발의 정치경제학에 대해 생각해오고 있었다. 오랫동안 동아시아 국가들이 전 세계 가발 생산과 유통을 장악해왔다. 가발 자체는 싸지만 그것을 이용한 붙임 머리에는 돈과 시간을 엄청나게 들여야 한다. 붙임 머리를 잘하는 곳은 도시 하나에 한 군데 있을까 말까 하니 거기까지 차를 타고 가야 하고, 운이 나빠 자기가 사는 도시에 그런 곳이 없으면 옆 타운까지도 가야 한다. 원하는 가발을 구하기 위해 배송까지 몇 주나 기다리기도 하고 누가 애틀랜타에 갈 일이 생긴다면 그가 직장 동료의 사촌의 친구라도 가리지 않고 대리 구매를 부탁해야 한다. 많은 흑인들이 이민 현상을 피부로 직접 경험하는 것은 동네 미용 재료상에서 가발을 살 때다. 서방국가들이 고의적으로 가난에서 벗어나지 못하게 제어하는 곳에 사는 불쌍한 여성들의 머리에서 나온 식민화된 아름다움을 한국, 중국, 혹은 베트남 출신의 상점 주인들이 파는 것이다. 우리는 머리에 '세계는 하나'라는 슬로건을 쓰고 다니는 것이나 마찬가지다.

이런 생각을 하게 된 것은 아마존에서 가발 판매 사이트 링크를 발견하고부터였다. 전 세계적으로 식료품에서 선박 컨테이너에 이르기까지 거의 모든 공급망을 집어삼킨 세계적 중간상 아마존이 공식적으로 가발 산업에도 뛰어든 것이다. 중국 제조업체들이 경쟁에서 낙오되고 있다는 뜻일까, 아니면 축적된 기술을 발판으로 도약하고 있는 걸까? 공급망, 외환, 성별, 지정학 등을 거론하지 않고는 가발에 대해 제대로 이야기하지 못한다고 나는 생각했다. 어느 남자에게 이탈리아식 소시지가 일깨운 문제를 어느 여자는 '아프로-컬1-B' 붙임 머리 한 묶음에서 발견한다.

주로 이런 것들이다. 전국의 독자를 상대로 지극히 일상적인 이야기를 아무것이나 해도 되고, 정확성을 기할 필요도, 호응을 얻지 않아도 되는 지면이 내게 전적으로 주어진다면 바로 이런 이야기를 하고 싶었다.

그것이 내가 그냥 그렇게 됐으면 좋겠어서 그렇게 되기를 바랐을 때 바라던 일 같다. 나는 이 세상 어디에선가 업무라는 것의 일부로 평범하고 따분한 이야기를 할 수 있는 자유를 누리는 흑인 여성이 한 명이라도 존재하기를 바랐다. 나는 그녀가 돈도 잘 벌고, 보호를 받으며, 실패할 자유를 누리기를 바랐다. 나는 내가 쓰는 머리빗과 같은 머리빗을 쓰고, 내가 다니는 길과 같은 길을 다니는 여성이, 누가 무슨 말을 해도 중요하게 받아들여지는 매체에서 원하는 바를 아무것이든 말할 수 있기를 바랐다.

이미 언급했듯이 큰 그림으로 보자면 내가 바라는 일이 이루어진다고 크게 달라질 것도 없다. 바로 그래서 트위터에서 불평을 하기 시작한 것이다. 트위터야말로 공식적으로 '그닥 대수롭지 않은 일'에 대해 불평하는 곳 아닌가. 사람들이 반응을 했다. 그들이 반응을 한 것은 내 불평이 '그닥 대수롭지 않은 일'이었기 때문이고,

소셜미디어 시대에 반응의 정도는 문제의 중요도와 반비례하기 때문이다. 사람들은 영향력 있는 대중매체에 글을 발표하는 흑인 여성들의 이름을 들이댔다. 록산 게이Roxane Gay, 멀리사 해리스페리, 브리트니 쿠퍼Brittney Cooper 등을 비롯한 몇몇 인사들. 모두 대단한 여성이다…. 그런데 그들은 칼럼을 쓰는 일 말고 다른 직장을 가지고 있다. 교수, 연구원, 교사, 작가 등 다른 직업을 가지고 있거나 연구소, 미디어 회사, 혹은 비영리 단체를 운영한다. 『뉴욕 타임스』나 『워싱턴 포스트』에 글을 쓰는 것은 그녀들이 하는 네댓 가지 일 중 하나에 불과하다. 우리를 위해 지금 하고 있는 일에 추가로 또 하나의 파트타임을 떠맡으라고 요구하기에는 흑인 시스터들에 대한 내 사랑이 너무 깊다. 나는 풀타임이면서 일이 없고 한가한 자리에 흑인 여성이 임명되기를 원했다.

반응이 더 많이 쏟아졌다. 『언디피티드The Undefeated』, 『코즈모Cosmo』, 숀다랜드Shondaland.com 그리고 『틴 보그Teen Vogue』 등에서 흑인 여성들이 훌륭한 일들을 해내고 있다고 말했다. 우리가 거기 있어! 맞다, 그렇다, 나도 우리가 거기 많이 있다는 것을 안다. 그게 내가 지적하고 싶었던 포인트다. 유력 매체에서 그런 일을 할 만큼 재능 있는 흑인 여성이 그냥 딱 생각해도 수십 명은 된다.[70] '유력 매체'라는 것이 중요하다. 그것이 왜 중요한지를 설명하는 것은 내가 직업으로 하는 일 중 가장 곤란하고 어려운 대목이다. 개인주의 문화가 팽배한 미국에서는 능력주의에 대한 착각 말고는 널리 공유되는 것이 별로 없다. 하느님이 보우하사 미국 만세를 외치고 싶지만, 사회 시스템에 의해 돈, 시민권, 인권을 잃은 수백 명의 흑인에게 물어보면 그런 불행은 전적으로 자기 탓이므로 다른 핑계를 대서는 안 된다는 이야기를 수십 번 들었다고 대답할 것이다. 그것은 그들이 흑인이어서가 아니라 미국인이어서 그렇다. 그것이 우리가 하는 일이다. 어떻게 특권과 돈, 권력이 소위 민주적 제도와 기관에 영향을 끼쳐 우리들 대부분이 실패할 수밖에 없는 구조를 만들어나가는지를 쉽고도 명백하게 증명하는 것이 바로 내가 하는 일이다. 그것이 바로 내가 전작 『저등교육Lower Ed』에서 본질적으로 밝히고자 한 주제다.[71] 내가 학자로 일하는 동안 내내 집중해온 주제도 바로 이것이다.

고등교육 체제와 마찬가지로 대중매체에 관해서도 모든 매체가 중요하다고 대중들이 믿어야 할 필요가 있다. 사실 모두 중요하다. 어딘가에 있는 누군가에게는 말이다. 그러나 좋든 싫든 엘리트 매체는 여전히 무시할 수 없는 힘을 가지고 있다. 나도 특정 매체가 더 특별하지 않았으면 좋겠다. 그러나 바란다고 해서 현실이 되는 것은 아니다. 그리고 중요한 것은 현실이다.

유력 매체만큼 작가들이 글을 잘 쓸 수 있도록 자유

와 안전을 보장하는 곳이 거의 없는 것이 현실이다. 글을 잘 쓰기 위해서는 자료조사 지원, 전문적 편집, 교열, 점심 휴식, 신선한 공기, 쾌적하게 일할 수 있는 공간, 동료들, 렉시스넥시스LexisNexis* 구독권이 필요하다. 글을 쓰는 것은 민주적이어서 누구나 할 수 있는 일이지만, 글을 잘 쓰는 것은 그렇지 않다.

이 사실을 잘 아는 사람들은 누구일까? 영향력이 적은 매체에서 일하는 작가들이다. 그들은 자신이 누리는 자유를 사랑한다. 어쩌면 일하는 매체의 목표도 사랑할지 모른다. 하지만 내가 아는 수많은 작가 중 우리 모두가 불평해 마지않는 매체들이 누리는 혜택, 즉 매체의 명망에 수반되는 부의 혜택을 누리면 글의 질을 훨씬 높일 수 있을 것이라는 데 동의하지 않을 사람은 거의 없다.

직장에서 그런 안정성을 제공해주지 못하더라도, 가족이 그 빈 부분을 채워줄 수 있는 행운을 타고난 사람들도 있다. 미디어 분야에는 운이 좋은 사람이 매우 많다. 바로 그런 이유에서 이 분야, 특히 유력 매체를 운영하는 기업에 제일 낮은 직급으로라도 입문하는 데 필요한 최우선 조건은 이 분야에서 꼭 거쳐야 하는 무급 인턴직 과정 동안 재정적으로 도와줄 수 있는 부자 가족

---

* 세계 최대의 공공기록 목록을 보유한 데이터베이스.

이다. 통계적으로나 구조적으로나 그런 정도의 부를 갖추지 못한 가정 출신이 어떤 사람들일지 모두 짐작할 것이다. 여기서는 그저 데이비드 브룩스 같은 사람은 아니라고만 해두자.

어번이 아닌 다른 곳에 형성된 주거지역 출신의 가난한 사람들, 집안에서 처음으로 대학에 진학한 학생들, 이민자들, 일부 이민자들의 자녀들, 그리고 흑인들이 바로 그런 가정 출신들이다. 이러한 이유로 그토록 수많은 사람들이 거명한 흑인 여성들은 모두 다른 직장을 가지고 있는 것이다. 그렇지 않다면 어떻게 전형적인 흑인 여성이 무료로, 혹은 아주 적은 원고료만 받고 글을 쓸 수 있겠는가?

물론, 내가 그렇게 됐으면 좋겠어서 그렇게 되기를 바란 이유는 현재 글을 쓰고 있는 시스터들 때문이기도 했지만 동시에 나머지 우리 모두 때문이기도 하다. 논평란이 정말 중요한 문제에 그다지 크게 영향을 끼치지는 못한다고 해서 전혀 중요하지 않다는 말은 아니다. 데이비드 브룩스가 소시지를 계층 간 전쟁의 상징으로 둔갑시킨 글을 쓰면 무슨 일이 벌어지는가? 수많은 학자와 대졸자, 예술가, 작가로 이루어진 내 우주에서는 그 글의 링크가 소셜미디어를 타고 우리의 의식을 관통한다. 혹은 우리라는 사람들은 워낙에 그런 족속이기 때문에 그 글을 집으로 배달된『뉴욕 타임스』종이신문이나 모바일앱으로라도 읽을 것이다. 아니면 누군가가 단체 메일로 보낸 것을 읽을 수도 있다. 혹시라도 미디어 쪽에서 일하는 사람이라면 최신 동향을 파악해야 하기 때문에 무슨 방법으로라도 읽을 것이다. 그 글은 사방팔방에 퍼진다. 데이비드 브룩스가 내뱉은 말은 무선통신 매체를 타고 사방팔방에, 우리가 숨 쉬는 공기 중에 존재하는 것이다.

가령 그의 글이 실린 주에 나는 이탈리아 소시지 말고 투표자 억압 문제나 숀다 라임스Shonda Rhimes*에 관해 글을 쓰고 싶었다고 가정해보자. 하지만 사방팔방의 공기는 이미 다른 것으로 가득 차 있어서 숨이 막힐 지경이다. 내가 원래 말하고 싶었던 주제까지 도달하려면 데이비드 브룩스가 내뱉은 터무니없는 말과 경쟁을 하면서 헤치고 나아가야 한다. 무시할 수도 있지만 그렇게 하면 사회적 위상에 대한 협상이 진행되는 무대 뒤 수다에서 빠질 위험이 있다. 혹시나 내가 이베리아 반도에서 생산된 가공육에 대한 책을 쓴 학자라면 데이비드 브룩스의 이탈리아 소시지 샌드위치 글과 관련해 아무 영양가도 없는 후속기사를 쓰라는 지시를 받은 다른 칼럼니스트로부터 전화를 받을 수도 있다. 그러면 아무도 듣지

---

* 미국에서 영향력 높은 흑인 여성으로 손꼽히는 TV드라마 작가 겸 제작자.

않는 허공에다 대고 그 책의 진짜 주제였던 식품가공 산업에서 축산 노동의 문제점에 대해 떠들어대는 것과 가난한 사람들이 왜 얇게 썬 이탈리아 소시지를 두려워하는지에 대해 많은 사람들을 상대로 떠들어대는 것 사이에서 선택을 해야 한다.

　그중 아무것도 중요하지 않다. 그러나 뉴스는 처음 게재돼서 사라지기까지 걸리는 하루이틀 동안이나마 중요한 무엇인가를 닮은 무게를 지니기 시작한다. 데이비드 브룩스가 샌드위치에 들어가는 소시지에 대해 말한 것에 대응을 하거나 능동적으로 그것을 무시하겠다는 의사 표현을 하지 않고서는 진지한 사람도 진지하다고 받아들여지지 않는다. 우리가 지금 처한 상황이 바로 이렇다.

　내가 트위터에 대고 투덜거린 것은 일종의 사고실험이었다. 어떤 흑인 여성이 가발과 진짜 모발을 자연스럽게 연결되어 보이도록 머리 손질을 하는 문제에 대해 글을 썼을 때 그것에 대응을 하거나 능동적으로 그것을 무시하겠다는 의사 표현을 하기 전까지는 공공지식인 취급을 받지 못하는 상황이라면 어떨까? 데이비드 브룩스나 그와 같은 계층의 동지 조너선 체이트Jonathan Chait 같은 사람들이 자유주의의 죽음에 관한 최근의 생각을 논하기 전에 젖은 곱슬머리의 정치경제학에 대한 열두어 가지 질문을 먼저 짚고 넘어가야 한다면? 그런 가정이 굶고 있는 아이를 살리지는 못하겠지만 매우 재미있는 사고실험 아닌가.

  이 사고실험은 재미있는 것을 넘어서서 진지한 사람으로 인정받기 위해서는 누구에게 반응을 해야 하는지도 극명하게 보여줄 것이다. 평판이 비트코인처럼 받아들여지는 문화에서 진지한 사람으로 인정받는다는 것은 자기 평판에 큰 도움이 되는 자본이기 때문에, 진지하게 받아들여지려면 큰 노력을 기울여야 한다. 일반적인 사람을 지칭할 때 쓰는 '우리royal 'we''*에는 자신이 중요한 사람이라는 것을 인정받기 위해서 누군가 다른 중요한 사람의 견해를 먼저 인정하고 그들과 같은 부류임을 표현해야 한다는 개념이 반영돼 있다. 과거부터 지금까지 항상 이런 식으로 세세하게 스며들어 있는 사회적 위상의 차이는 분석하기가 힘들다. 살아남고 번창하는 데 필요한 것을 주변에서 뽑아내기 위해 애쓰는 과정에서 우리는 자신의 문화가 또 다른 단일 문화와 접촉했다는 것을 감지한다. 평판이라는 자원, 우리가 가졌거나 원하는 사회적 위상을 유지하는 데 필요한 지위를 어떻게 확보하는지를 데이터화하면 모든 것이 조금 더 투명해진다.

---

* 과거에 국왕이 자신을 지칭할 때 '나I' 대신에 '우리we'를 쓴 데서 비롯된 표현이다.

가령 트위터에서 우리가 누구를 팔로우하는지를 예로 들어보자. 먼저 트위터의 어떤 부분도 누군가의 영혼을 대신할 수는 없다는 사실부터 짚고 넘어가자. 내가 팔로우하는 계정 중 하나는 포르노 만화 사이트다. 가끔 흑인을 멋지게 그려놓은 그림이 등장하기 때문이다. 그런 나를 심판할 수 있는 사람은 신뿐이다. 그리고 나는 제도나 기관이 아니다. 제도나 기관을 위해 일하지만, 대중과의 소통이 내 업무의 핵심은 아니다. 다시 말하자면, 나는 교수로서 대중과 소통할 수는 있지만, 내가 교수 일을 하는 데 대중이 필수적인 요소는 아니다.

반면, 미디어 분야에서 일하는 사람들은 개인인 동시에 제도나 기관의 역할을 한다. 둘 사이에 선을 긋기 매우 힘들기는 하지만, 힘들다고 해서 선이 없는 것은 아니고, 선을 그으면 안 되는 것은 더더욱 아니다. 도널드 트럼프가 대통령이 된 후에는 트위터에서 누군가를 합법적으로 차단할 수 없게 되었다는 사실이 중요한 것과 마찬가지로 영향력 있는 매체에서 일하는 기자의 행동은 제4계급Fourth Estate*의 일원으로서 행하는 자신의 역할과 완전히 분리될 수 없는 것이다.[72] 기자가 기자 일을 하는 데는 대중이 필수적인 요소이고, 따라서 기자가

* 정치적 영향력을 행사하는 언론계와 그 종사자들.

공인이라고 하는 것은 대중과의 관계가 그들 직업의 일부이기 때문이다. 내가 팔로우하는 만화 계정 문제는 직업적이라기보다는 개인적인 문제다. 그러나 주요 매체에 몸담은 저널리스트들과 필자들에게는 이와 동일한 구분을 적용할 수 없다.

공인으로서의 커리어를 가진 사람, 다시 말하지만 대중이 자신의 커리어에 필수적인 사람이 트위터에서 팔로우하는 사람들의 목록은 그 사람이 전문가로서 그 사회에서 진지하게 받아들여지기 위해 누구와 연결 지어지기를 원하는지를 어느 정도는 말해준다. 가령 멀리사 해리스페리가 소셜미디어에서 팔로우하는 사람들은 학자, 작가, 공공지식인, 여러 매체의 공식 계정 등이다. 이 목록은 멀리사 해리스페리가 누구를 자신의 동료 혹은 자신과 문화적으로 통한다고 생각하는지를 말해주는 지표가 될 수도 있다.

나는 이 글에서 데이비드 브룩스를 까기로 작정했기 때문에, 멀리사의 트위터 계정을 통해 그의 계정에 들어가봤다. 그냥 슬쩍 보고 결론을 내리는 것은 위험하다는 생각이 들었다. 정량화하는 것이 필요하다는 신호를 따라서 나는 그렇게 했다. 무작위로 어느 하루를 골라 그날 기준 데이비드 브룩스가 팔로우하고 있는 계정 322개의 이름을 모두 출력했다. 그런 다음 모든 계정이 가짜 계정이 아니라 제대로 운영되고 있는 진짜 계정이라는 것을 확인했다. 내 두뇌라고 부르는 알고리즘을 사용해서 나는 목록 중 기관을 제외한 모든 계정의 이름을 일일이 대조했다. 그중 두 개를 제외한 거의 모든 계정이 조금이라도 공인의 성격을 지닌 사람들의 것이었기 때문에 그들이 스스로 밝힌 성별과 인종을 확인하기는 어렵지 않았다.

정치지도자에 대해 비슷한 작업을 해본 사람이라면 알겠지만, 트위터를 하는 남성은 다른 남자들을 많이 팔로우한다.[73] 그다지 놀랄 일은 아니다. 단지 내가 알고 싶었던 것은 데이비드 브룩스가 혹시라도 귀를 기울이는 흑인 여성이 있는지, 만일 그렇다면 그것이 누구고, 몇 명이나 되는지였다.

그가 팔로우한 계정 322개 중 6개가 흑인 여성의 계정이었다. 자, 흑인이라는 것은 매우 복잡한 정의다. 나는 관대하게 봐주자고 마음먹고 어떤 여성이 다음 중 어느 항목이라도 만족시킨다면 흑인 여성 목록에 포함시키기로 했다. 1) 아프리카계 미국인, 2) 미국에서 살고 있는 흑인, 3) 아프리카인의 후손, 그도 아니면 적어도 4) 월그린마트에서 흑인 헤어용품 매대 근처에라도 가본 사람. 그렇게 해서 추려낸 사람이 6명이었다.

공인으로 활동하는 지식인이 조금이라도 직업적 동료로 관계를 맺겠다고 선택한 322명 중 흑인 여성은 6명이었다.

이 사실은 의미가 있을 수도 있고, 없을 수도 있다. 중요한 사람들은 소셜미디어에서 다른 사람들을 많이 팔로우하지 않는다. 그것은 요즘 아주 미세하게 작동하는 사회적 위치의 신호 장치이기도 하다. 팔로우를 하는 사람보다 팔로워가 더 많다는 것은 그 사람이 중요한 사람이고, 소셜미디어의 주변인이 아니라 리더라는 의미다. #맞팔하는사람#TeamFollowBack은 중요한 사람이 아니다. 그렇다면 데이비드 브룩스는 멋진 사람들만 골라서 팔로우하고 있을 가능성도 있다. 아니면 『뉴욕 타임스』 마케팅 담당자의 조언으로 트위터 계정을 개설하고 바로 3백 명 정도를 팔로우한 것일 수도 있다. 팔로우하는 사람의 목록은 무작위적이고 무의미할 수도 있고, 변칙적이고 유의미할 수도 있다.

데이비드 브룩스만 물고 늘어지는 것이 불공평하다는 데는 모두가 동의할 것이다. 그래서 나는 또 다른 칼럼니스트를 조사해보기로 했다. 이번에는 브룩스와 비슷한 위상을 가졌지만 다른 정치적 성향을 지닌 인물이다. 조너선 체이트는 『뉴욕』에 기고를 한다. 그는 정말이지 매우매우 진지한 사람이다. 데이비드 브룩스가 322명을 팔로우하고 있던 바로 그날, 조너선 체이트는 370명을 팔로우하고 있었다. 체이트가 커버하는 범위는 브룩스와 다르다. 브룩스가 생각을 하는 사람이라면, 체이트는 생각을 하게 만드는 사람이다. 브룩스는 택시를 타고, 소시지 샌드위치를 먹고, 요즘 히피족을 바라보며 생각에 잠기고, 그 모두가 어떤 의미인지 생각한다. 체이트는 주로 긴 글을 쓰면서 거기 더해 가끔 논평도 쓰는 사람이다. 체이트 스스로 2018년에 다소 방어적으로 설명했듯이 그가 주로 다루는 영역은 서구 문명의 쇠망이다. 트럼프 대통령을 둘러싼 러시아 세이트 등을 비롯해 요즘 정치판과 계몽주의에 대한 약간의 정치학 이론을 이야기하는 한편 편협한 대학가 좌파들에 대해 폭로하겠다는, 완전 진지하고 전혀 별나지 않은(!) 책임감을 가진 사람이 바로 체이트다.

각자 활동하는 장르와 상관없이 브룩스와 체이트 사이에는 공통점이 하나 있다. 바로 6이라는 숫자다. 체이트가 팔로우하는 흑인 여성의 숫자도 바로 6명이다. 6. 어딘가 마력이 느껴지지 않는가? 6은 완벽한 숫자다. 6의 소인수를 모두 더하면 6이 된다. 6은 또 악마의 숫자이기도 하다. 체이트와 브룩스의 목록에 오른 6명의 흑인 여성은 뛰어난 인물들이다. 그들은 대개 같은 기관이나 같은 분야에서 일하는 동료들이다. 그중 적어도 한 명은 브룩스나 체이트가 책을 펴내거나 할 때 도움받을 수도 있는 TV프로그램을 진행하고 있다. 나에게 일상적으로 관계를 맺고 견해를 구할 만한 가치가 있는 흑인 여성이 누구인지 묻는다면 지금 당장 적어도 36명은 댈 수 있다. 36. 곰곰 생각하지 않고도 바로 댈 수 있는 숫자다.

직업적으로 똑똑한 사람들이 흑인 여성과 접촉하는 빈도가 얼마나 적은지를 가늠하는 데 트위터가 딱히 의미 있는 척도라고 할 수는 없다. 그러나 바로 그런 이유에서 내 분석이 의미가 있는 것이다. 아무도 흑인 작가들의 글을 읽지 않고, 아무도 흑인 사상가들의 생각을 인용하지 않고, 아무도 흑인 운동가들을 인터뷰해주지 않으니, 흑인들과 함께 살거나 일하거나 배우지 않는 사람들이 흑인에 대해 알아가기란 너무도 힘들다고 말할 수 있다. 그러나 트위터는 쉽다. 시간이나 돈을 들이지 않아도 되고, 트위터로 연결된다 해서 그들이 가까운 동네로 이사를 오거나 저녁 식사 자리에서 바로 옆자리에 앉거나, 비싼 샌드위치를 파는 델리에서 마주치지도 않을 것이다. 그들과 관계를 맺는 것이 자신의 평판이나 세계관에 거의 아무런 위협을 가하지 않고 자유롭게 할 수 있는 일일 때, 가장 인정받는 매체에서 일하는 가장 잘 알려진 칼럼니스트들은 어떤 자격으로든 흑인 여성과 접촉하지 않아도 자신의 타당성을 유지할 수 있다는 뜻이다.

비록 가끔은 그저 욕하고 미워하기 위해 그들의 글을 읽을 때도 있지만, 우리가 읽는 글을 쓰는 사람들이 흑인 여성을 관계를 맺어야 할 동료 사상가로서 인정하거나 자신들이 글로 써야 할 주제로서 관심을 갖고 대하지 않는다면, 주류 문화 또한 그런 압력을 넣지 않을 것이 당연하다. 우리 사회는 글 쓰는 흑인 여성을 예외적인 존재로 보는 듯하다. 글 쓰는 흑인 여성들은 다른 사람들에게는 전혀 관심이 없고 자기 자신만을 주제로 삼는다는 이미지 때문이다. 그것이 전문 작가로서 내 커리어의 기반이기도 하다. 나는 아무 때나 돈을 주고 고용할 수 있는 흑인 여성 사상가다. 우리를 고용하고 지원하고, 우리에게 돈을 주고 누구나 저지를 수 있는 실수를 범했을 때 또다시 기회를 주려는 유력 매체, 그리고 우리를 독자들이 세상을 제대로 이해하기 위해서는 꼭 들어야 할 목소리로 취급해주는 영향력 있는 매체가 거의 없기 때문이다.

공공지식인으로서 정기적으로 언론 매체에 논평을 쓰는 흑인 여성 중 내가 아는 사람들은 모두 그 일 외에 두 개, 세 개, 심지어 네 개의 일을 해서 생계를 유지하고 있다. 내 생활을 예로 들어보자. 우선 내 본업이 되는 직장에서 나는 가르치고, 연구하고, 글을 쓰고, 행정 업무를 처리하면서 치열한 경쟁 속에서 살아남아야 한다. 두 번째 일로, 나는 내가 속한 다양한 공동체에 필요한 일들을 조직하고 자원봉사를 한다. 여기에 더해 자녀가 있는 내 또래 여성이라면 자녀를 낳고 키우는 일의 대부분을 도맡고 있을 것이다. 나는 몇 년 후 늙은 부모를 돌보게 될 것이다. 세 번째 일로, 나는 연구하고, 글을 쓰고, 대중을 상대로 인종, 인종차별, 성별, 성차별, 계층, 계층차별, 교육, 경제, 문화에 관한 글을 쓰고 발표한다. 이 모든 일 중 내게 임금을 지급하고 의료보험을 제공하는 직장은 하나뿐이다. 그리고 나머지 일 중 하나 혹은 그 이상 때문에 임금과 의료보험을 제공하는 유일한 직장을 잃을 위험도 있다.

내가 세 번째 일을 하는 이유는 두 번째 일을 하는 이유와 같다. 그 일이 중요하다고 믿기 때문이다. 퍼트리샤 힐 콜린스는 이를 '비판적 진실 말하기critical truth-telling'라고 부른다. 비판과 진실 말하기를 둘 다 할 수 있는 정당성을 부여받기 위해 힘 있는 자들의 담론을 이용해 대중에게 말하는 것이다. 그런 일을 하면 개인적으로도 상당히 도움이 된다. 그런 일을 하면서 가끔 돈을 받기도 한다. 그리고 학자로서의 내 이력을 보충해주는 일종의 사회적 위상 또한 얻을 수 있다. 그러나 그에 더해 매체들이 흑인 여성을 풀타임으로 고용하지 않아도 되도록 힘을 보태는 것도 사실이다. 나는 인종차별을 보고 인종차별주의자라고 부르기를 거부하는 매체들이 숨을 핑계를 제공하고 있는 것이다. 나는 살해 위협과 협박 편지를 받은 적이 있고, 이제는 더 이상 공공장소에서 모르는 사람들과 나누는 사회적 상호작용을 믿지 못한다. 어중간히 잘 알려진 나는 괴롭힘은 당하지만 아주 잘 알려진 사람들이 누릴 수 있는 혜택은 누리지 못한다.

그러나 나는 내가 쓴 글에서 자기 모습을 봤다고 고백하는 편지를 흑인 소녀들로부터 받는다. 또 가끔 남녀를 불문하고 내가 쓴 글을 읽고 자신의 신념에 대해 다시 생각하게 되었다는 글을 받기도 한다. 최고급 샌드위치 가게 이외에는 발도 들이지 않는 수많은 백인의 눈에 나는 불공평하고 정의롭지 못한 세상에 대한 견해를 대변하는 사람이다.

그렇지만 누구도 내게 반응하지 않아도 된다. 계층화된 공공지식인의 세계에서 그다지 중요하게 간주되지 못하는 나 같은 사람에게는 반응할 필요가 없기 때문이다. '직업적으로 똑똑한 사람'은 흑인 여성의 글을 한 줄도 읽지 않고, 흑인 여성을 한 명도 인터뷰하지 않고, 흑인 여성의 계정을 하나도 팔로우하지 않고, 흑인 여성의 삶과 존재에 대해 단 1초도 생각해보지 않고도 그 지위를 유지하는 데 아무 지장이 없다. 바로 그 때문에 내가 흑인 여성이 한 명, 단 한 명이라도 유력 매체의 신성한 전당에 자리 잡기를 바라는 것이다. 그리하여 그 지식층의 문화비평이 권력자들의 이익을 그들이 생각하는 것보다 훨씬 더 멀리 있는 사람들이 당연하게 받아들이는 신념으로 바꾸는 것을 보고 싶다.

나는 그녀가 무슨 글을 쓸지 별 관심이 없다. 데이비드 브룩스는 샌드위치에 대해 쓰지 않는가. 『뉴욕 타임스』의 또 다른 칼럼니스트 토머스 프리드먼Thomas

Friedman은 택시 기사에 대해 글을 쓴다. 그러니 흑인 여성이 머리카락을 보호하기 위해 실크스카프를 머리에 두르고 자는 것에 관해 글을 쓴다 해도 브룩스와 프리드먼의 글만큼의 가치는 있을 것이다. 그 여성이 돈을 받고 보수적인 성향의 글을 쓰는 사람이 아니었으면 좋겠지만 그런 선까지 그을 생각은 하지도 않는다. 만약 그렇다고 해도 대부분이 백인이고, 거의 모두 남성이며, 자기들과 다른 부류와는 거의 교류를 하지 않는 그녀의 동료들로 하여금 흑인 여성을 동료로 대하는 방법을 일깨울 수 있을 것이기 때문이다. 그리고 그런 상황을 좀처럼 경험할 수 없는 대중들에게도 그 관계와 상호작용은 바람직한 영향을 미칠 것이다.

흑인 여성이 모든 문제에 대한 답을 가지고 있지는 않다. 우리는 슈퍼히어로가 아니며, 우리가 완벽한 세계관을 가지고 있다고 내세울 생각도 없다. 그러나 우리는 고유한 경험과 지식을 가진 믿을 만한 존재다. 흑인 문화 증진을 위해 소셜미디어가 동원되었을 때 널리 퍼졌고 지금까지도 회자되는 슬로건 중 하나가 '흑인 여성들을 믿어라Trust black women'였다. 소셜미디어를 사용하는 흑인 시스터들이 자신의 경험에서 배운 것들에 대해 정당한 권리를 주장하기 위해 내건 슬로건이다. 그녀들과의 연대를 위해서든 그저 멋져 보이기 위해서든, 이 슬로건을 사용하면서 흑인 여성이 하는 이야기의 진실성에 의문을 제기하는 사람들을 '견제'하는 이들도 있다.

　최근에는 이 슬로건이 주류 정치권에까지 침투했다. 2016년 대통령 선거 기간 중 힐러리 클린턴과 버니 샌더스, 도널드 트럼프에 관한 논쟁이 열띠게 전개될 때, 몇몇 저명한 여성 인사들이 나서서 흑인 여성들이 압도적으로 클린턴을 지지한다는 사실을 거론하면서 그 현상은 민주당이 어떤 식으로 정치를 펼쳐야 하는지를 알려주는 지표라고 지적했다. '여성 행진Women's March' 시위 공동 대표 린다 사소어Linda Sarsour는 지지자들에게 "흑인 여성들을 믿으십시오"라고 말했다. 흑인 여성들을 믿는다는 개념은 흑인 여성의 글이 신문의 논평 칼럼난에 실리는 것을 보고 싶은 내 바람과 같은 맥락이다.

　이것은 모든 흑인 여성이 나무랄 데 없이 훌륭한 사람들이어서가 아니라, 흑인 여성이라는 이유만으로 나무랄 데만 있는 사람으로 취급해서는 안 된다는 의미다. 이 개념은 여전히 급진적인 것으로 받아들여지지만 내 연구의 중심에 자리한 '흑인 여성은 합리적인 존재고, 인간이다'라는 생각과 궤를 같이한다. 나는 그 추정에서 출발해 정치 이론, 경제학, 역사, 사회학, 문화를 분석해나간다. 그 과정에서 그 추정이 어긋난 적은 거의 한번도 없다.

　이 희귀한 일에 대해 최근에 생각해본 적이 있다.

도널드 트럼프가 대통령으로 선출된 것은 그렇다고 치자. 그의 승리에 인종 및 성별 갈등이 작용한 것이 확실하다. 투표를 한 백인 여성 중 53퍼센트가 트럼프에게 표를 던졌다는 것이 무엇을 의미하는지에 대해 분석한 여성이 많았고, 그중 일부는 흑인 여성이었다. 그러나 트럼프의 변덕스럽고 광적인 통치 태도에 익숙해져가면서 대중의 토론 주제는 러시아, 파시즘, 경제 위기 등으로 옮겨 갔다. 나는 이 모든 이슈들에 관해 흑인 여성이 의미 있는 분석을 제공하고 기여할 수 있다고 생각한다.

통치의 형태를 통해 흑인의 해방 가능성에 관해 생각하는 흑인 여성들은 2018년 러시아를 우리가 어떻게 이해해야 할지에 관해 할 말이 있다. 한나 아렌트가 파시즘에 관한 지식층의 의견을 대변하는 목소리가 될 수 있다면, 미국의 파시스트적인 정책 아래서 살아온 국내외 흑인 여성들도 당연히 우리의 문화를 조명하는 목소리를 낼 수 있다. 경제적 우려가 우리의 정치적 태도를 결정한다면 늘상 불황기를 방불케 하는 실업률과 몇 세대에 걸쳐 거의 인상되지 않는 임금에 고통받으며 살아온 유권자 집단이 노동과 경제에 관한 명확한 사고를 제시할 수 있지 않을까? 내가 보기에는 그럴 수 있을 것 같았다.

그리고 지금도 그럴 수 있을 것 같다. 2018년 7월 『뉴욕 타임스』는 미셸 알렉산더Michelle Alexander가 논평 칼럼난의 고정 필진에 합류한다고 발표했다. 그녀는 『뉴욕 타임스』 논평 칼럼난의 고정 필진에 포함된 첫 유색인종 여성이었다.[74] 2018년에야 말이다.

흥미로운 사실은, 이 글을 쓰는 현재 미셸이 브룩스나 체이트가 팔로우하는 6인의 흑인 여성 안에 들어 있지 않다는 점이다. 그녀는 범죄화에 대해 진지한 글을 쓰는 진지한 기고가다. 또한 베스트셀러 작가이기도 하다.[75] 하인즈상Heinz Awards*도 수상했다. 자격으로 말하자면 그녀를 능가할 사람이 별로 없을 것이다. 어쩌면 필요 이상의 자격을 갖췄는지도 모른다. 흑인 여성들이 평균적으로 자신이 일하는 직급에 비해 필요 이상의 자격을 갖추는 보편적 현상에 어긋나지 않는 패턴이기는 하다. 그녀와 팔로우 목록에 포함된 6인의 흑인 여성들 사이의 공통점이기도 하다. 그들 중 어느 누구도 평범한 블로거 혹은 독립적으로 활동하는 인습 타파주의자라고 말할 수 없는 인물들이다. 그런 수식은 공공지식인의 장에 발을 들여놓은 수많은 백인 남성들에게나 해당된다. 여전히 이런 매체에는 심각하게 좌파 성향인 비백인 여성은 존재하지 않는다. 그리고 그것이 내가 다음에 할 불평이다. 트위터에서 만나자.

---

* 1993년에 제정된 상으로 매년 예술, 인문학, 환경, 인간 조건, 공공의 다섯 가지 분야에서 혁신적인 공헌을 한 뛰어난 개인에게 수여한다.

1 Roger Gomm and Martyn Hammersley, "Thick Ethnographic Description and Thin Models of Complexity," paper presented at the Annual Conference of the British Educational Research Association, University of Leeds, England, September 13 – 15, 2001, http://www.leeds.ac.uk /educol/documents/00001820.htm.

2 Tressie McMillan Cottom, "The Inferiority of Blackness as a Subject," *Tressiemc*, May 2, 2012, http://tressiemc.com/uncategorized/the-inferiority-of-blackness-as-a-subject.

3 Brittney C. Cooper, *Beyond Respectability: The Intellectual Thought of Race Women*(Chicago: University of Illinois Press, 2017); Brittney C. Cooper, *Eloquent Rage: A Black Feminist Discovers Her Superpower*(New York: St. Martin's Press, 2018); and Rebecca Traister, *Good and Mad: How Women's Anger Is Reshaping America*(New York: Simon and Schuster, 2018).

4 "역사적으로 흑인 여성의 노동시장 참여율은 다른 인종의 여성에 비해 항상 높다"(2016)라는 노동부의 평가는 사실을 매우 완곡하게 표현한 것이다. 어린 나이에 노동시장에 진입하고, 평생 일한 기간이 더 긴데도 불구하고 흑인 여성은 "백인, 비중남미계 여성에 비해 누리는 것이 훨씬 적다." 더 낮은 임금, 잦은 실직, 전문 서비스 직종의 '좋은 일자리'가 흑인 여성들 몫으로 돌아가는 비율이 상대적으로 훨씬 적은 상황, 그리고 특히 테크놀로지 산업과 같이 높은 임금이 예측되는 부문에 흑인 여성이 별로 없다는 사실 등이 그 예다. 더 자세한 내용은 미국 노동부 여성국의 "Black Women in the Labor Force", February 2016 참조.

5 전미 유색인종 공동체 대상 자산 평가(National Asset Scorecard for Communities of Color, NASCC)의 자료 (Darrick Hamilton, William

Darity Jr., Anne E. Price, Vishnu Sridharan, and Rebecca Tippett, 2016)에 따르면 대부분의 흑인 가정의 유동자산이 25달러를 넘지 않는다고 한다. 주택이나 투자 등으로 묶인 자산 말고 쉽게 현금화해서 쓸 수 있는 자산을 유동자산이라고 한다. Darrick Hamilton et al., "Umbrellas Don't Make It Rain: Why Studying and Working Hard Isn't Enough for Black Americans"(New York: The New School, 2015) 참조. 이렇게 자산 규모가 형편없음에도 불구하고 W. K.켈로그 재단은 아프리카계 미국인들이 다른 인종 공동체에 비해 수입의 더 많은 부분을 자선단체에 기부한다고 밝혔다. 자산도 없고, 고수입 직종에서 일하는 비율도 적지만 흑인 가정들은 기부를 한다. 그리고 얼마나 자주, 얼마나 많이, 누구에게 기부할 것인지를 정하는 데 여성들이 큰 역할을 한다. 이런 사실이 더욱 인상적인 것은 위의 조사에 흑인 여성들이 교회, 학교, 공동체에 제공하는 서비스는 포함되어 있지도 않기 때문이다. 예를 들어 흑인 여성들은 재소자 가정을 재정적으로 돕는 활동을 한다. "The Impact of the Prison Industrial Complex on African American Women," *Souls* 5, no. 4(2003): 31–46; and Sandhya Dirks, "How Mass Incarceration Shapes the Lives of Black Women," KQED, July 6, 2016, https://www.kqed.org/news/11010927/how-incarceration-shapes-the-lives-of-black-women 참조.

6 2016년 흑인 대학(HBCU)에 등록한 전체 학생 중 61퍼센트가 흑인 여성이었다. 그해 전체 흑인 대학에서 발급한 학위 중 50퍼센트를 흑인 여성이 받았다. 흑인 남성이 받은 학위는 전체의 25퍼센트였다 (Digest of Education Statistics, "Selected Statistics on Degree-Granting Historically Black Colleges and Universities, by Control and Level of Institution: Selected Years, 1990 through 2016의 표 313.30을 토대로 직접 계산한 수치다).

7 한부모 가정, 이혼 후 공동 육아, 양부모 가정 등 가족 형태에 상관없이 흑인 여성이 가족의 경제적·사회적 복지에 공헌하는 비중은 불균형적으로 컸다. 미국진보센터(Center for American Progress)의 생계 부양 여성들에 대한 2016년 보고서는 "자녀를 둔 흑인 여

성이 가정 경제의 주 수입원인 경우가 단연 많았다. 흑인 여성들이 한부모 가정을 꾸려가는 비율이 더 높은 이유도 있고, 결혼한 양부모 가정에서도 여성이 남편과 비슷하거나 더 많은 돈을 버는 경우가 더 많았기 때문이다"라고 밝혔다. "Breadwinning Mothers Are Increasingly the U.S. Norm," Center for American Progress, December 19, 2016, http://www.americanprogress.org/issues/women/reports/2016/12/19/295203/breadwinning-mothers-are-increasingly-the-u-s-norm. Rhonda Sharpe, Nina Banks, and Cecilia Conrad, *Black Women in the US Economy: The Hardest Working Woman*(New York: Routledge, forthcoming 2019) 참조.

8 다양한 경제적·문화적 이유에서 흑인 여성의 정치적 참여는 현대 선거 정치에 핵심적인 요소로 작용한다. 2012년, 다른 어떤 그룹보다 흑인 여성의 투표율이 높았다고 미국진보센터는 밝혔다. Maya Harris, "Women of Color: A Growing Force in the American Electorate," Center for American Progress, October 30, 2014, http://www.americanprogress.org/issues/race/reports/2014/10/30/99962/women-of-color.

사실 백인 여성들이 이에 맞먹는 참여율을 보였다면 2016년 대통령 선거 결과가 달라졌을 수도 있다. 선거 정치를 넘어선 시민 참여 부문에서도 흑인 여성들은 미국 역사의 전 시대를 관통하며 활발한 모습을 보여왔다. 이 주제에 관한 참고문헌을 읽기를 원하는 독자에게는 다음 책을 시작점으로 권하고 싶다. Melissa V. Harris-Perry, *Sister Citizen: Shame, Stereotypes, and Black Women in America*(New Haven, CT, and London: Yale University Press, 2011).

9 사회운동 부문에서도 흑인 여성들은 흑인사회운동을 만들고 지속하는 데 중심 역할을 해왔다는 것을 입증하는 새로운 연구들이 나오고 있다. 더 자세한 정보는 다음 참조. Ashley D. Farmer, *Remaking Black Power: How Black Women Transformed an Era*(Chapel Hill: University of North Carolina Press, 2017); and Danielle L. McGuire, *At the Dark End of the Street: Black Women, Rape, and Resistance—a New History of the Civil Rights Movement from Rosa Parks to the Rise of Black Power*(New

York: Knopf, 2010). 최근의 흑인 생명권 운동(Black Lives Matter Movement)은 사회운동에서 지금까지 투명인간 취급을 당해왔던 흑인 여성들의 공헌을 인정하는 데 큰 진보를 보였다. 이 운동에 대한 더 자세한 정보는 사회운동가 패트리스 칸컬러스(Patrisse Khan-Cullors)가 아샤 밴들러(Asha Bandeler)와 함께 집필한 비망록 *When They Call You a Terrorist: A Black Lives Matter Memoir*(New York: St. Martin's Press, 2018) 참조.

10 Isabel Wilkerson, *The Warmth of Other Suns: The Epic Story of America's Great Migration*(New York: Vintage, 2011).

11 수세대에 걸쳐 흑인들은 약탈적 조세 제도 아래 부를 빼앗겨왔다. 그리고 이런 관행은 오늘날까지도 계속되고 있다. 2010년대에 벌어졌던 금융위기 때 얼마나 많은 흑인 가정의 부와 안정이 말살되었는지가 상당히 많이 거론되기는 했지만, 지방정부 차원의 인종차별적 제도로 인해 흑인들은 오랜 기간 동안 고통을 당해왔다. 이런 관행에 대한 더 자세한 예는 다음 참조. Kriston Capps, "How the Black Tax Destroyed African American Homeownership in Chicago," *CityLab*, June 11, 2015; and Leah Douglas, "African Americans Have Lost Untold Acres of Land over the Last Century," *The Nation*, June 26, 2017. 이런 차별은 우리 가족을 포함해 내가 아는 모든 흑인 가정에 그림자를 드리우는 망령이다. 바로 이 때문에 노스캐롤라이나 구석에 있는 개발도 되지 않은 우리 명의의 땅 한 뙈기에 대한 세금을 낼 돈을 모으기 위해 우리 가족은 매년 두려움에 떨며 모이곤 했다. 세금을 내도 그 두려움은 완전히 사라지지 않는다. 물론 그것이 법의 이름으로 체계적인 인종 테러를 가하는 이유다. 우리 같은 사람들이 두려움에 떨며 살도록 하는 것 말이다.

12 우리 가족이 살던 노스캐롤라이나주 동쪽 시골 지역의 인종적 위계질서에 대한 더 자세한 내용은 다음 참조. Malinda Maynor Lowery, *Lumbee Indians in the Jim Crow South: Race, Identity, and the Making of a Nation*(Chapel Hill: University of North Carolina Press, 2010).

13 브리트니 쿠퍼(Brittney C. Cooper)는 흑인 여성들이 정치경제학적으로 경험하는 '점잖다고 인정받을 자격'에 대해 신랄하게 논의한

다. Brittney C. Cooper, *Beyond Respectability: The Intellectual Thought of Race Women* (Champagne, IL: University of Illinois Press, 2017). Evelyn Brooks Higginbotham, "Beyond The Sound of Silence: Afro-American Women in History," *Gender & History* 1, no. 1 (1989): 50–67.

14 Jia Tolentino, "The Personal-Essay Boom Is Over," *New Yorker*, September 18, 2017.

15 Michelle Barrow, "It Happened to Me: My Gynecologist Found a Ball of Cat Hair in My Vagina," xoJane, March 27, 2017, https://www.xojane.com/it-happened-to-me/my-gynecologist-found-a-ball-of-cat-hair-in-my-vagina.

16 돈이야말로 무엇이 선하고 도덕적인가에 관한 우리의 이해를 규정 짓는 사회적 관계라는 견해에 관해서는 사회학자 비비아나 젤리처 (Viviana Zelizer)의 매우 훌륭한 책 *Economic Lives: How Culture Shapes the Economy* (Princeton, NJ: Princeton University Press, 2010)로 시작 하는 것을 추천한다.

17 Stacia L. Brown, "The Personal Essay Economy Offers Fewer Rewards for Black Women," *The New Republic*, September 18, 2015.

18 bell hooks, *Art on My Mind: Visual Politics* (New York: The New Press, 1995). 벨 훅스는 아름다움에 대한 명상처럼 느껴지는 이 글에서 예 술과 문화의 미학에 관해 이야기한다. 이 에세이에서 나는 그녀의 글을 구체적이고 구조적인 아름다움의 개념에 접목시켰다. 더 자세 한 내용은 다음 참조. Heather Widdows, *Perfect Me: Beauty as an Ethical Ideal* (Princeton, NJ: Princeton University Press, 2018).

19 Pierre Bourdieu, *The Logic of Practice* (Stanford, CA: Stanford University Press, 1990).

20 Tressie McMillan Cottom, "When Your (Brown) Body Is a (White) Wonderland," *Tressiemc*, August 27, 2013, http://tressiemc.com/uncategorized/when-your-brown-body-is-a-white-wonderland.

21 위대한 현대 작가 타네히시 코츠(Ta-Nehisi Coates)도 자신이 졸업 한 흑인 대학인 하워드 대학을 '메카'라고 불렀다. 그의 표현은 적

대적인 백인 중심 사회에서 아프리카계 미국인들에게 안전한 공간
이 되어주었던 흑인 대학의 역사를 가리킨 것이었다. 또 수많은 아
프리카계 미국인들이 가진 흑인 대학의 역사에 대한 시각을 상징
하기도 한다. 백인 중심 기관과 제도에서 능력이 있다는 개념 자체
를 원칙적으로 거부당한 흑인들에게 능력주의를 약속하는 언덕 위
의 등대와 같은 곳 말이다. 나는 이 메카에 대한 코츠의 헌시에 이성
애 흑인 여성으로서 접했던 흑인 대학의 경험에 대한 내 나름의 고
찰을 보탰다. 흑인 대학은 자신의 인종적 자아를 기르고, 인종적 위
계질서에 입각하지 않은 정체성을 실현하며, 흑인에 의한 지식 생산
능력을 갖추는 안전한 장소다. 그러나 나의 정체성은 흑인에서 멈
추지 않는다. 나는 노동자 계급 출신이고, 노예 출신 조상을 둔 흑인
여성이다. 나 같은 사람에게 메카는 복잡한 곳이다. 내 모교인 흑인
대학에서 나는 흑인 계몽주의와 성폭력을 경험했고, 계층주의, 파벌
주의, 피부색 차별, 짝을 찾는 시장과 같은 환경을 헤쳐나가야 했다.
내가 경험하지 못한 메카의 모습도 있다. 성소수자, 불법 체류 외국
인, 성전환자, 보수적인 정치 성향을 가진 사람, 사회주의자 등을 비
롯해서 흑인인 동시에 우리 모두가 가지고 있는 다른 정체성을 가
진 사람들의 입장에서 접했을 메카의 또 다른 모습들 말이다. 흑인
의 제도와 문화를 이야기할 때 나는 내가 흑인들에 대해 이야기할
때와 동일한 태도를 견지한다. 인류에 대한 가장 굳건한 신뢰는 우
리 자신을 이상적인 신이 아니라 흠을 가진 아름다운 인간으로 그릴
때 가능하다는 태도 말이다. Tressie McMillan Cottom, " 'Between
the World and Me' Book Club: The Stories Untold," *The Atlantic*,
August 3, 2015. Ta-Nehisi Coates, "Letter to My Son," *The Atlantic*,
July 4, 2015.

22 Limor Shifman, *Memes in Digital Culture*(Cambridge, MA: MIT
Press, 2014).

23 Kate M. Miltner, " 'There's No Place for Lulz on LOLCats": The
Role of Genre, Gender, and Group Identity in the Interpretation and
Enjoyment of an Internet Meme," *First Monday* 19, no. 8 (2014).

24 Naomi Wolf, *The Beauty Myth: How Images of Beauty Are Used Against*

Women(New York: Random House, 2013).

25 Barbara Trepagnier, "The Politics of White and Black Bodies," *Feminism & Psychology* 4, no. 1(1994): 199 – 205. 바버라 트레파니에는 그 것을 "아무도 말하지 않는 아름다움 신화의 화이트니스"라고 부른 다. 마거릿 헌터는 피부색 차별 혹은 피부색에 따라 위계질서가 형 성되는 등의 방법으로 백인 중심의 미의 이상이 작동하는 양상을 실 증적으로 입증한다. 헌터는 비백인 여성들의 사회경제적 복지는 백 인 중심의 미의 기준에 대한 근접성에 따라 계층화된다고 주장한 다. Margaret L. Hunter, "Colorstruck: Skin Color Stratification in the Lives of African American Women," *Sociological Inquiry* 68, no. 4 (1998): 517 – 35; and Margaret L. Hunter, " 'If You're Light You're Alright': Light Skin Color as Social Capital for Women of Color," *Gender & Society* 16, no. 2 (2002): 175 – 93.

미타 자는 이 문제에 관한 세계적 관점을 제시한다. 그녀는 하얀 피 부와 아름다움을 동일시하는 시각이 전 세계 여성의 삶의 기회를 어 떻게 계층화하는지를 보여준다. 자신의 책에서 아름다움의 신화는 백인 여성의 주도권 강화에 초점이 맞춰져 있고, 바로 그 때문에 실 증적으로 미국뿐 아니라 전 세계적으로 비백인 여성들보다 백인 여 성들이 우위를 점하고 있으며, 세계적으로 그런 현상이 나타나는 것 은 미국의 군사적, 경제적, 문화적 지배력 때문이라는 점을 밝혔다. Meeta Jha, *The Global Beauty Industry: Colorism, Racism, and the National Body*(New York: Routledge, 2015).

26 나오미 울프가 남긴 사각지대는 다음의 두 글로 해소하기를 바란다. Jessica Valenti, *The Purity Myth: How America's Obsession with Virginity Is Hurting Young Women*(Berkeley, CA: Seal Press, 2009); Lili Loofbourow, "The Female Price of Male Pleasure," *The Week*, January 25, 2018, http://theweek.com /articles/749978/female-price-male-pleasure.

27 Patricia Hill Collins, *Black Sexual Politics: African Americans, Gender, and the New Racism*(New York: Routledge, 2004).

28 탈산업화 이후 문화를 다루는 흑인 페미니스트 사상을 학문적으

로 접근하고자 하는 독자들에게는 다음 논문들을 추천한다. Tricia Rose, *Black Noise: Rap Music and Black Culture in Contemporary America*, vol. 6 (Middletown, CT: Wesleyan University Press, 1994); Joan Morgan, *When Chickenheads Come Home to Roost: A Hip-Hop Feminist Breaks It Down*(New York: Simon and Schuster, 2017); Gwendolyn D. Pough, *Check It While I Wreck It: Black Womanhood, Hip-Hop Culture, and the Public Sphere*(Lebanon, NH: Northeastern University Press, 2015); Imani Perry, *Prophets of the Hood: Politics and Poetics in Hip Hop*(Durham, NC: Duke University Press, 2004); Brittney Cooper, *Eloquent Rage: A Black Feminist Discovers Her Superpower*(New York: St. Martin's Press, 2018); T. Denean Sharpley-Whiting, *Pimps Up, Ho's Down: Hip Hop's Hold on Young Black Women*(New York: New York University Press, 2008).

29 "SNL Under Fire After Slavery Skit," MSNBC, http://www. msnbc.com/the-last-word/watch/snl-under-fir-after-slavery-skit-247630403748. Tressie McMillan Cottom, "Here, a Hypocrite Lives: I Probably Get It Wrong on Leslie Jones but I Tried," Tressiemc, May 6, 2014, https://tressiemc.com/uncategorized/here-a-hypocrite-lives-i-probably-get-it-wrong-on-leslie-jones-but-i-tried.

30 이에 대한 주목할 만한 예외는 조앤 모건이 최근 발표한 논문이 다. 그녀는 흑인 페미니즘의 쾌락의 정치학에 대한 이론화를 시도 했다. 더 자세한 내용은 다음 참조. "Why We Get Off: Moving Towards a Black Feminist Politics of Pleasure," *The Black Scholar* 45, no. 4(2015): 36–46.

31 아름다움은 거의 종교적인 독트린을 수반한다. 그 독트린은 아름다 움의 이상적인 소비자인 서구 백인 여성들에 의해 완벽하게 다듬어 진 것으로, 사회학자들이 '프로섬프션 (prosumption)'이라 부르는 장이기도 하다. 프로섬프션은 시장의 주체들이 화폐화된 문화 형식 에 대한 생산과 소비를 동시에 하는 새로운 경제적 교환 행위를 말 한다. 우리가 스마트폰을 살 때는 소비자다. 하지만 그 스마트폰을

통해 우리가 거래한 데이터가 새로운 제품이나 아이디어 혹은 소비재를 생산해낼 때 우리는 프로슈머(prosumer)가 된다. 우리가 낸 비용으로 무언가를 생산해내서 그 가치를 소유하는 사람들과 그 물건을 공동 생산한 것이다. 그것이 프로섬프션이다. 앱으로 모든 것이 해결되고, 디지털 조정을 거친 말기 자본주의의 힘은 우리에게 스스로 자율권을 가지고 아름다움을 생산해낸다는 느낌을 주고, 우리가 다른 사람들에 의해 생산된 아름다움을 소비하기도 한다는 사실에 대한 판단을 흐리게 만드는 데 있다. 내가 나 자신이 매력적이지 않다고 말했을 때 나는 성별을 가르는 가장 중요한 규칙을 어긴 것이다. 그렇게 하고도 아무런 벌을 받지 않고 빠져나가도록 그냥 두면 아름다움의 이데올로기를 약화시키는 것이 된다. 내게 반론을 제기한 사람들은 내가 가진 '내면의 아름다움'의 가치에 대해 따지고 들었다. 그들이 말하는 내면의 아름다움은 바람직한 책과 바람직한 매체, 바람직한 화장품을 과시적으로 소비함으로써 얻을 수 있는 종류의 아름다움을 말한다.

32 나 자신의 개인적 경험에 기초한 것에만 한정해 이야기하기로 한 이 책의 취지에는 어긋나지만, 아름다움의 개념, 특히 여성이면서 비백인인 사람이 어떤 식의 모습을 보여야 하는지에 대한 규범은 유색인종 트랜스 여성과 흑인 트랜스 여성들에게 국한하여 특별한 영향을 끼친다. 이에 대한 더 자세한 내용은 다음 참조. Michael Lovelock: "Problematically, I argue, this process has worked to demarcate ideals of 'acceptable' transgender subjectivity: self-sufficient, normatively feminine, and eager to embrace the possibilities for happiness and social integration provided by the commercial domain." "Call Me Caitlyn: Making and Making over the 'Authentic' Transgender Body in Anglo-American Popular Culture," *Journal of Gender Studies* 26, no.6 (2017): 675 – 87.

또 재닛 목(Janet Mock)이 특권으로서의 '예쁨'을 다룬 에세이에서 강도 높게 비판한 지점을 다른 작가들이 이어가길 바란다. 그녀는 피부색 차별과 인종주의적 시각에 근거한 미의 위계질서로 인해 개인이 사회적으로 받아들여지는 '진정한' 여성으로서의 모습을 갖추는 일에 제한을 받는 상황에서 여성의 아름다움을 둘러싼 정치학이 어떤 의미를 갖는지에 질문을 던졌다. 더 자세한 내용은 다음 참조. Sarah Beauchamp, "Janet Mock Breaks Down the Uncomfortable Truth of Pretty Girl Privilege," Nylon, June 28, 2017, https://nylon.com/articles/janet-mock-pretty-privilege .

33 일반적으로 흑인은 형법을 다루는 기관, 즉 경찰, 검찰과 접촉할 확률이 더 높다. 그리고 더 가혹한 형을 받을 확률도 더 높다. 다음 참조. United States Sentencing Commission, "Demographic Differences in Federal Sentencing Practices: An Update of the Booker Report's Multivariate Regression Analysis"(2010). 흑인 학생은 학교에서도 벌을 받을 확률이 더 높고, 비(非)흑인 학생들보다 벌의 강도가 더 높은 경우가 많다. Nathan Barrett, Andrew McEachin, Jonathan Mills, and Jon Valant, "Discipline Disparities and Discrimination in Schools," Brookings, January 9, 2018; and Tom Loveless, "Racial Disparities in School Suspensions," Brookings, April 6, 2018. 인종적 '수용도'의 징표로 자주 인용되는 인종 간 결혼의 문제에서도 다른 인종의 사람과 결혼할 확률이 가장 낮은 집단이 흑인 여성들이다. Kristin Bialik, "Key Facts About Race and Marriage, 50 Years After Loving v. Virginia," Pew Research Center, June 12, 2017, http://www.pewresearch.org/fact-tank/2017/06/12/key-facts-about-race-and-marriage-50-years-after-loving-v-virginia. Richard V. Reeves and Katherine Guyot, "Black Women Are Earning More College Degrees, but That Alone Won't Close Race Gaps," Brookings, December 8, 2017, http://www.brookings.edu/blog/social-mobility-memos/2017/12/04/black-women-are-earning-more-college-degrees-but-that-alone-wont-close-race-gaps. 그러나 이런 통계마저도 모든 흑인 남녀 사이에 동등하게 적용되지 않는다. 연구에 따르면 피부색이 사회적 낙인과 배제의 강도를 조절하는 기능을 하는 것으로 나타났다. 피부색이 더 검은 흑인은 피부색이 더 옅은 흑인보다 사회적 위상이 더 낮은 그룹에 속해 있을 확률이 높고, 주거 분리를 경험할 확률도 더 높고, 위상이

높은 직장을 찾을 확률이 더 낮다. 최근 연구에서는 피부색이 더 검은 흑인 여성은 덜 검은 흑인 여성보다 결혼을 할 확률이 더 낮고, 결혼을 한다 하더라도 경제적으로 자신과 동등한 상대와 맺어지는 확률이 더 낮은 것으로 나타났다. 형법 분야에서도, 피부색, 인종, 성별, 사회적 계층이라는 가치를 떨어뜨리는 여러 겹의 장치의 효과가 여실히 드러난다. 형사 범죄로 유죄 판결을 받은 경우 피부색이 검은 여성일 수록 더 무거운 형을 받는 것으로 나타났다. 피부색이 중요한 것이다. 다음 참조. Jill Viglione, Lance Hannon, and Robert DeFina, "The Impact of Light Skin on Prison Time for Black Female Offenders," *Social Science Journal* 48, no. 1(2011): 250 – 58; Ellis P. Monk Jr, "Skin Tone Stratification Among Black Americans, 2001 – 2003," *Social Forces* 92, no. 4(2014): 1313 – 37; and Zhenchao Qian, "Breaking the Last Taboo: Interracial Marriage in America," *Contexts* 4, no. 4(2005): 33 – 37.

34   Michel Foucault, *Society Must Be Defended: Lectures at the Collège de France, 1975–76*, trans. David Macey(New York: Picador, 2003).

35   링크드인을 창립한 리드 호프먼(Reid Hoffman)은 비즈니스 분야 전문작가와의 대화에서 이용자들이 아무 요청이나 자동으로 수락한다면서, 링크드인을 잘못 사용하는 이용자가 많다는 사실을 넌지시 인정했다. 자세한 내용은 다음 참조. http://www.businessinsider.com/reid-hoffman-how-to-use-linkedin-2017-4.

36   World Health Organization, "World Health Statistics 2014: A Wealth of Information on Global Public Health"(2014).

37   "Pregnancy Related Mortality," Centers for Disease Control and Prevention, May 9, 2018, http://www.cdc.gov/reproductivehealth/maternalinfanthealth/pregnancy-relatedmortality.htm.

38   "Infant Mortality," Centers for Disease Control and Prevention, August 3, 2018, www.cdc.gov/reproductivehealth/maternalinfanthealth/infantmortality.htm.

39   대중매체와 같은 사회 기관뿐 아니라 정치 단체, 교육 기관, 법률 기관 등을 통해 만들어지는 지배적 이미지는 단순한 고정관념을 넘어

인종, 성별, 계층에 관한 이데올로기다.

40 나는 '유색인종'이라는 개념이 정치적 명칭 이상의 의미를 가진다고 믿지 않는다. 이 책에서 이 개념은 대중문화에서 통용되듯 무정형적이며, 정파적이지 않고, 반흑인적 문화를 근절하는 것에 대해 애매한 태도를 가진 개념으로 사용했다. 태머라 K. 노퍼(Tamara K. Nopper)는 '유색인종'을 하나의 카테고리로 분류함으로써 중요한 자원들을 소규모 흑인 자영업자들에게 해를 끼치는 방향으로 어떻게 배치했는지에 관해 뛰어난 연구 결과를 발표했다. "Minority, Black, and Non-Black People of Color: 'New' Color-Blind Racism and the US Small Business Administration's Approach to Minority Business Lending in the Post-Civil Rights Era," *Critical Sociology* 37, no. 5(2011): 651 – 71. 또 사회학자 재러드 섹스턴(Jared Sexton)은 '유색인종'이라는 정치적 개념에 내재한 반흑인주의를 근절해야 한다고 주장한다. "People-of-Color-Blindness Notes on the Afterlife of Slavery," *Social Text* 28, no. 2 (2010): 31 – 56.

41 Patricia Hill Collins, "Black Feminist Thought in the Matrix of Domination," *Social Theory: The Multicultural and Classic Readings*(1993): 615 – 25.

42 Cheryl I. Harris, "Whiteness as Property," *Harvard Law Review*(1993): 1707 – 91.

43 Carol Anderson, *White Rage: The Unspoken Truth of Our Racial Divide*(New York: Bloomsbury, 2016).

44 이 정보만으로도 이 동네가 어떤 곳인지 완전히 파악되었으리라 짐작한다. 사회학적인 관점에서, 도심, 근교, 혹은 준교외 주택 가격 변화율과 대침체 이후 주택 압류율을 아는 사람이라면 이 동네의 인종적·경제적 구성을 직관적으로 알 수 있을 것이다. 이렇게 안정적인 동네는 부와 관련이 있고, 미국 내에서 그런 부는 인종과 관련이 있다. 이것이 우리가 일상생활에서 경험하는 부의 구조적 불평등이다.

45 R. L'Heureux Lewis-McCoy, *Inequality in the Promised Land: Race, Resources, and Suburban Schooling*(Stanford, CA: Stanford University

Press, 2014). Amanda E. Lewis and John B. Diamond, *Despite the Best Intentions: How Racial Inequality Thrives in Good Schools*(Oxfordand New York: Oxford University Press, 2015).

46 비백인계 유권자는 2008년과 2012년 버락 오바마를 크게 지지했 지만 각각 속한 집단에 따라 다소간의 차이를 보였다. 흑인 유권자 는 계층, 세대, 교육, 수입 수준에 상관없이 전폭적으로 오바마에게 표를 던졌다. 아시아계 미국인은 출신 국가에 따라 약간의 차이를 보였다. 예를 들어 남아시아계 미국인은 다른 아시아계 집단에 비 해 오바마를 더 전적으로 지지했다. Asian American Legal Defense and Education Fund report, "The Asian American Vote 2012." 참 조. 중남미계 미국인 유권자들도 출신 국가와 세대에 따라 이와 비 슷한 차이를 보였다. Mark Hugo Lopez and Paul Taylor, "Dissecting the 2008 Electorate: Most Diverse in U.S. History," Pew Research Center's Hispanic Trends Project, April 30, 2009, http://www.pe-whispanic.org/2009/04/30/dissecting-the-2008-electorate-most-diverse-in-us-history 참조.

47 Ta-Nehisi Coates, *We Were Eight Years in Power: An American Tragedy*(New York: One World / Ballantine, 2017).

48 "Obama's Legacy: Diss-ent or Diss-respect?" *Codeswitch* podcast, NPR, http://www.npr.org/sections/codeswitch/2017/02/23/51681/8239/obamas-legacy-diss-ent-or-diss-respect.

49 Ta-Nehisi Coates, "My President Was Black," *The Atlantic*, January, 2017.

50 나는 인종차별주의라는 표현 대신 '인종적'과 같은 완곡한 어법이 인종차별주의자들의 정체를 전반적으로 흐리게 만든다는 요지의 글을 쓴 적이 있다. 더 자세한 내용은 다음 참조. http://progressive-network.wordpress.com/tag/tressie-mcmillan-cottom.

51 로빈 디안젤로(Robin DiAngelo)의 '백인의 연약함(White Fragility)' 개념은 최근에 진행되는 담론에서 큰 존재감을 보이고 있다. 이 개념은 어떻게 백인들의 정체성은 항상 보호되어야 하는 것으로 인 식되는지, 심지어 비백인들의 희생이 따르더라도, 나아가 비백인들

의 희생을 딛고서라도 확보되어야 하는 것으로 인식되는지를 이해
하는 데 유용한 분석적 틀을 제시해준다. 그러나 백인들의 무지를
'연약하다'고 표현하는 것은 그것의 근본적인 성격이 '지배'라는 사
실을 호도하는 것이다. 연약함을 연기하는 것이 큰 효과를 발휘하는
유일한 이유는 화이트니스가 지배를 하고 억압을 하기 때문이다. 그
런 맥락에서 화이트니스는 연약하지 않고 무디고 강하며, 취약하지
않고 회복력이 뛰어나다.

52 이 농담과 관련해 여기서는 캣 윌리엄스의 버전을 소재로 썼지만,
크리스 록(Chris Rock)도 같은 주제의 이야기를 한 적이 있다. 둘 다
봐도 후회하지 않으리라 장담할 수 있다. Katt Williams, "It's Pimp-
in' Pimpin," 2008, http://www.dailymotion.com/video/x5wd5w0;
Chris Rock, "Never Scared," 2004, http://scrapsfromtheloft .com
/2018 /01 /19 /chris -rock -never -scared -2004 -full-transcript.

53 미국과 미국인들이 노예제도와 인종차별을 제대로 처리하고 처벌
했다면 지금쯤 우리 사회는 인종과 인종집단에 대해 토론을 할 수
있을 만큼 성숙해져 있었을 것이다. 아, 현실은 그렇지 못하다. 대
략적으로 설명하자면 인종은 사회적으로 만들어진 개념인 동시에
생물학적 특징으로도 규정된다. 인종은 머리카락, 피부색, 신체 특
징 등의 생물학적 특징이 뚜렷하고 응집력이 있는 사회적 구조로 정
착한 분류법이다. 인종집단은 한 집단이 공통의 문화상징과 의식,
신념 등을 가졌다고 생각하고 주로 자발적 선택을 통해 소속감을 느
끼게 되는 집단이다. 우리는 생물학적 인종적 특징을 가족에게 물
려받듯 문화 또한 가족에게 물려받는 경우가 많다. 그러나 우리는
인종이 어떻게 형성되는지에 영향을 주는 사회적 존재들이기 때문
에 인종적 정체성보다는 문화적 정체성을 선택하는 데 더 큰 주체성
을 발휘할 수 있다. 흑인들은 인종적, 인종집단적 정체성을 둘 다 가
지고 있다. 그러나 인종적 이데올로기로서의 블랙니스가 너무도 총
체적인 영향력을 발휘하기 때문에(이는 화이트니스의 존재를 합법
화하기 위한 것이다) 우리는 흑인들을 인종집단 단위로 생각하지 않
는 경향이 있다. 더 자세한 내용은 사회학자 타냐 골라시보사(Tanya
Golash-Boza)가 이해하기 쉽게 제작한 다음 동영상을 참조하기 바

란다. "What Is Race? What Is Ethnicity? What Is the Difference?,"
http://vimeo.com/286520524.

54 Sara Ahmed, *On Being Included: Racism and Diversity in Institutional
Life*(Durham, NC: Duke University Press, 2012).

55 최근에 읽은 것 중 정말로 '웃픈' 기사 하나가 있다. 다양성과 대학
웹사이트를 주제로 한 그 글에서는 "조사 대상 기관의 78퍼센트가
실제로 그 기관에 소속된 소수집단의 비율보다 더 많은 수의 소수
집단 구성원이 보이는 사진을 사용했다"는 연구 결과가 실려 있다.
Jeffery L. Wilson, and Katrina A. Meyer, "Higher Education Web-
sites: The 'Virtual Face' of Diversity," *Journal of Diversity in Higher
Education* 2, no. 2(2009): 91.

56 정치학자 캔디스 와츠 스미스(Candis Watts Smith)는 흑인 인종집
단 이민자에 관한 대규모 연구에서 아이비리그 대학에 등록하고 자
신을 흑인이라고 밝힌 사람들 중 40퍼센트가 흑인 이민자 출신이
라는 사실을 밝혀냈다. Candis Watts Smith, *Black Mosaic: The Politics
of Black Pan-ethnic Diversity*(New York: New York University Press,
2014).

57 Michael Scaturro, "He Literally Wrote the Book on Fabulousness,"
New York Times, June 8, 2018.

58 Rita Kiki Edozie and Curtis Stokes, eds., *Malcolm X's Michigan World-
view: An Exemplar for Contemporary Black Studies*(East Lansing: Michi-
gan State University Press, 2015).

59 2018년 백인이 흑인을 경찰에 신고한 사례를 시간순으로 정리했다.
4월 12일, 스타벅스 바리스타가 경찰에 흑인을 신고함. http://www.
eater.com/2018/4/27/17263584/starbucksarrests-third-place.
4월 21일, 여러 명의 흑인 여성 골퍼를 백인 남성이 경찰에 신고함.
https://www.cbsnews.com/news/grandview-golf-club-man-who-
called-police-on-black-women-golfers-denies-racism.
4월 30일, 에어비앤비 숙소를 나서는 흑인 세 명을 백인 여성이
경찰에 신고함. https://www.facebook.com/directedbykells/
posts/10160498802675121.

5월 8일, 공동 이용 구역에서 낮잠을 자고 있던 흑인 예일대 학생을 백인 여성이 경찰에 신고함. https://www.nytimes.com/2018/05/09/nyregion/yale-black-student-nap.html.

6월 4일, 한 흑인 여성이 상점에서 들치기를 했다는 백인 여성의 허위신고로 체포됨. https://wreg.com/2018/06/07/woman-says-she-was-racially-profiled-at-victorias-secret-in-collierville.

6월 23일, 잔디를 깎고 있던 12세 흑인 소년을 백인 여성이 경찰에 신고함. https://www.washingtonpost.com/news/post-nation/wp/2018/06/30/a-white-woman-called-police-on-a-black-12-year-old-for-mowing-grass.

6월 23일, 수영장에서 놀고 있던 흑인 10대들을 백인 여성이 경찰에 신고함. https://www.facebook.com/rhema.inhislyfe/posts/10100550190183435.

6월 23일, 물을 파는 8세 흑인 소녀를 백인 여성이 경찰에 신고함. https://twitter.com/ethiopiangold/status/1010577140595560448.

7월 1일, 흑인 여성이 담배를 피운다는 이유로 백인 여성이 경찰에 신고함. http://www.theroot.com/newportnan-cy-wants-black-neighbor-evicted-for-smoking-1827320227.

7월 2일, 저녁 식사를 하고 있던 흑인 가족 일곱 명을 백인 여성이 신고함. https://www.yahoo.com/lifestyle/eating-black-subway-calls-police-family-using-restroom-many-times-180331037.html.

7월 4일, 수영장에서 놀고 있는 흑인 엄마와 아기를 백인 남성이 경찰에 신고함. https://nypost.com/2018/07/06/white-man-loses-job-after-calling-police-on-black-family-at-pool.

7월 13일, CVS 편의점에서 쿠폰을 사용하려는 흑인 여성을 백인 남성이 경찰에 신고함. https://www.buzzfeednews.com/article/re-mysmidt/white-cvs-employee-cvs-calls-cops-black-woman-using-coupon#.cikxA0d19.

7월 17일, 농구 경기를 하던 중 흑인 남성이 파울을 범했다는 이유로 백인 남성이 경찰을 부름. https://nypost.com/2018/07/17/man-calls-cops-after-hard-foul-in-pickup-basketball-game.

7월 25일, 빗속에서 우버 택시를 기다리던 흑인 여성을 백인 여성이 경찰에 신고함. https://www.theroot.com/brooklyn-becky-cops-called-on-suspicious-looking-black-1828057076.

60 짐 월터 홈스라는 건설회사는 조립식주택 키트를 판매했다. 돈을 조금 내면 같은 회사를 통해 땅을 장기 임대로 빌릴 수도 있었다. 짐 월터 홈스는 2009년에 문을 닫았지만 그전에 우리 친척 중 절반 가까이가 그 회사에 애걸복걸하고, 빌리고, 훔쳐서 짐 월터 표 '아메리칸 드림' 한 조각을 손에 넣는 데 성공했다. 이 조립식주택 기업의 역사에 대한 더 자세한 내용은 다음 참조. http://www.searshomes.org/index.php/tag/jim-walter-homes.

61 Ruth Nicole Brown, *Black Girlhood Celebration: Toward a Hip-Hop Feminist Pedagogy*(New York: Peter Lang, 2009).

62 Anne Moody, *Coming of Age in Mississippi*(New York: Dell, 2004).

63 Monique Morris, *Pushout: The Criminalization of Black Girls in Schools*(New York: The New Press, 2016).

64 Rebecca Epstein, Jamilia Blake, and Thalia Gonzalez, "Girlhood Interrupted: The Erasure of Black Girls' Childhood," June 27, 2017.

65 Abbie Bennett, "'NC Is the Only State Where No Doesn't Mean No': Court Case Ruled Women Can't Back Out of Sex," *News & Observer*, June 22, 2017, http://www.newsobserver.com/news/politics-government/state-politics/article157694194.html.

66 경찰서와 법정에서 일반적으로 여성은 신뢰할 만한 대상이 아닌 것으로 간주된다. 페미니스트 법학자들은 이 사실을 반복적으로 증명해왔다. 가정폭력에 연루된 여성들은 자신이 가정에 충실했다는 것을 증명해야 할 때가 많다는 사실은 페미니스트 법학자들이 많이 인용하는 예 중의 하나다. 흑인 여성들에게는 가정폭력을 주장하는 데 사용되는 과학적·법적 관행이 일을 매우 복잡하게 만드는 경우가 많다. 가정폭력 사례는 여성의 증언을 뒷받침하기 위한 의료진의 증언이나 학대의 증거에 의존하는 경우가 많다. 표준적 의료 관행에서는 관찰 가능한 학대의 증거를 기록해 행정적 증거를 만드는 것이 중요한 것이다. 그러기 위해서는 멍이 든 부분을 영상으로 기

록하고, 의사와 간호사가 시각적으로 멍이 있는지를 검사해야 한다. 이 두 방법 모두 흑인 여성이 당하는 가정폭력을 식별할 수 있는 확률을 조직적으로 감소시킨다. 어두운 색의 피부에 든 멍은 식별하기가 어렵고, 의료 영상 장비도 피부색에 맞춰 조정되는 경우가 거의 없기 때문이다. 그 결과, 이미 신뢰할 수 없는 법적 주체로 추정되는 흑인 여성은 의학적으로 가정폭력의 대상이 될 수 없는 존재가 되고 만다. 따라서 흑인 여성들은 가정폭력에 더 취약하게 노출되고, 학대를 당한 후에도 법적·의학적 도움을 받을 확률이 더 낮다. 의료 및 법률 체제가 가정폭력 사례에서 여성들을 어떻게 인지하는지와 관련된 더 자세한 내용은 다음 참조. Adele M. Morrison, "Changing the Domestic Violence (Dis)course: Moving from White Victim to Multi-cultural Survivor," *UC Davis Law Review* 39 (March 2006): 1061. 멍이 든 부위를 찾아내는 혁신적 장비를 사용하면 가정폭력의 희생자가 된 흑인 여성들, 특히 피부색이 더 어두운 흑인 여성들에게 어떤 도움을 줄 수 있는지를 보여주고, 이런 장비를 사용할 것을 제안하는 내용은 다음 참조. "Rochester Team Casts Light on a Hidden Problem in Domestic Violence Cases," *University of Rochester Newscenter*, July 26, 2018, http://www.rochester.edu/newscenter/rochester-team-casts-light-hidden-problem-domestic-violence-291592.

67 Charlamagne Tha God, *Black Privilege: Opportunity Comes to Those Who Create It*(New York: Simon and Schuster, 2018), 107.

68 Coretta Pittman, "Black Women Writers and the Trouble with Ethos: Harriet Jacobs, Billie Holiday, and Sister Souljah," *Rhetoric Society Quarterly* 37, no. 1 (2006): 43 – 70.

69 David Brooks, "How We Are Ruining America," *New York Times*, July 11, 2017.

70 이 문제를 달리 에둘러 표현하기가 불가능하니 그냥 대놓고 말하겠다. 대중매체의 명망에는 위계질서가 있는 것이 사실이다. 좋든 싫든 최상위권 매체가 존재하고, 그들은 대중의 여론과 언론의 의견에 영향력을 행사한다. 사회학에서는 소위 '겸임중역회' 혹은 강력한

경제적, 문화적 기관들이 주도권을 쥔 엘리트 담론에 영향을 끼치는 현상에 대한 고전적인 연구들이 존재한다. 새로운 매체가 등장하면서 그런 현실을 어느 정도 변화시키기는 했지만 그 변화는 일부에 불과하다.

71 Tressie McMillan Cottom, *Lower Ed: The Troubling Rise of For-Profit Colleges in the New Economy*(New York: The New Press, 2017).

72 2018년 5월, 연방법원은 트럼프가 대통령직에 재임하는 동안에는 트위터에서 팔로워를 차단하는 것이 헌법에 위배된다는 판결을 내렸다. http://www.cnbc.com/2018/05/23/trump-cant-block-twitter-followers-federal-judge-says.html.

73 Bill Heil and Mikolaj Piskorski, "New Twitter Research: Men Follow Men and Nobody Tweets," *Harvard Business Review* 1(2009), http://hbr.org/2009/06/new-twitter-research-men-follo.

74 Jake Johnson, "Bringing on Badly Needed 'Prophetic Voice,' New York Times Hires Michelle Alexander as Full-Time Columnist," *Common Dreams*, June 21, 2018, http://www.commondreams.org/news/2018/06/21/bringing-badly-needed-prophetic-voice-new-york-times-hires-michelle-alexander-full.

75 Michelle Alexander, *The New Jim Crow: Mass Incarceration in the Age of Colorblindness*(New York: The New Press, 2009).

독자 북펀드에 참여해주신 분들입니다. 고맙습니다.

강나래 강산숙 강태영 강희정 고혜령 권수미 권종현 기영숙 길경미
김건하 김경희 김나영 김대갑 김미정 김민서 김민선 김상훈 김서룡
김성령 김세미 김숙희 김슬기 김신아 김신자 김옥수 김원영 김은경
김정아 김지안 김지연 김지은 김지혜 김하영 김현주 김혜윤 김효진
김희정 남선옥 도영원 류소영 류혜지 문석 문성호 문영아 민애정
박경진 박모련 박미선 박병선 박선경 박선옥 박소영 박송은 박수연(2)
박승두 박지애 박현주 박효정 배현숙 변정현 서성주 서예나 신경혜
신은경 안수희 양경미 어유경 엄윤희 오동헌 오상엽 오수연 오윤주
오지영 옥지혜 우명은 유정원 윤상 윤선영 윤소연 윤여진 윤영주
윤영환 윤정아 윤종현 윤청 이동은 이미림 이상우 이새나 이서정
이소연 이소운 이수정 이승재 이아미 이연실 이유영 이윤숙 이재원
이지선 이지연 이지영 이지은 이태우 이해연 이혜림 이혜민 이혜재
이희진 임경아 임수현 장서윤 장은애 전아영 정다혜 정보배 정선미
정소연 정소희 정종원 정진우 정찬식 정해상 정형중 조보경 조아영
조은혜 조정민 조찬영 조현서 조희원 주현미 주형민 지성일 채창수
천다민 최선미 최정하 최지인 최희정 한윤미 한혜정 현미나 홍다빈
홍진숙 홍혜전 황우진 황호경

옮긴이 김희정

서울대 영문학과와 한국외국어대 동시통역대학원을 졸업했다. 가족과 함께 영국에 살면서 전문 번역가로 활동하고 있다. 옮긴 책으로『배움의 발견』『진화의 배신』『랩 걸』『인간의 품격』『어떻게 죽을 것인가』『장하준의 경제학 강의』『그들이 말하지 않는 23가지』등이 있다.

시크

초판 1쇄 2021년 1월 25일
초판 2쇄 2022년 10월 5일

지은이 트레시 맥밀런 코텀
옮긴이 김희정
편집 이재현, 조소정, 조형희
디자인 일구공스튜디오
제작 세걸음

펴낸곳 위고
주소 10881 경기도 파주시 회동길 290 206-제5호
전화 031-946-9276
팩스 031-946-9277
출판등록 2012년 10월 29일 제406-2012-000115호

hugo@hugobooks.co.kr
hugobooks.co.kr

ISBN 979-11-86602-60-7 03800

한쪽으로 너무 치우친 나머지 다른 한쪽이 비는 것은 내 인생에서 늘 반복되어온 패턴이다. 수많은 젊은 여성이 그러하듯 나도 쭈그러져 있어야 했다. 그래야 소년들이 어깨를 쭉 펴며 우쭐거리고, 백인 소녀들이 한껏 빛날 수 있으니까. 내가 몸을 움츠려서 작아지려 하지 않는 것을, 혹은 그렇게 할 수 없다는 것을 알면 사람들은 내가 그것이 잘못이라는 걸 확실히 깨달았는지 확인하곤 했다. 수많은 흑인 아이들이 그러하듯 나는 백인 선생님들과 백인 교실과 백인 스터디 그룹과 백인 걸스카우트 같은 것에 들어맞지 않았다. 가늘어야 할 곳이 두툼하고, 작아야 할 때 너무 컸다. 고등학교 때 한 선생님은 나를 '미스 개성'이라고 불렀다. 칭찬으로 들을 수 없는 별명이었다.

흑인 소녀들과 흑인 여성들은 문제 그 자체다. 그것은 문제를 일으키는 것과는 다르다. 우리는 해결해야 할 사회문제고, 균형을 맞춰야 할 경제문제고, 극복해야 할 감정적 짐이다. 우리는 일을 한다. 흑인 소녀들과 흑인 여성들이 일을 한다는 사실은 주님도 아신다. 우리는 돈 받고 일하기 전부터 일을 시작한다. 그러다가 돈 받는 일을 시작하고, 대부분은 계속 일을 하고, 일을 그만두지 못한다. 우리는 교회가 재정적으로 살아남을 수 있게 하기 위해, 흑인 대학이 문을 닫지 않도록 하기 위해, 흑인 가정이 파괴되지 않도록 하기 위해, 흑인문제를 다루는 정치활동이 무시당하지 않도록 하기 위해, 흑인 남녀가 목숨을 잃지 않도록 하기 위해 일을 한다.

여성은 자신이 성폭력을 당했다는 사실을 증명할 때 수많은 '만약'에 대해 답해야 한다. 대부분의 여성이 그 많은 '만약'의 질문에 걸려 넘어지기 일쑤지만 특히 흑인 여성들에게 그 질문은 마치 처음부터 그녀들의 발을 걸어 넘어뜨리기 위해 고안된 것이라도 되는 양 그 앞에서 전멸하고 만다. 멍을 식별하지 못하는 카메라, 멍을 멍이라 부르지 못하는 규정과 마찬가지로 '만약'도 사건에 연루된 여성이 결백할 가능성이 있을 때에야 그나마 겨우 작동을 한다. 그리고 흑인 여성들에게는 그런 기회가 거의 주어지지 않고, 흑인 소녀들은 동년배의 비흑인 소녀들에 비해 그런 구조적 취약함에 훨씬 더 어린 나이부터 노출되고 만다.